火野あかり
Author Akari Hino
ねいび
Illustration Neibi
3
エルフ奴隷と築くダンジョンハーレム
Dungeon harem
Made with elf slaves
―異世界で寝取って仲間を増やします―
JN018921

CONTENTS

Dungeon harem Made with elf slaves

オニキス・ロードライト
小さなドワーフが多い中、突然変異的に大きくなり、その身長は2mを超える。わかりやすくストレートな性格。パワー系の攻撃に特化している。
ルチル・サードニクス
ドワーフの国の王女。王族らしく勝気な性格で、他人に対し威圧的。冒険者に憧れを抱いており知識だけは豊富だが、実力や経験値はなく世間知らずである。

「へ、変なの、
こんな風になったことないのに、
い、今すごく変なの♥」
褐色の肌が映えるようにと選んだ白いベビードール姿のルチルが、自分を慰めていた。
ベビードールの上から乳首をカリカリとひっかき、下半身は短い丈の裾をめくり上げている。
白い下着の上から、女性器の筋を指でなぞり、クリトリスの付近をぐりぐりと回し撫でるのを繰り返していた。

「ご主人様。じ、焦らさず、さ、触ってください……♥」
「——おねだりとはエロいな」

「「ご主人様♥
準備はいいですか？」」
とてつもなく贅沢な光景だと思う。
絶世の美女・美少女といえる
女が二人も目の前にいて、
あろうことか男の性欲を高めるためだけに
男性器に舌を這わせているのだ。
彼女たちの顔は艶っぽく赤らみ、
吐く息はどんどん熱くなっていく。

「ああっ！　ずっとイクっ！
も、もっとしてください♥」
両腕を後ろで縛ったハズキを、バックで全く遠慮なくマルスは突きまくっていた。
十代の少年少女の身体に内包された性欲は強く、
生殖の快楽を得るため、気持ちよくなるため、全力だ。

「にゃあ……早くしてほしいにゃ♥」
ネムは四つん這いになり、マルスに尻を向けた。

ダッシュエックス文庫

エルフ奴隷と築くダンジョンハーレム3

—異世界で寝取って仲間を増やします—

火野あかり

プロローグ

人は生まれを選べない。

親も場所も、人種も選べない。

容姿も才能も、世界さえも選べない。

しかし、どう生きるか、それだけは選べる。

この話は愛する者と生き、死ぬまでのありふれた出来事を綴《つづ》るだけ。

望む終わりに向けて歩く者たちの、どこにでもある人生の一幕の一つに過ぎない。

人生は一人で生きるには長すぎて、世界は一人で冒険するには広すぎる。

だから人は仲間を求める。自分を理解してくれる誰かを求める。ただ、それだけの話だ。

第１話

左右に木々が立ち並ぶ砂利道《じゃりみち》を一台の馬車が駆ける。

馬車の中、運転席の横でぼんやり空を眺《なが》め、マルスはノルン大墳墓《ふんぼ》で見た世界地図を思い描く。

現在の七大ダンジョン分布の中には存在しない、とある二つの消されたダンジョン。

その所在地は天空と海底だと記載されていた。

「空と海か……」

「誰かが攻略してダンジョンがなくなったのかな？」

「どちらかというと攻略の前段階、たどり着ける者がいないために地図から消されたと考えたほうが自然に思えます」

「行けない以上は実質的に二つ欠けてるのと同じ。だからほかのダンジョンが繰り上げられた……ってことか？」

「ええ。空や海など、たどり着けるものではありませんから」

揺れる荷台から顔を出したリリアが、マルスと同じように空を眺め、燦々《さんさん》と降り注ぐ日光に目を細めながら言った。

この世界の太陽も眩《まばゆ》く、空は無限に思えるほど広い。

リリアの言うように、おそらく七大ダンジョンという伝説を維持《いじ》するために他のそれらしいダンジョンを代わりにあてがったのだろう。

——この世界には飛行機や潜水艦なんてものはない。

だから他のダンジョンを選び直すしかなかったのだ。

「まぁ……行く手段に心当たりがないわけではありませんが」

できれば聞こえていてほしくない、といった小さな声でリリアはつぶやく。

馬車の騒音がうまい具合にかき消してくれそうな音量だ。

見るからにどんよりとした憂鬱《ゆううつ》な表情を浮かべ、リリアはすっと静かに荷台に顔を引っ込めた。

リリアがこういう態度の時はあまり追求できないのをマルスはよく知っていた。

出会った時から一度もリリアの出自について詳《くわ》しく尋《たず》ねていないのは、リリアが言いたくなさそうにするからだ。

自分が転生してきたことを伝えていない以上、マルスだけが聞くのはフェアではないと思い、ただのエルフの恋人として接し続けている。

行く手段とやらの心当たりが何か気乗りしないものなのだろうとすぐにわかったマルスは、聞こえなかったふりをして、隣に座り馬車を駆る猫耳少女——ネムに声をかける。

「走れにゃ〜、なんで草で元気出るのにゃ〜！」

ネムは耳のところだけ穴が開いた麦わら帽子をかぶり、馬のことらしい謎の歌を舌足《したた》らずに、そしてご機嫌に歌いながら運転していた。

マルスたちが乗る馬車は二頭の馬が引く大きなもので、その運転はネムに任せられている。

これまではマイペースな徒歩での移動をメインにしていたが、ネムが自分は馬の扱いができると言ったため、ついに自前の馬車を購入したのだ。

「ネムちゃんが馬の運転できて助かってるよ。やっぱり歩きより楽だしね。時間も節約できる」

「にゃ。ネムは役に立つのにゃ！　勉強も頑張ってるにゃ！」

「うん。俺も馬の扱いは覚えとかなきゃな……どうすればうまく操《あやつ》れる？」

「にゃあ……こっちにゃ！　あっちにゃ！　止まるにゃ！　って感じかにゃ？」

――あ、これ感覚的なやつ。

適当に身体《からだ》をよじらせ、ネムは馬に声掛《が》けしながら手綱《たづな》を振り回す。そのたびに馬は的確に左右に動いた。

ネムの説明に理論的なものはなく、きっと獣人《じゅうじん》としての性質由来《ゆらい》のものだとマルスは悟った。つまり、マルスには真似《まね》できない。

獣人、といっても、ネムに流れるその血は薄い。

だが動物にやたらと好かれる性質は持ち合わせている。

実際、その辺の野良《のら》猫や野良犬はネムを見るなり駆けてきて、よく懐《なつ》く。

馬にしてもそれは変わらず、ネムを一目見ただけで近寄ってきた馬をマルスは購入した。

動物の匂《にお》いが苦手だというネムも、馬は好きな動物のようだった。時折馬と一緒に昼寝している姿も見られる。

「うっ、ううっ……な、内臓が口から出そうですっ……」

狭い荷台の中を右往左往《うおうさおう》するように歩き回り、ハズキは終始口を押さえていた。

顔色は青く、腹を押さえ落ち着かない様子だ。

「ハズキちゃんは乗り物酔いがひどいな……ちょっと休もうか？」

砂漠地帯に生きてきたハズキは何をするのでも歩きのみで通してきたと聞く。

よく遊びに行っていた街とも繋《つな》がっている寄り合い馬車はあったのだが、高額な運賃を払うと買い物ができなくなるため節約してきたのだ。

なのでハズキは乗り物に慣れておらず、乗り物酔いを起こしやすいことが発覚した。

「だ、大丈夫ですっ！　──あ、やっぱりダメ、で、出そうっ……！」

「ネムちゃん馬車止めて！　女の子が人に見せちゃいけないことしそう！」

馬車が停《と》まるなりハズキは森の方へ駆けていき、大きな木の根元に四つん這《ば》いでうずくまる。

さすがに状況が状況なので、ハズキの女の子としての尊厳を尊重し誰もそばには近寄らない。

これでもはや何回目かもわからぬほどなので、一同にはさほど心配する様子はなかった。

「馬車旅も一長一短だな。ハズキちゃんからすると拷問《ごうもん》みたいなもんじゃないか、これ」

「満腹になるまで食べ、そのうえ本を読んでみたり裁縫《さいほう》してみたりと、ハズキのほうにも酔う原因がある気がしますが……」

「一応止めてはいるんだけどな？」

「ですね。なのでそこからはハズキ自身の問題かと」

リリアは奴隷《どれい》時代に檻《おり》に入れられ馬車で運ばれていたため、揺れには耐性があるらしかった。

平気で読書をするし、うたた寝すらしているくらいだ。

ネムもまた奴隷として各地のダンジョンを連れまわされていたので馬車には慣れている。

ハズキは馬車の中でも優雅《ゆうが》に過ごすリリアに憧《あこが》れてしまったのか、同じような行動をしては毎度後悔している。

しばらくすると泣き腫《は》らした赤い眼《め》のハズキが馬車へと戻ってきた。

すっきりしたのか、心なしか笑顔だ。

「はーっ……わたし多分、この旅の間に内臓何個か落としてきてると思いますよ……！」

「んにゃ⁉　取りに戻るかにゃっ⁉　どこかわかるにゃ⁉」

「いや、これハズキちゃんの冗談だから！」

マルスやリリアが少しくすりと笑う程度の冗談だったが、ネムだけは真《ま》に受けて馬たちを方向転換しようとした。

ネムは嘘《うそ》を吐かない。奴隷に生まれた者が虚偽《きょぎ》を報告する自由などなかったからだ。

だからそんな発想自体がなく、冗談も通じないところがあった。

猫であっても猫をかぶることを知らないのだ。

「贅肉《ぜいにく》も落としてきたらどうです？」

「お尻《しり》が大きいのと足が太いのはちょっと気になってますねっ……！　リリアさんみたいにおっぱい大きいのにスリムなりたい……！」

「俺はハズキちゃんのお尻好きだぞ。プリッとしてて垂《た》れてないし」

「そ、それならいいのかなぁ……？　でもかっこいい服は着てみたいですね。リリアさんのぴっちりパンツスタイルとかかっこいいですもんっ！」

「ハズキちゃんが穿《は》くとムッチリだもんな……あれはあれで好きなんだけど」

すっかりいじられキャラに定着してしまったハズキだが、――本人が進んでそのポジションに収まろうとしている――その実リリアやネムから大事にされているのがマルスにはよくわかった。

リリアからすれば出来の悪い妹のような、ネムからすると間《ま》の抜けた姉のような扱いをされている。

「ネムちゃん、内臓落としてたら、わたしはもう死んじゃってますよっ！　ところで、みんなお腹空《なかす》きませんかっ⁉」

「戻した後によく何か食べる気になりますね……そして話題転換が急すぎます」

「だって空《から》っぽになっちゃったのでっ！」

「ネムもちょっとお腹すいたにゃあ……馬もちょっと疲れてるみたいにゃ」

「じゃあやっぱり休憩《きゅうけい》しよう。天気もいいし、外で食べようか」

全員でてきぱきとバーベキューの用意を始める。

マルスとリリアが食材の準備をし、ネムが椅子《いす》やテーブルなどのセッティング。

そしてリリアに人間火起こし器と呼ばれているハズキが炭《すみ》を用意した。

「そう言えば、さっき海や空に行く手段に心当たりがあるってリリアさん言ってませんでした？」

「ネムも聞いたにゃ。もしかして、ネムも鳥になれるのかにゃ……？」

「いいですねぇ……美味《おい》しいですよね、鳥さん」

「この鳥もおいしいにゃあ……」

全員でいただきますと言って、各々《おのおの》焼けた串《くし》から取っていく。

ハズキは串に刺さった野菜と肉を皿の上で丁寧《ていねい》に外しながら、さっきマルスが聞かなかったことについて言及する。

同じようにネムもリリアに尋ねながら肉を頬張《ほおば》り、幸せそうに口をもぐもぐさせていた。

自分たちで振った話題にも拘《かか》わらず、彼女たちの意識はすでに食べ物のほうに移ってしまっているようだった。

やはりハズキちゃんたちは空気が読めない……とマルスは少しだけ呆《あき》れつつ、その話を流すように空を眺めながら肉を口に運ぶ。

——でも俺も気になる話ではある。

もしかして飛行機はすでに発明されているのか？

例《たと》えば軍事技術の一環《いっかん》として、一般には秘匿《ひとく》されている可能性もある。

話題になってしまったし、マルスはやはりリリアに聞くことにした。

「良ければ俺もリリアの心当たりを聞いておきたいな」

「――ドワーフたちならその技術を持っている可能性はあります。ただ……ドワーフとエルフというのは犬猿《けんえん》の仲なのですよ。大昔からずっと。だから会いたくないし、あまり口にしたくなかったというわけです」

「へぇ……ドワーフか。なんで仲が悪いんだ？」

「種族における価値観の違いです。ご主人様はなんとなくわかっていると思いますが、エルフというのは太陽や森など自然物を尊ぶ種族です。対して、ドワーフは機械や技術などを尊びます。ですので簡単に自然を破壊していきますし、むしろ自然など唾棄《だき》すべきものとすら思っている連中なのですよ。ですから相性がいいはずもなく」

説明しているリリアの顔にドワーフへの嫌悪が浮かぶ。

あからさまな怒りの表情はリリアには珍《めずら》しいものだ。

きっとリリアの中だけの偏見《へんけん》ではなく、エルフの過去や歴史の中に、ドワーフの許せない行いがあったのだと感じさせる剣呑《けんのん》な物言いだった。

「決定的だったのは、私たちの森の木を何の許可もなく切り倒して持ち出していた事件です。そういう彼らからすればなんてことのない木でも、私たちにとっては大事な神木たちでした。そういう事件もあり、いさかいが絶えない関係なのです。私の代ではありませんが、戦争をしたこともあるくらい。二百年くらい前の話ですね。私はまだ百歳ちょっとですから、当時のことはあまり知りません」

「ドワーフさんたちは滅多《めった》に自分の国から出てこないから、あんまりよく知らないですけど……背が小さくて力持ちで、ものすっごいお酒が好きな人たちですよねっ？　器用で剣とか武器を作るのも得意だって聞いたことありますっ！　売ってる魔法の武器なんかはドワーフさんたちが作ったのばかりだって」

「そうです。おまけに毛むくじゃらですよ。大好きな石ころでも投げ合って絶滅してしまえばいいのに」

ドワーフという種族に対してマルスが知っていることもハズキと大差ない。

鉱山地帯に住み、浴びるように酒を飲む、人よりも小柄《こがら》な長命種。

優《すぐ》れた製鉄技術を持っているならば、その先の技術にたどり着く可能性も高いだろうと想像できる点だけがマルスとハズキの違いだ。

例えば馬車の衝撃を吸収するサスペンションがあれば、ハズキのひどい乗り物酔いもある程度は緩和《かんわ》できるだろう。

「私の知る限り現在唯一《ゆいいつ》、異種族でありながら独立国家を持ち、人間とも対等に通商を行っている種族でもあります。非常に粗野《そや》ですが。なのに独立を……！」

リリアは一息に、吐き捨てるように言った。

そして野菜だけを刺した串を黙々と食べ始める。

これ以上、ドワーフの話はしたくない。刺々《とげとげ》しい態度でそれを表現していた。

「リ、リリアさんがここまで特定のものを悪く言うのも珍しいですねっ？　冗談っぽいのはあっても、普段そんなに本気で怒ったりしないのに……」

少しだけうろたえ、ハズキは声色《こわいろ》を小さくして言った。

あまり騒ぎすぎるとリリアを刺激すると感じたからだろう。

「——少し取り乱してしまいました。とにかく、ドワーフの技術ならばそういった奇妙奇天《きみようきて》烈《れつ》な機械を作れるかもしれません。あるいは、という程度ではありますが」

「それに……ドワーフの国にはあるんだよな、七大ダンジョンの一つ『デ・ストゲッヘル魔鉱山』が」

デ・ストゲッヘル魔鉱山。

北方の、大陸を分断するほど高い山脈に、そのダンジョンはある。

雲を貫《つらぬ》いていると言われるほど高い霊峰《れいほう》だ。それそのものがダンジョンであるという規格外のサイズである。

一年中豪雪に見舞われ、晴天に恵まれる日は年間数日にも満たないといわれる極寒《ごっかん》の地。

たどり着くだけでも大変であるし、候補地としてはリストの最後のほうにあった。

例えば草木の生《は》えない大砂漠にあった『ノルン大墳墓』のように、七大ダンジョンは人類にとっての極地に存在することが多い。

そこから推測《すいそく》するに、海中や空中の、消されたダンジョンは、現在知られている七大ダンジョンよりも〝本物〟である可能性は高いと思う。

明らかに別格の到達難易度のダンジョンに、マルスが探している寿命《じゅみょう》を操作できる【禁忌《きんき》の魔本】は存在するかもしれない。

ダンジョンが何らかの試練のために作られたものなら、製作者以外の者の意志で選ばれたダンジョンよりも、オリジナルと思われる場所のほうが目的物が存在する可能性は高いだろう。

――それに。

確信があるわけではないが、七大ダンジョンは全《すべ》て攻略して初めてわかることもある気がする。

こう感じるのは、自身がこの世界の外側から来た存在だからかもしれないとマルスは思った。

「地図に載《の》ってるにゃ。サードニクス王国……って国の中みたいにゃ。国ってより山だにゃ？」

「ええと……馬車なら一カ月くらいで着きそうな距離ですねっ。実際には高低差があるから、もっとかかりそうですけどっ」

どこからかやってきた猫数匹に囲まれたネムとハズキは、地図を見ながら肉だけ刺さった串を頬張る。猫たちは二人によじ登って肉を奪おうとしていた。

まだまだ拙《つたな》いものの最近勉強を頑張っているネムは、ある程度は文字を読めるようになり、数字も両手までしか数えられなかった時とは違い、かなり扱えるようになっていた。

日常における礼儀作法も最低限人前で馬鹿《ばか》にされない程度は身につけた。

二人の中ではもう次の目的地が決まってしまっているようで、寒い地域は初めてだのと盛り上がっていた。

「雪遊びしたいですねっ！　丸くした雪を二つ重ねてお人形を作って、それを思いっきり投げあったりするらしいですよっ⁉」

「雪ってなんにゃ……？」

「白くて……冷たい水の……粉《こな》？　みたいなのですっ！　氷のお友達みたいなのって聞きましたっ！」

「……？　水が粉になるのにゃ……？」

「──ならないですよねっ？　じゃあ雪ってなに……？」

砂漠地帯に育ったハズキとネムの二人は雪を見たことがなかった。

マルスも現物の雪はしばらく見ていない。魔法でもなければ、地域的に雪が発生する環境でなかった場合、まず目にすることはないものだ。

雪そのものがわからないネムはピンとこない顔をし、ハズキは聞きかじった程度の知識しかないらしくちゃんと説明できていない。

なにしろ雪だるまを投げ合うものだと認識しているレベルである。

「……行きましょうか。とくに目的地は決まっておりませんし、今後のこと考えると悪い選択肢《し》ではありません。ただ鎖国《さこく》気味ではありますから、すんなり行けるかはわかりませんよ」

「まぁ冒険者と言っても傍目《はため》には身分証明のないならず者だしな……逆によくこれまで普通に旅ができたと思うくらいだ。色々なところでお金を配ったから何とかって感じ」

「見た目だけなら犯罪者と大差ないですからね」

「ああ。街中《まちなか》を帯剣《たいけん》して歩いていくのも物騒《ぶっそう》だし。――リリアがいいならドワーフの国にしようか」

貴族以外で自分の身分を証明できるようなものを持ち合わせている者はほぼおらず、多くは関所で渡航目的を告げ、了承を得て入っていく。

武装している冒険者は盗賊《とうぞく》などの犯罪者と同一視されがちで、場所によっては入ることすら許可されない。

解決してくれるのは金銭、つまり賄賂《わいろ》だ。賄賂を払うのは当然すぎて、もはや値段表が用意されているくらいである。

若干《じゃっかん》の気がかりはあったものの、これといった目的地がない現状においてドワーフの国――サードニクス王国以上の候補地は思いつかなかった。

七大ダンジョンに該当《がいとう》する所はあっても、空や海につながる手がかりがある場所は他にない。

「本当にいいのか？　ドワーフの国のダンジョンに寿命を延《の》ばす魔法があるとは限らないし、嫌なら他から進めてもいいんだぞ？」

「実際、私の偏見《へんけん》に過ぎない部分はあると思います。ドワーフという種族をひとまとめに見下していないか？　と尋ねられれば、そうでないとは言えません。ですが私も変わっていきますからね。前は人間も嫌いでしたが、今はそうでもありませんし」

「……それなら次の目的地はサードニクス王国、そこにある『デ・ストゲッヘル魔鉱山』！色々問題もありそうだけど、俺たちならきっと攻略できる」

「さらにそこで空や海に行くための機械を入手する、というのが当面の目標ですね」

全員が頷《うなず》いてみせる。

ダンジョンに潜る理由は様々だ。だが思いに程度の差はあれど、みんながリリアとともに生きることを選んだ。

死霊術を見つけ次第破棄《しだいはき》していく使命こそ帯びていても、墓守《はかもり》の使徒《しと》としての大きな目的はハズキにはもうないに等しい。

ノルン大墳墓を守る使命を失った墓守の一族は自分たちの人生を生きるために世界中に散った。彼女たちは彼女たちで第二のノルンが生まれないよう死霊術の根絶に励《はげ》むだろう。

なにもハズキだけが頑張る必要はないのだ。

これまでのダンジョンで得た宝を分けてもらい、その後は好きに生きたいと言われれば、マルスは拒否するつもりはなかった。

それでも当たり前のように同行を続けてくれたのが内心泣きそうになるほど嬉《うれ》しかった。

——もうリリアだけじゃない。俺が全員を幸せにする。

リリアとともに生きること、そしてリリアが幸福でいること。

寿命操作ができなかった時、たった一人でリリアが途方もない時間を生きていくのはあまりに可哀相だった。

リリアに友人の一人でも、せめて友人の作り方でもと思い、ハズキを仲間に入れた。最初は誰でもよかったというのが本音《ほんね》だが、今ではハズキでなければいけないのだと痛感する。

友人のために危険な場所で命を張れるような人間が、ハズキのほかにいるとは思えなかった。

だからマルスは命を懸《か》けてでも仲間を守ろうと誓《ちか》う。

「ですとげ……うまくしゃべれないダンジョンにゃ」

「地域柄なんですかねぇ……この辺の地名、口にするのが大変なの多すぎじゃないですっ？　無駄に長いっ！　これからは『デストゲ』って言いましょうっ！　――あっ、なんか罠《わな》っぽい名前になっちゃいました。不吉な感じしますね……」

「無駄は言いすぎでしょう、無駄は。痴女《ちじょ》は気をつけて歩くように。これは冗談でなく」

「名前覚えるのも大変だよな。実は俺ちらっと地図見てから言ってた」

重苦しい気持ちはみんなで一緒にいると塗り替えられていく。

第三者からすればなんてことのないやり取りでも、前世でこんな穏《おだ》やかに過ごしたことがなかったマルスにとっては、これ以上ないほどに幸福な時間だった。

ダンジョンに対して恐れはある。下手をすれば今持っているものまで全てを失ってしまうかもという不安が過《よ》ぎることもある。

それでも前に進むしかないのだ。

恐怖やリスクは足を止める理由にはなりえない。

第2話

「かかか、帰るかにゃ……？　もも、もっとあったかいダンジョンがいいにゃ……」

「かかかかか、帰るのはダダダダダメですよっ……わ、わたしたちは鳥さんになるんですからっ……」

歯をカチカチ鳴らし、ハズキとネムは高い山を見上げていた。

目的地であるサードニクス王国領の手前、鉱山での発掘品や工業製品の取引が行われている、山の麓《ふもと》の交易都市でのことだ。

パッと見た範囲では珍《めずら》しい物はあまりなく、マルスたちが日常的に使う魔鉄鋼を動力にした機械の値段が異様に安いくらいである。

一般的に部屋の明かりとして利用されているランプや、湯沸かしの機械などだ。

これらを仕入れて他の街で売れば利益が出るからか、商人たちが大声で値段交渉《こうしょう》をしている光景が至《いた》る所で見られた。

しかしドワーフの先鋭技術は一般には流通していないようだ。

まして潜水艦や飛行機を買えはしないらしい。

――ま、そんな簡単にいくわけないよな。

サードニクス王国はドワーフの国だが、この交易都市は別の国の、人間の街で、ドワーフは見受けられない。

探せばこの街に商品を卸《おろ》しているドワーフの商人もいるのだろうけど、これからたくさん会うだろうことを考えるとわざわざ探す気にはならなかった。

「確かに少し寒い。思ったほど雪はないけどね」

「寒いには寒いですが、あの二人が言うほど寒くは感じませんよね。砂漠と比べれば過ごしやすいくらいの温度です」

真っ白な雪が邪魔ものの如《ごと》くそこかしこに積まれていて、温度は零度《れいど》を少し下回る。

しかし山の麓で人の出入りは多く、焚火《たきび》の暖房はたくさんあるためそれほど寒くも感じない。

寒さという点においても、本番はまだ先にある。

何しろこれから世界最高峰への雪山登りが始まろうとしているのだ。

一応の登山道は存在しても、一歩踏み外せばクレバスが存在するような危険な道のりである。

当然道中に焚火の暖房などもありはしない。それどころかメートル単位で雪が積もっている場所が大半《たいはん》だ。

しかもただの過酷《かこく》な山登りではなく、山中には環境に適応した魔物も存在する正真正銘《しょうしんしょうめい》の極地を進む。

だから全員しっかりと防寒装備はしている。

来る途中の街で購入した高級毛皮のコートにしっかりと温かい肌着《はだぎ》、帽子に耳当て、手袋にマフラー、それに膝《ひざ》まで覆《おお》うブーツを装備していた。

特にリリアやネムは耳が人間よりも長いので、しっかり防寒対策をしないと凍傷《とうしょう》にかかり壊死《えし》してしまう危険があった。

魔物に見つからないようにするため、景色に溶け込めるよう女性陣は白いものを着て、逆にマルスは自分に魔物の視線が集中するよう黒っぽいものを着ている。

「かかか、身体《からだ》の中身から凍《こお》っちゃいそうっ……——あっ⁉　ネムちゃん、息が白くなってますよっ⁉　あれ、わたしもっ⁉　馬車の中ではそんなことなかったのにっ！」

「ほほほ、ほんとにゃ！　なんでにゃ⁉　面白《おもしろ》いにゃ！」

寒い寒いと言いつつも、生まれて初めて体験する環境をハズキとネムは全身で楽しんでいた。ぴょんぴょんと跳《は》ねて滑って転んでみたり、道端に積まれた雪を触って冷たいと騒いでみたり、完全にレジャー気分だ。

雪を除けば、機械や人、鉱石ばかりであまり綺麗《きれい》な景色とは言えないが、この世界では初めて雪景色を見たマルスも多少は感慨《かんがい》深い気持ちになった。

「痴女《ちじょ》……どうして寒いと言いつつ短いスカートなのです？　底冷えするのくらいわかるでしように。死ぬ気ですか？」

「でで、でも、長い靴下穿《は》いてますしっ……」

「それでも寒いから震えているのでは……？」

「だだ、だってわたしただでさえ二人と比べて顔が地味なのに、ろろ、露出《ろしゅつ》まで減ったら存在感なくなっちゃうじゃないですかっ！」

「そこ⁉　大丈夫だよ！　言動に存在感あるから！」

マルスとリリア、ネムはそれぞれ毛皮のロングコートにブーツまで身に着けて完全防備だが、ハズキだけは登り始めるまでは嫌だと拒《こば》み、丈《たけ》の短いコートを選び、スカート姿だ。

何か理由があるのかと思いきや、まさかの存在感アピールだったらしい。

そういえば女子高生は冬でもかたくなに短いスカートを穿いていたな、と日本にいたころを思い出し、この年代の少女はどんな世界でも似たような発想をするのかもしれないとマルスは苦笑した。

――ファッションは気合い、だっけか。そんな言葉を聞いたことがある。

今回はさすがに従ったが、機能性より可愛《かわい》さ重視なのはリリアも同じだ。なぜだか極力薄着でセクシーなものにしようとする。眼福《がんぷく》だが、季節感は大事だ。

ダンジョンにも防寒着は持ち込むつもりなので、戦闘で破れたりしてしまうことを想定し、予備もたくさん持って来ている。

その中からハズキのコートを丈が長いものに着替えさせ、下もズボンに穿き替えさせた。

「はぁ……あったかっ……雪山でスカートなんて穿くものじゃないですねっ。スースーしてお尻《しり》カッチカチに凍っちゃうかと思いましたよっ！」

「ネネネ、ネムはまだ寒いにゃ……マ、マルスにゃんの服の中入れてにゃ」

一同の中で最も大柄《おおがら》なマルスのコートの前面にネムが下から潜り込み、二人羽織《ににんばおり》のような状態になる。

小柄なネムはマルスのコートの胸のあたりからスポンと顔だけ出し、多少は暖かいのか満足げな顔をしていた。

人の往来がある場所なので、それなりに注目されて少し恥《は》ずかしい。

幸いなのは、リリアもネムも耳を隠し、さらにネムはしっぽも服の中にあるため、『異種族』としては注目を集めていない点だ。

ただそれとは別に美少女を三人連れているという点で注目を集めていた。

「ネムちゃん、この状態じゃ動けないよ。あと割と恥ずかしい！」

「ちょっとでいいにゃ……起きるときの『起きるにゃ！』って覚悟と同じで、外に出る覚悟が必要なんだにゃあ……」

要するに寒空の中に出る度胸《どきょう》が欲しいのだろうと納得し、引っ付いているネムを服の上から抱きしめる。

ネムの体温は高く、マルスもまた温まっていくのを感じた。

小さく未成熟な身体にはたくさんの未来が詰まっていて、それへの責任がマルスにはある。

多少傲慢《ごうまん》な考えだと自戒《じかい》しても、彼女たちの命運を握っているのは間違いなく自分だ。

判断を間違えれば死なせることになる。力不足は言い訳の余地すらなく自分のせいなのだ。

積極的に話題に挙げたりはしないが、ノルン大墳墓《ふんぼ》で一時的とはいえ仲間だったユリスの死は、全員になんとも言いようのない無力感を与えていた。

――俺がユリスさんの心をしっかり摑《つか》めていればあんな結末にはならなかった。

生きていれば必ず死ぬのだ。そしてダンジョンはこの世界で最も死を早める場所なのだ。

当たり前の事実を全員、再確認し始めていた。

「………」

むすっとした顔でリリアはネムを見ていた。

子供のように自然に甘えられるネムが羨《うらや》ましく恨《うら》めしいのだ。

リリアだとプライドが邪魔して人前ではできない。

自分の中にある独占欲を嫌悪し、そんな我《わ》が儘《まま》を言えば嫌われてしまうとリリアは我慢《がまん》する。

「わたしたちもあれやりましょう、リリアさんっ！」

「やりません！　人前であんな！」

「わたしはリリアさんの服の中でおっぱいに頭を挟《はさ》まれたいんですけどっ！」

「なおさら嫌ですが!?」

迫るハズキをリリアは受け流すようにいなし距離を取る。

向かい合って間合いを測《はか》りハズキの突進を避けようと身構えていた。

◇

「馬、大丈夫かにゃ……寒くないかにゃ？　ちゃんとゴハンもらえるのかにゃ？」

「しっかりした高い馬宿《うまやど》だから大丈夫だよ。期間が短くなっても返さなくていいって1年分前払いしてるし、それとは別にチップも弾《はず》んできたしね」

山を登り始めてすぐ、ネムはちらちらと街のほうを見るようになった。

登れば登るほど振り向く頻度《ひんど》は増えていく。

手袋をぽんぽんと拍手《はくしゅ》するように叩《たた》き、落ち着きのない表情と声だ。

登り始めて六時間ほど経《た》つから、下に見える街は小さく、もう輪郭《りんかく》くらいしか掴めない。

ネムの心配は街に置いてきた馬たち。

馬車で山登りはできないため、麓《ふもと》の街に馬ごと預けてきたのだ。

長い期間ではないが一緒に旅をし、みんなで世話してきた馬たちにネムは特に愛着を持っており、離れることに不安を感じているようだった。

自分の目の届かないところで虐《いじ》められるのではないかと心配しているのだ。

「人間は怖いからにゃあ……」

人間よりも位《くらい》が低いとされている異種族であるため、ネムは同じ身分の奴隷《どれい》たちの中でも特に差別され虐められてきた過去がある。ネムの言葉の端々《はしばし》にそのとき植えつけられたものが混じっていた。

誤った情報を伝えられていたりして、自己肯定感が低く、どこか自虐《じぎゃく》的だ。

自分が考えたことは間違っていると素直に思い込んでしまっていて、勉強の際も回答の自信の有無《うむ》を問うと、根拠なく自分が間違っているのだろうかと聞き返してくる。

実際ネムは奴隷小屋でもなく家畜と同じ場所で一人寝泊まりし、食料に関しても奴隷仲間に搾取《さくしゅ》されていたようだった。奴隷であっても戦闘用の奴隷であるならある程度の食料は与えられる。それなのにネムが痩《や》せ細っていたのはそうした虐めが原因だ。

――生《お》い立ちが不幸過ぎた。一朝一夕《いっちょういっせき》で治るような心の傷じゃない。

本人すらよくわかっていない深いところにネムの傷はある。

頼る者のいない環境で生まれ育ち、心細く思う気持ちすら押し殺して今まで生きてきたのだから仕方のないことかもしれない。だからか、ネムはマルスたちにべったりだ。

マルスは帽子の上からネムの頭を撫《な》でて、また大丈夫だと口にする。

「大丈夫。ネムちゃんが思ってるほど人間は悪い存在じゃないよ」

「馬は話せないから虐められても何も言えないにゃ。やっぱり無理矢理連れてきたかったにゃ……」

マルスも連れてきたかったが、馬たちは【夢幻《むげん》の宝物庫】を異様なほど怖がった。

ノルン大墳墓で拡張された宝物庫ならば馬用に部屋を割り当てることもできなくはないが、そもそも入ってくれないのではどうしようもない。

日常的に使用しているマルスでさえ不気味に思う時があるから、動物は本能的に忌避《きひ》感があるのかもしれない。

「こ、この山の険しさと比べれば、きっと馬たちは楽園にいるような気持ちでしょう……快適そうな小屋でしたし……」

「あったかそうな厩《うまや》でしたもんねっ。そうだっ！　この道の雪を全部わたしの炎の魔法で燃やしていくとかどうですっ⁉　絶対あったかいですよっ！」

——なんて物騒《ぶっそう》な考えだ！

先頭を歩くマルスは後ろから聞こえてきたハズキの声に驚愕《きょうがく》する。

自然を破壊するドワーフのことが嫌いなリリアが到底《とうてい》受け入れるとは思えない発言だ。

「……やってしまいなさい」

両手にスキーのストックに似た杖《つえ》を突き、マルスたち三人が踏み固めた地面の雪を見つめながら、リリアはマルスの予想に反し、ぼそりとつぶやいた。

リリアの帽子や肩の上には雪が積もっており、白い服装も合わさって雪だるまが歩いているようだった。

「えっ、燃やしちゃっていいんですかっ⁉」

「ダメだよ！　雪が一気に溶けたら雪崩《なだれ》が起きたりするかもしれないから、魔物が出てきても激しい魔法はダメだ！　そのために肉体派の俺とネムちゃんが先頭なんだから！」

「で、ですよねっ、わたしも冗談のつもりで言ったんですけど……！」

寒さで赤くなったリリアの顔がもっと赤くなっていく。

吹雪《ふぶ》いているときは【夢幻の宝物庫】の中でやり過ごすものの、少々雪が降っているくらいでは足を止めず登り続けなければいつまでもたどり着けない。

だがそんなピッチだと体力のないリリアは次第《しだい》にぐったりうなだれてしまう。

何しろ山登りの素人《しろうと》がいきなりエベレストに挑戦するようなものなのだ。

重い荷物を担《かつ》ぐ必要はなく、休憩《きゅうけい》場所にも困らないが、それでも難所である。

疲れと、その過酷《かこく》さにリリアは思わず口走ってしまったのだろう。

冷静になって考えればリリアもマルスと同じ答えに行き着いたはずだが、平常心を失っている。

【夢幻の宝物庫】で長めに休憩してもいいが、開いた場所と同じ場所にしか出られない以上、結局頑張るしかないのが現実だ。

トイレやちょっとした小休止などはしてきたが、腰を据《す》えてしまうほど長くは休憩していない。

リリアも頑張るしかないのをわかっているため休憩したいとは言い出さなかったが、そろそろ登り始めて六時間ほど。時刻は夕方までまだ少しあるが、さすがに休み時らしかった。

――俺も少し疲れてるくらいだし、リリアならもっと疲れてる頃合いか。

鼻の奥は冷え切ってツーンと痛み、手足は寒さで少しだるい。

休んでしまえば今日はもう進めないだろうと思うと少し悩んでしまうが、翌日までに解消しない疲労をため込むほうが問題だ。

何よりリリアが判断力を失っている状況は非常に良くない。

ダンジョンの罠《わな》でもそうだが、クレバスなどに落ちてしまえば一発アウトの可能性もある自然の罠が多々ある環境下で、前のマルスと後ろのリリアが正しい状況判断をできなくなってしまうのはまずい。高確率でハズキが罠にかかる。

休憩は最も体力のない者に合わせて行うべきと、マルスはこれまでのダンジョンで十分学んできた。

「今日はこの辺でやめておこうか。日が暮れればもっと寒くなるし見通しも悪くなる。あと一時間頑張っても大して変わりはないし」

長い目で見れば、今さら数時間を急ぐ旅ではない。無理は禁物だ。

◇

「外は寒いのに服の中は汗まみれですねっ……ベタベタしますっ！」

「ハズキにゃん、汗臭いにゃ。むわっとしてるにゃ」

「逆にネムちゃんはなんでそんなに肌サラッサラなんですかっ⁉　もしかして汗かかないとかっ⁉」

「あんまし疲れてないからじゃないかにゃ？」

「猫は肉球以外、汗をかかないといいますし、そういった特性でも持ち合わせているのでしょう、よく知りませんが。――ハズキ、湯浴《ゆあ》みの準備をしますよ。この状態でご主人様の前に長くいたくありません」

【夢幻の宝物庫】の中に入り、一同は我先《われさき》にと防寒着を脱いでいく。

服の中は汗まみれで、ベタベタして気持ち悪い。

先導の役割を担《にな》い、常《つね》に新雪をかき分け歩いてきたから、一番汗をかいていて匂《にお》うのは自分だろうと、マルスは身体に張り付いたシャツの襟首《えりくび》に鼻を近づけて思う。

単純に若く代謝《たいしゃ》がいいのか、そもそもわりかし汗っかきだからなのか、防寒着を脱いだハズキの身体から白い湯気が上がる。

しかし臭いとは思わない。

どこかフェロモン的に感じるのは、自分がオスだからなのかもしれない。

汗で濡《ぬ》れた髪がハズキの首や顔に張り付き、行為の時の様子を思い出させる色気が幼《おさな》げな顔に感じられた。

それに対して、ネムはあまり見た目の変化がなく、けろっとした顔で帽子と雪により崩《くず》れた前髪を手櫛《てぐし》で直していた。

外見的に一番変化があったのはリリアだ。

顔や首などはしもやけのように赤くなり、目は疲れきって半月状のジト目、長く美しい金髪は今や乱れに乱れてぼさっと大きく膨《ふく》らんでしまっていた。

状況を知らぬ者が見れば暴漢《ぼうかん》にでも襲《おそ》われたのではと心配になるレベルだ。

「ご、ご主人様。私がみっともない状態なのは自覚しておりますので、あまり見ないでいただけないかと……」

「いや、冒険の勲章《くんしょう》みたいなものだ。それにどんな状態でもリリアは可愛いよ。——ぶっちゃけ、リリアだけでなく俺たち全員、間違いなく汚いし」

ダンジョンにしろ何にしろ、冒険には汚れがつきものだ。

血の汚れならまだしも、汗ならいちいち気にするほうが神経質すぎると言えるし、生理現象ゆえ気にするだけ無駄である。

「ま、汚れはそんなに気にすることないよ」

「わかってはいるのですが、やはり……見られたい姿ではありません。綺麗で十全な状態でありたいですね」

「俺は汗ばんでる姿も好きだけどね。——端的《たんてき》に言ってエロい」

「も、もう！」

——ま、見た目に気をつけられるうちは健康だよな。

冒険者としては本質的にどうでもいい要素に気が回る余裕があるのはいいことだ。

リリアのみならず、ハズキにもネムにもまだ精神的な余裕があるなとマルスは少し安心した。

そもそも、マルスたちは一般的な冒険者と比べれば衛生《えいせい》的すぎるくらいである。

一般的な冒険者——資金を持たない者たちなら、ダンジョンにいなくても男女問わず一月《ひとつき》風呂に入らないなど当たり前なのだ。

マルスが有するような【夢幻の宝物庫】を持たない冒険者だと、ダンジョンの中ではずっと着替えすらままならない。せいぜい身体を拭《ふ》く程度が関の山だ。

マルスたちが衛生環境に気をつけているのは、単に綺麗でありたいという気持ちのほか、不衛生な環境が生む病魔への警戒《けいかい》からでもあった。

自分の肉体を活性化させて回復を得る治癒《ちゆ》の魔法が結局どこまで病気に有効なのかがいまだはっきりとはわからないのだ。

なので一日に最低でも一回は風呂に入ることにしている。

「ですですっ！　別に気にしなくてもっ！　わたしなんて、実はパンツまで汗でびっしょりですよっ！　お尻にすっごい食い込んでますしっ」

「私はそこまではありませんが……？　汚いですね。──それは本当に汗ですか？」

「せっかくかばったのにっ⁉　──汗ですよっ！」

「本当に？」

「本当ですってっ！」

若干《じゃっかん》引き気味になり、リリアはハズキから距離を取る。

ハズキが下着を濡らしていると聞くと、マルスも別なものを想像してしまう。

何しろマルスにハズキの存在を強く印象づけたのは、マルスがリリアと性交するのを見て自慰《じい》に励《はげ》む姿だ。ドスケベとか痴女とかとリリアに真顔《まがお》で言われているハズキだが、マルスも全く否定できない。

基本的に極限環境で生活していることも影響しているのか、性欲がすさまじいからだ。

一人にすれば高確率で喘《あえ》ぎ声が聞こえるし、隙《すき》あらば求めてくる。

自慰こそしている様子はないがマルスやリリア、ネムにしても似たようなものではある。

生物的には健康でいいことだろうと半《なか》ば開き直っている側面もあった。

「ネムはお尻に食い込んでイライラしたから、さっきトイレに行ったときコッソリ脱いだにゃ」

「今穿いてないの⁉」

「実は半分くらいの日は穿いてないんだにゃあ！　下にズボン？　穿いてるときは穿かなくてもいいかにゃって思ってるのにゃ」

綺麗にしてるし、と付け加え、普段着に戻ったネムはソファにうつ伏せに倒れこみ、お気に入りの魚のぬいぐるみに抱きついた。

ショートパンツと太ももの隙間からちらりと見えるのは白い肌。

確かに見える範囲に下着はなかった。

ちらりと見える、太ももでもお尻でもない肉に注目してしまう。

「――ご主人様」

「ちょ、ちょっと見てただけ！」

ジト目を強めたリリアが少し低い声でマルスを咎《とが》める。

視線がネムの下半身に向いていたのを感づかれた。

ネムの場合、締め付けられるのが嫌いらしく上はノーブラである場合がほとんどだが、さすがにノーパンと言われるとどうしても気になってしまう。

たとえ相手がおばさんだったとしても下着に目が行ってしまうのはもはや習性のようなもの。責められても矯正《きょうせい》のしようがない。ノーパンはそれの最上級である。

風呂はマルスから入る。

女性陣は一緒に――特に長湯のハズキとネム――入っていることが多いが、マルスだけは単独だ。

理由は簡単、入っている時間と後処理の長さが違うからだ。

マルスが先に風呂から上がって食事の用意をするのが日課になっている。

食べるのはともかく、手間のかかる凝《こ》った料理にチャレンジできる時間があるのはマルスにとって喜びだ。

前世では食事など買えばいい、自分で作る必要はないと考えていたが、コツコツと技術を積み上げて身につけていくのが楽しいと、この世界に来てから実感するようになった。

一日の終わりに料理するのは精神を日常に戻す役割もある。

そうすると明日へのモチベーションも上がるのだ。

全員の好みの折衷《せっちゅう》案を考えつつ、肉・魚・野菜をバランスよく摂《と》れるメニューを考える。

とその時、後ろから急に首回りに纏《まと》いつく重みに襲われた。

「うおっ⁉」

「小さい魚よりおっきい魚の料理がいいにゃ！　ウロコ取るの手伝うにゃ！」

「ネ、ネムちゃんまた身体拭かないで風呂出てきたな⁉　風邪ひくからちゃんと乾かさないとダメだぞ！」

「身体は適当に拭いたけどにゃ？」

「髪がびちゃびちゃじゃないか！　それに適当はダメ！　全部綺麗に拭かないと！」

背中にちょっとした重みを感じていた。

風呂上がりで全裸《ぜんら》のままのネムがマルスに飛びつき、首にしがみつきながら、両足を腰のあたりに巻きつけていたからだ。

背中に押しつけられるのは顔、そして言動にそぐわない大人びたサイズの胸。

されるがままに形を変えるリリアの水のような胸とは違い、ハリが強く、つぶれても力強く元の形状に戻ろうとする。

柔らかさより弾力が勝る、大きさの割に未成熟さの残る胸だ。

こんな風にへばりついてくるのは毎日のことだった。

ネムは長い髪を乾かすのを面倒臭《めんどうくさ》がり、ちゃんと拭いていないから仕方ないのだが、服を着るのも身体に貼《は》りついて嫌なのだという。

そんなネムの解決方法はある程度乾くまで全裸でいることだ。

そのあとはネムにはかなり大きいマルスのシャツだけを着て過ごす。奴隷だったネムに下着の文化はないのだ。

「でもネム風邪ひいたことないにゃ」

「それでもダメだよ。ハズキちゃんが毎日困ってるだろ？」

「だってハズキにゃんはネムにいっつも何か塗ろうとするからにゃー？」

「化粧水とかだな。綺麗でいるにはそういうものも必要なんだ。少なくとも嫌がらせではないよ」

「きれいなほうがマルスにゃんは嬉《うれ》しいにゃ？」

「そりゃあもちろん」

「にゃあ……——ならつけてくるにゃ！」

そう言ってネムはぴょいとマルスから飛び降り、全裸でびしょ濡れの髪としっぽで水をまき散らしながら風呂場に戻っていく。

小ぶりなお尻と腰のくびれのバランスを見てもまだ成長しきっていない。

そういう意味では、リリアは完成型なのだと思わされた。しかも成長し老いていくマルスと違い、リリアはマルスが死ぬまでの時間くらいは平然と同じ姿でいる。

——ハズキちゃんはもうそこまで大きくは変わらないだろうけど、ネムちゃんはどんな大人になるんだろう。

まだ十五歳のネムはこれからも大きく容姿が変わっていくはずだ。獣人《じゅうじん》は元来大柄だというし、栄養状態が改善した今なら意外と長身の美人になるかもしれない。父性的な見方かもしれないが、純粋に楽しみではあった。

濡れた床を拭きながらマルスは軽く微笑《ほほえ》む。

嘘《うそ》を吐く発想のないネムはそのぶん好意の示し方もストレートだ。

マルスだけでなくリリアに対しても好かれようとして何か手伝おうとしてみたり、役に立とうと勉強を始めてみたりと、努力する。

ハズキに対して少々口が悪いのは、どうやら普段からマゾっ気が強いハズキはそちらの方が喜ぶと判断しての結果らしいと、ハズキ自身が負け惜《お》しみのように言っていた。


風呂に入り食事を済ませたあとは寝るまで各自、自由時間だ。

基本的にはそれぞれ好きなことをするが、最近はネムの勉強を代わる代わる見ていることが多い。

理数系はハズキ、文系はリリアとマルスが担当している。

社会系の勉強に関してはマルスもハズキもリリアに教えてもらうことが多々あった。

マルスは辺境の田舎《いなか》育ちでこの世界について知る機会が少なかったし、ハズキにしてもずっと墓守《はかもり》の里育ちであるためそういった知識には欠ける。

言うなれば常識知らずではあるのだが、この世界においてはそんな常識知らずの方が多数派だ。

自分のいる環境のことしか知らないのは前世の現代社会でもそう変わらないといえるだろう。

世界が変わっても人間は人間だ。

「ハズキにゃんの言ってることのほとんどがわからないにゃ。問題の意味がわからないにゃ」

「俺もわからん……」

「ネムちゃんも結構できるようになりましたし、ちょっとだけ難しいのをやってみようと思ったんですけど……」

数学に天才的な才能を持つハズキは基準がおかしく、まだ勉強し始めのネムに対して高等数学の問題を繰り出してくる。

――これは高校レベルですらない。

大学の数学科くらいじゃないか、この難易度の問題は……。

転生しているとはいえ、別に勉強に時間を割《さ》いてきたわけではないマルスもさっぱりわからなかった。言うなれば数十年ぶりにまともに勉強しているのだから、せいぜいが高校レベル――しかも初歩――までしか自信は持てない。

「痴女は答える側はともかく教える側は向いていませんね。相手の理解度に合わせることが不得意です」

「そんな難しいですかね？　ちゃちゃちゃー、さらさら、がちゃがちゃってやれば解けますよっ？」

「それです！　痴女はどうしてそのよくわからない擬音《ぎおん》で説明するのですかっ⁉」

信じられない、とジェスチャーで表しながら、リリアは左右に首を振る。

ハズキの会話には擬音が多い。正直に言えば知性はあまり感じられない話し方だ。

だからこそ、ハズキの数学的才能をすぐには見抜けなかった。

「それ、お母さんもお父さんに同じこと言われてましたっ！　『君の言っていることが理解できない時がある』って言われてたの覚えてますっ！　うちはおばあちゃんもこんな感じだったので……家系なんですかねっ⁉」

ノルン大墳墓で遭遇《そうぐう》したハズキの両親はアンデッドになってしまっていたが、できれば生前に会ってみたかったなとマルスは少しだけ寂《さび》しい気持ちになる。きっとハズキと似たところもあっただろう。

あの場でハズキと変わらないほど動揺していたリリアもマルスと同じことを思っていたのか、少し責める口調を抑えていた。

「ま、まぁ……他人に伝わるようにするのが説明の大前提です。もう少し言葉を選びましょう」

こほん、と咳払《せきばら》いし、リリアは急に優しくなる。

他人の心の傷に触れる際、リリアは誰よりも慎重な気がした。

ネムの勉強を見ているというのに、当の本人はノートの隅《すみ》に小さくカブトムシと魚が戦う落書きをしていた。

◇

ぴちゃぴちゃと少し粘着質《ねんちゃくしつ》な水音が寝室に響く。

部屋は明るく、五、六人が寝そべることのできるベッドの中央にマルスとリリアはいた。夜、もう寝る以外の用事がなくなれば、あとは愛を深め合う時間だ。

参加するメンバーは常に全員というわけではないが、基本的に皆、マルスの私室で床《とこ》につき、本能を解放して腰を密着させ合う。

全裸のマルスの上にパンツだけになったリリアが馬乗りになり、倒れこんで密着しあっていた。

マルスを他の女から隠そうとしてしまうのがリリアの悪いところで可愛いところでもあるとマルスは思う。独占欲が強いのだ。

まだ大きな喘ぎ声も肉を打ちつける音もしない。

繋《つな》がるための準備をしている時間で、もっとも恋人同士らしい時間だった。

肉体への愛撫《あいぶ》も行うが、二人は舌《した》を絡《から》めあうキスをしている時間が一番長い。

「んっ……はぁ……♡　マルス、好きです……♡」

「俺もだ……」

上から伸びてくるのはリリアのざらざらした感触の舌。

舌先同士を恐る恐る確認するようにちょんとくっつけ、くすぐったい快感と甘い味を感じ取るなり、絡めあってお互いの甘い味をさらに確かめた。

そしてマルスの肩をリリアが強く掴み、ひたすらに唇《くちびる》を重ねあう。

ナメクジの交尾《こうび》のようにねっとりと舌を絡めあっていた。

舌をフェラチオするようなリリアの舌使いで一物《いちもつ》が破裂しそうなほど勃起《ぼっき》が強まる。

食事など基本的なところが満たされ、さらに信頼している者がいるという精神的な充実感がリリアの心をのびやかにしていた。

お互いの上唇や下唇を口で挟みあってみたり、前歯の裏を舐《な》めあってみたりと、イチャつく時間を延々《えんえん》と過ごす。

どちらがどちらの口かもわからなくなるほど長い時間を、蕩《とろ》けるような甘い快感で埋め尽くした。

──口の中が天国すぎる。これだけで興奮《こうふん》しすぎて射精しそう。

他の面々に比べるとリリアはキスが好きで、好きだからこそ伴《ともな》う舌技《ぜつぎ》も絶品だ。

リリア主導で、まるで自分の所有物だと主張するかの如《ごと》くキスばかりされるとマルスといえども翻弄《ほんろう》されてしまう。

背骨の神経を直接触られているのではないかと思われるほど全身に響く電流じみた快感の波。

身体の動きを最適化することには自信があるが、他方、性欲のスイッチが入ると一気にそちらに全身の機能が傾く。

「ふっ、んっ、んあああっ……♡」

負けるものかとリリアの背中に腕を回し、背骨のくぼみに溜《た》まった汗を指でなぞる。

腰から項《うなじ》へとゆっくりなぞってやると、マルスの顔にあたるリリアの鼻息が指の動きに合わせて乱れ、少しこそばゆく思う。

リリアの吐息《といき》は熱風のように熱く、その高ぶりが声にされなくてもわかった。

「リリア……」

声にならぬ喘ぎで口が離れた時に目を合わせて名前を呼ぶ。

リリアは照《て》れたように目をそらす。

没頭し続けていないと無性《むしょう》に恥ずかしくなってしまうのは、出会ったころとあまり変わらない。

マルスの身体のラインに合わせて潰《つぶ》れる柔らかな胸の感触に、下半身の隆起《りゅうき》はさらに強まっていく。

——身体が柔らかすぎるし、良い匂いはするわ可愛いわエロいわで我慢できん……！

血液が集まりすぎて痛いくらい勃起してしまっている……！

「そ、そんなに押しつけられると私も……！♡」

汗ばんでヌルついた腹の肉で一物も押しつぶされ、マルスは交尾欲をむき出しにして擦《こす》りつけるように腰を小刻《こきざ》みに前後させてしまう。

汗と我慢汁《じる》で潤滑性を高めた肉は熱く、内部に入った時への期待をさらに強めさせた。

汗と唾液《だえき》が二人の身体の境界をゆっくりねっとりと溶かすようだった。

マルスの肩を掴んだリリアは全身を使って前後し、マルスの頭を真っ白にさせるほど性欲を煽《あお》る。

女性特有の下腹部の膨らみはその奥にあるであろう器官——子宮《しきゅう》を強く意識させた。

「もう入りたいですか……？♡　ものすごくびくびくしていますよ？♡」

好きな男が自分に発情している事実にリリアは満足そうな顔を浮かべていた。

誘うような茶化すような口ぶりと表情でリリアがささやく。

「うん。爆発しそう……」

マルスは背中に回していた腕を下にスライドし、股間《こかん》の上にあるリリアの丸い尻を揉《も》みしだく。

きゅっとくびれた腰から大きく膨らんだ尻にかけてのラインが女性的だ。男女の身体の作りの違いが悩ましい魅力を放っていた。

弾力とふわふわとした柔らかさを両立した尻はマルスの指をアリジゴクのように呑《の》み込む。

弾力がないわけではないのに、押し込むと面ではなく点で吸い込むような女体《にょたい》の柔らかさはいつ触ってみても不思議だ。

揉みながらリリアを滑らせ、股間から腹の上までスムーズにさりげなく移動させる。

パンツが食い込んでいる尻をなぞり、リリアにわかるようゆっくり秘部に向けて指を進めた。

これから一番の性感帯に触るぞ、というその意思表示に、リリアの全身は一瞬、硬《かた》くなる。

快感には緊張もある。敏感であれば特にだ。

顔を見るとリリアは期待と緊張が入り交ざったゾワゾワした表情をしていた。

「じ、焦《じ》らさず、さ、触ってください……♡」

「――おねだりとはエロいな」

あえて割れ目には触れず足の付け根や内ももなどばかり触っていると、辛抱《しんぼう》たまらなくなったリリアが困った顔で懇願《こんがん》してくる。

普段クールな女がねだってくる状況に興奮しない男はいない。マルスも例外ではない。

リリアの媚《こ》びるような、はぁはぁという余裕のない喘ぎに似た呼吸に煽《あお》られ、本能が思考を捨てるよう命令してくる。

大きく開いたリリアの両足の間にある淫《みだ》らな割れ目に指を伸ばし、今度は焦らさずいきなり膣口《ちつこう》から触れそのままクリトリスまで撫でる。

パンツからはしっとりを通り越し、べっとりと言えるほどの愛液が流れていた。

「んあっ！♡」

「めっちゃ濡れてるね？」

「そ、そういうことは言わないでくださいっ！　も、もう……そうやって照れさせるのがお好きですよね？」

「多分、男はみんな好きだ。誰にでも通用すると思う」

「――私はマルス以外の男に興味ありませんけれど！」

むすっとした声で言いながら、リリアはマルスの頭を胸で挟むように隠す。

たぷんたぷんと呼吸に合わせて波打つ胸がマルスの顔を撫でる。

汗ばんでしっとりした胸は温かく、リリアの甘い体臭に包まれて酒に酔ったようにぼんやりする。

激しい心音がリリアの興奮を教えてくれる。

こうなってしまうと、もはや射精欲で動く性欲に支配された獣《けもの》になるしかない。

「意外と独占欲強いな。落ち着いてるのに」

「だ、だって……あっ、乳首っ……！♡」

上体が少し起き、リリアが腕立て伏せに近い状態になったため、マルスは胸に吸い付く。授乳期の子供とは違って、いやらしく乳首を舐《ねぶ》り口の中で転がすようにいじくりまわす。

ぷっくりと膨らんだピンク色の乳首は唇だけでは潰すのが難しい。

前歯の先でカリカリと擦《こす》ると声が高くなっていき、リリアはか細い嬌声《きょうせい》を上げる。

下から掬《すく》い上げるように胸を持ち上げ、力は入れずに全《すべ》ての指を小さく上下する。

リリアだけが持つ固形の水のような感触の胸を夢中で触り、なんとも言えぬ幸せを感じた。

ふよふよと指の隙間からこぼれていってしまいそうだ。

「イチャイチャしてますねぇっ！　わたしも泣いてしまうくらい奥をガンガンされたいですっ！」

「してるにゃあっ⁉　いいにゃ〜！　ネムも頭撫でられたりしたいにゃ！　耳のついてるとこがきもちいいんだにゃ！　こーびもきもちいいしにゃあ！」

「じゃあわたしが触ってもいいですかっ⁉」

「ハズキにゃんはあんまし上手じゃないからイヤにゃ」

「ちゃ、茶化すんじゃありません、二人ともっ！」

行為中はあまり気にしないようにしているが、当然他の面々もこの場にいる。

ハズキとネムはニヤニヤしながらマルスとリリアを見ていた。

昼間は女子たちのリーダーであるリリアが、夜にはベタベタと子供じみた甘い声を出して甘えている様《さま》が面白《おもしろ》いらしい。

ネムは全裸でベッドに寝そべりながらお菓子をつまみ、しっぽを意味もなくウネウネさせ、まるで映画でも見ているかのようにマルスたちを見ていた。

ハズキは全裸に網《あみ》タイツだけを装備し、四つん這《ば》いになってクッションに股間をこすりつけている。

下半身がムチムチしているから、網タイツが食い込んで柔らかい肉を強調していた。

待ち時間に準備を整えるのがハズキの常だが、単に自慰が好きなだけな気もした。

すっかり気が散ってしまったリリアは、顔の赤さの種類を羞恥《しゅうち》は羞恥でも笑われている方面に変えてしまっていた。

リリアの集中が切れていくのが妙に厭《いと》わしく思われ、マルスは片手を滑らせ、リリアのパンツを割れ目から引き剝《は》がすように横に寄せた。

リリアがそうであるように、行為の最中はマルスもマルスだけを見てほしい。

自分自身もう我慢の限界であるし、今からリリアを下ろしてパンツを脱がせて……となると少々興《きょう》も削《そ》がれる。

それならば穿かせたまま挿入《そうにゅう》したい。

着衣のままだと、人間と動物の間に自分たちがあるような倒錯感《とうさく》があり興奮するのもあった。

ふっくらした大陰唇《だいいんしん》の割れ目に亀頭《きとう》を押し当てるとにゅるにゅる逸《そ》れる。

それはそれで都合がよく、亀頭を愛液でぬるぬるになるまでこすりつけた。

だが挿入から逃れることなど許すわけがなく、ガチガチに勃起した陰茎《いんけい》を膣口に押しつけ、腰を突き上げる。

本日最初は女性上位の騎乗位からと決めた。

「あああっ……お、おおきい……！♡」

「相変わらず入り口キッツ……！」

ついばむように吸いついてくる膣の中を亀頭の先端で感じつつ、膣口のちぎられてしまいそうな締まりに悶絶《もんぜつ》する。

視界の端には「始まりましたねっ！」と野次馬《やじうま》発言をするハズキがいたがスルー。

しているのはどれだけ綺麗に言い繕《つくろ》おうとも性欲で動く交尾なのだ。

理性など捨て敏感な粘膜《ねんまく》を擦りつけ合い快楽を享受《きょうじゅ》する行為である以上、どこまでいっても恥ずかしいには恥ずかしい。

「んんんっ、んっ、ふっ、んっ……！♡　さ、先っぽがようやくっ！♡」

ぐいぐいと腰を突き上げ、徐々《じょじょ》にリリアの詰まった肉の中に陰茎全体をねじ込んでいく。

毎日何回もしているとはいえ、マルスの巨根を受け入れるのは簡単ではない。

体重がかかった状況でも押し返す強い締まりに襲われる。

「お、俺そんなにもたないかも……！」

狭い膣内に詰まったヒダの複雑さは、回数がわからないほどしているのに未《いま》だ把握《はあく》できていなかった。

細かなヒダが一枚一枚舐めるように陰茎に絡みつき、リリアの呼吸に合わせて複雑に膣内そのものがうねる。

愛液にまみれた膣肉が陰茎の半分を呑み込んだあたりで射精感がこみあげてきた。

ぎゅうぎゅうと押し返すように締めてきた膣が、今度は奥に奥にと誘《いざな》わんばかりに締め付けの方向を変えてくる。

「あっ、ああっ！♡　太いところがっ、な、中をごりごりとっ！♡　んっ！♡　んっ！♡　ああ、あああっ……！♡」

ぐぐ、とリリアが腰を落としながら、泣きそうな声で喘ぐ。

マルスの最愛の女たちは常日頃からアスリート顔負けの運動量を誇る。

なのでその辺の女たちと比べれば筋肉量が違い、締まりも格別にいい。

そこに生来の名器の締まり具合が合わさると腹上死してしまいそうな性感に襲われる。

実際マルスは死にそうなほど、魂《たましい》まで放出しているような射精感を覚えながら射精することが大半だ。

魔法を知ってからというものひたすら身体操作系の魔法を鍛《きた》えたため、性的な感度も能力も非常に高い。一回の射精で出る精液の量は常人《じょうじん》の数倍にも及ぶ。

膣内射精の際は頭が真っ白になり、射精している感覚以外の全てがマヒし、精子の一匹一匹が尿道をひっかく感覚すら感じられるほど気持ちいい。

溜まってしまっているときなど1分近くは勢いよく射精が続き、その最中は一切の行動や思考ができない。

そんなだから性交に対する欲求は常人の比ではなかった。

「ああっ、あううっ♡　あひぃっ♡　——お、奥にずんって！♡」

こり、と亀頭にふわふわと柔らかい膣肉とは違う感触が当たる。

リリアの一番奥を貫《つらぬ》いていると思うと、それだけで射精しそうだ。

なにせそこにあるのはオスが本能的に目指してしまう場所である。

奥までしっかり届いたことを確認したリリアは、上体を完全に起こして腰を前後に動かし始める。

マルスの下腹部にクリトリスが当たり、擦りつけている。そうすると中も外も気持ちがいいようだ。

硬いチンポが膣内全てを蹂躙《じゅうりん》するが如くガリガリとひっかきまわし、犬のような短い喘ぎがリリアの口から無意識に飛び出てしまう。

自分でみっともなく思うほど発情した身体の奥深くでは、精子をよこせ、と言わんばかりにきゅうきゅうと子宮が騒いでいる。

これで膣内射精してもらえなければ、子宮から暴言が鳴り響くだろう。

淫液《いんえき》をまき散らしながら腰を振るなど本来誰にも、それこそマルスにも見られたくないが、身体は自然にそうした淫《みだ》らなことを望む。

自らの一番好きな男が、そうした下品に本能をむき出しにした女にたくさんの精を注ぐことを身体《みずか》でわかっているからだ。


ましてや騎乗位なのだから少し暇《ひま》なマルスは上にまたがる女が乱れていないと喜ばないだろう。

そう思ったリリアは恥じらいながらもマルスの手を掴み自分の胸に誘導する。

そしてマルスの腹に手を乗せ、腰を上下し始めた。

「気持ちいい？　痛くないか？」

「き、きもちぃですっ！♡　んあっ……！♡　──お、おまんこきもちぃですっ！♡」

リリアの白く華奢《きゃしゃ》な身体は、男が喜ぶものをたくさん載《の》せた夢の戦艦のようなもの。

時折見せる若干の幼さと美麗《びれい》さが同居した精緻《せいち》な顔つきも、弾む大きな胸も、上下するたびに波打つ長い髪も、またがる太ももの滑らかさも、何もかもがマルスをそそらせる。

敏感な部位に巨根をねじ込まれている快感もあり、リリアは少しずつ体勢を崩し始めていた。

マルスは我知らず胸に夢中になってしまっていた手を離し、リリアの両の手とつなぎ合わせる。

リリアの指にこもった力は体重を支えることとは無関係に強く、マルスはほんの少し痛みを覚えた。

たぱん、たぱんと、水っぽい音が二人の全身を伝って響く。

「あっ、んんっ……！♡　はぁっ、マルス、マルスっ……！♡　好きっ♡　あーっ、あっ……ちゅーして、ちゅーしてくださいっ……んんっ！」

垂直運動に疲れたリリアはマルスの上に再び落ちてくる。

好きとリリアが口にするたびに締まりが内側に誘うように強くなってマルスを奥に導いていく。

「はっ、あっ、ふぅっ……！♡　んっ、ぐっ！　あっ！♡」

だんだんとリリアの上下運動は激しくなり、顔や声に余裕がなくなり、キスもおざなりになってくる。

一度目の絶頂が近いのだとわかったマルスが自分からも腰を動かし膣奥をこするように小突《こづ》く。

何度も肌を重ねるうち明らかになったのだが、リリアは奥の方に強い性感帯がある。

そこをマルスにすっかり開発されてしまい、今では高まってくると軽く小突いてやるだけで絶頂してしまうほどの感度に育っていた。

「ああっ！♡　ああっ！♡　イ、イくっ……！♡　わ、私だけっ、イくのは嫌ですっ……！」

「お、俺もそろそろ出ちゃいそうだから！」

「い、一緒に、一緒にイきましょう！♡」

すでに睾丸《こうがん》は根元まで持ち上がっていて、射精のために精子をこれでもかと送り込んでいる。

尿道の先っぽからは精子の混じる我慢汁が噴《ふ》き出ていた。

敏感な裏筋《うらすじ》をぞりぞりとしたヒダに、しかも体重のかかった強い刺激にさらされ続けていたのだから射精は近い。

元来マルスは早漏《そうろう》だ。しかし自慰とは違いあくまで相手のいるセックス。

自分だけが気持ちよくなることは許されず、相手にもまた同じかそれ以上の快感を与えなければいけない。

だから我慢していただけで、とっくに絶頂寸前だった。

陰茎全体がびりびり痺《しび》れ、先端から感覚が薄れていく。

その感覚が戻るのは精液がリリアの中に放たれる瞬間だ。

ありとあらゆる快感が極限まで高まって戻ってくるのである。

「──も、もうイく、もうイくっ！♡　ああっ♡　やだやだっ、もっと、かわいがってほしいのにぃっ！♡　あっ、ふっ、イ、イく、やだっ、イくっ！♡」

ぶるる、と全身を大きく震わせ、悲鳴じみた喘ぎを上げながらリリアは絶頂する。

それと同時に、膣内が手で思い切り握られたように締まり、陰茎の根元から亀頭にかけて絞《しぼ》る動きをした。

メスの本能が無意識に行う、内部のピストン。

射精を我慢しているオスに対し、我慢などさせない不意打ちの一撃だ。

「──うっ！」

どくっ、どぴゅどぴゅっ！　びゅっびゅ、びゅるっ！

尿道をどくどくと精液が駆け上り、鈴口《すずぐち》を押し広げて出ていく。

膣奥に勢いよく飛び出たものの、騎乗位の重力に負けて亀頭まで戻ってきているのがわかる。

しかし戻ってくるのは半分ほどに感じられた。

そのねばっこい感触から察するに、残りの半分はリリアの膣内にへばりついているのだろう。

一回目の射精でゼリー状に固形化しているから、量はいつもより少ないが、精子の濃度は相当高い精液だ。もし排卵《はいらん》が起きているのならこの一回で妊娠させてしまえそうだ。

種付《たね》けをしているオスの充足感がマルスの全身を覆っている。

肺が大量の酸素を欲し、血流や筋肉の動きが股間の一点に集中している。

「んんんっ……♡　マ、マルスのすごい勢い……♡　お腹《なか》の奥でびゅーびゅーしてるっ……！♡」

「止まらない……うっ」

「全部、全部出してください……♡」

「し、締めたらダメだって……！　ううっ！」

きゅっと締められ、まだ射精中だというのに更《さら》に絞られる。

ようやっと出し終えてもまだ勃起は収まらない。たった一度の射精くらいで性欲は萎《な》えない。

「あっ！　次わたしですからねっ！　もうおまんこびっちゃびちゃですよぉっ！　わたしはお尻叩《たた》きながら激しくしてほしいですっ！　物みたいにされるのが大好きなんですよねぇっ！」

ハズキは網タイツだけの両足をＭ字開脚し、びちゃびちゃになって纏《まと》まった陰毛《いんもう》の下にある大陰唇を指で開いて見せつける。

愛液でぬらぬらと赤くきらめく膣肉を目にし、ハズキへの性欲も掻《か》き立てられた。

「ネムはしっぽの付け根のとこをトントンしてほしいにゃ。頭ほわほわになってきもちいいにゃ」

「だめですっ！　次も私がこのままお相手するに決まっているでしょうっ！　ぜ・ん・ぶ・私のですっ！」

再び胸で顔を覆われ、マルスは呼吸困難に陥《おちい》る。

リリアの激しい心音に心が安らいだ。

結局、この日も三人まとめて相手することになる。

その後一カ月かけ、一同は天険の頂《いただき》を目指す。

第3話

「ガチャガチャ、ギュイーンって音がしますねっ？　なんでしょ、あの動いてる鉄っぽいの……」

「ギギギってうるさいにゃ」

金属同士が擦《こす》れ合っているような不快な音が聞こえてくる。

耳のいいリリアやネムはすぐに耳を手でふさいだ。

「それにこの街は暗いですねっ！　里にいたときのわたしくらい暗いですよっ⁉」

「それは笑っていいやつなのかにゃ？」

「思いっきり笑われたら、それに合わせてニヤけながらもちょっと傷ついちゃうやつですねっ！　寝る前に泣きそうになっちゃうやつっ！　寂《さび》しかった気持ちも一緒に思い出しちゃうやつですよっ！」

「なら言うんじゃありませんよ……」

永遠に続きそうなほど長い山道を登り進め、山の中腹が見えてきてから景色が変わった。

少々くぼんだ地形のところにあったのは一つの大きな街。

異様なくらい雪がなく、薄暗い。

年がら年中吹雪《ふぶ》いている場所であるはずなのに、その形跡さえほとんどなかった。

そしてまるで洞窟《どうくつ》の中のようにそこらじゅうに火が配置されている。

そのせいか急激に温度が上がり、防寒着を着た状態だと少々暑い。

七大ダンジョンの一つである『デ・ストゲッヘル魔鉱山』は、この街を経由していくのが一番安全なルートらしい。山頂付近まで内部で繋《つな》がっているらしいのだ。

それ以外では断崖《だんがい》絶壁を登頂しなければダンジョンにはたどり着けないのだが、マルスとネムはともかく、リリアもハズキもまず不可能だ。

それはまさに垂直の氷壁を登っていくようなものらしい。ダンジョンに入る前に死ぬ。

「空に天井が……ある？」

ガラスでもあるのか、天井に雪が積もってかまくら状になっていた。

その雪が日光を遮《さえぎ》っているので、街が丸ごと夜のように暗いのだ。

この世界でも出来の悪い曇《くも》ったガラスは存在するが、街一つ覆《おお》うような巨大なものはない。

まず支柱すら存在しない一枚ガラスで街を覆うのは現代世界でさえ不可能だ。

「これがドワーフの奇妙《きみょう》奇天烈《きてれつ》な発明の一つです。魔法で作られた見えない屋根がこの街――というよりここが国なのですが、その全てを覆い、外の環境から隔離《かくり》しているのですよ。自分らの大好きな鉱石を手に入れるために山を抉《えぐ》り、勝手に環境そのものを変えて我が物顔とはいただけませんよね？」

「それは人間もやるから、俺には何も言えん……要するに結界《けっかい》魔法みたいなのが永続的に出てるってことか」

「ええ。魔物の侵入などもそれで防いでいるはずです。国単位の要塞《ようさい》のようなものですよ。技術力とこの要塞化、さらには地形のおかげで独立できているのです」

見えないドームに覆われた街の入り口からは内部の様子がよく見える。

入り口付近にはソリの駅があり、下山も簡単にできるようになっていた。

中はマルスにとっては見覚えのある光景が広がっていた。

ハズキたちが騒ぐ音の正体だ。

「――ここは工業地帯か？」

「ドワーフは昔からあのような設備を用い、一族総出で何かを作ったりする種族なのですよ。風情《ふぜい》も何もあったものではありませんね」

リリアはやれやれと全身で苦々しさを表現していたが、マルスは反対にそのスチームパンクな環境に胸を躍《おど》らせていた。

――機械文明の始まりだ。

この分だと機関車まですら遠くない！

文明のレベルはせいぜい近代以前の代物《しろもの》ではあるのだが、技術発展の方向というものはどうやら合理性に従う限り世界が違ってもそう変わらないようで、作業効率を上げるためと思われる工夫が沢山《たくさん》見られた。

街のあちこちから蒸気が立ち上り、一定のリズムで機械の駆動《くどう》音が金切《かなき》り声をあげていた。

その音がいくつも折り重なって、一つの結果を生んでいく。

マルスたちが見たものはトロッコ。一本のレールの上をたくさんの連結トロッコが走り、街の中央にある巨大な溶鉱炉《ようこうろ》に一定の間隔《かんかく》で鉱石を流し込んでいた。

その光景はジェットコースターに似ている。

少し違うのは、トロッコそのものも溶鉱炉に落ちていってしまう点である。

溶鉱炉からは溶けた金属の一部が金型に流し込まれていて、どうやら再度トロッコの形状に成形される仕組みらしい。

線路の切り替え技術はないのだろう。

「魔法……じゃないですねっ、あれ」

「あれはああいう生き物じゃないかにゃ？　おっきい石の下にああいう長い虫がいることあるにゃ。噛《か》まれたらにゃー……すごい痛いんだにゃ」

「それはムカデさんですねっ。あれは魔物ってわけでもなさそうだし、そもそも生き物でもない気がしますっ！」

「じゃあ何なのにゃ？　ギィギィ鳴いてるけどにゃ？」

「う、うーん……わかんないけど気持ち悪いですね……」

ハズキやネムは生まれて初めて見るシステマティックな動きを楽しむよりも怖がっていた。

いまだ庶民《しょみん》の家では蠟燭《ろうそく》などの火で明かりを得ている。

魔鉄鋼を動力にした魔法機械類は高価で、地方の庶民には縁遠《えんどお》いものなのだ。

ましてや工業製品に類する物は職人個人の才覚と技術で作るものであり、工場など誰でも同じものを作れる施設は整備されていないのが一般的だ。

だからある意味では魔法よりも工業のほうが得体《えたい》の知れないものなのである。

隔離環境に近いところで生まれ育ったハズキや、馬小屋に寝泊まりしていたネムならなおさらだ。

「ここが国の入り口、関所《せきしょ》みたいだけど、鎖国《さこく》気味ってわりには見張りが見当たらないな」

「……？　下の交易都市の豊富な商品を見ても感じましたが、何か変わってきているのでしょうか。まるで積極的に人間と関《かか》わっているような……正直、異種族の中でもエルフはかなり排《はい》他《た》的です。ですがドワーフもまた、同じくらい排他的なはずなのですよ。人間など他の種族を見下している、といったほうが正しいですが」

「リリアが……というよりエルフとして聞くけど、人間と関わろうと思う時ってどんな時だ？」

「一族だけで解決できない問題が起きた時、ですね。――つまりこの国に何か起きていると？」

「だと思う。だってほら、『冒険者はこちら。種族問わず』って看板《かんばん》がある」

もぬけの殻《から》の関所には冒険者を呼び寄せる看板だけがあった。

矢印《やじるし》が指し示す方向には街の中央にある巨大な溶鉱炉。

溶鉱炉を中心に巨大な工場とも城とも知れない様々な建物があった。

どうやらこの街、この国は、この溶鉱炉を中心に稼働《かどう》しているようだった。

結界らしきものもその溶鉱炉から展開されている。

全ての物資が溶鉱炉に集まり、また溶鉱炉からあらゆる場所に送られていく。

それはまさに国の心臓だった。

「にゃあ……あの小さいの、ひげもじゃってことは、もしかして子供じゃないのかにゃ……？」

「ドワーフという種族は小柄《こがら》なのですよ。あれで成人ですね。しかし腕や足はものすごく太いので、膂力《りよりよく》は人間の近親種の中でも圧倒的なものがありますが」

「世界にはいろいろな人がいるんですねぇっ……わたしより足太くてちょっと安心しますっ！」

「彼らが太いのは筋肉によるものですけれど？　痴女《ちじょ》のそれは……」

「わたしの足は……もしかして半分くらいお肉っ？　――そんな太ってませんよね？」

「…………」

「リ、リリアさんが細すぎって話はありませんかっ⁉　逆にっ！」

溶鉱炉の周辺には忙《せわ》しなく動く小人――ドワーフたちがいた。

身長は子供のように低く、マルスたちの中では一番小さなネムよりも平均的には身長が低い。

ドワーフたちもマルスたちを訝《いぶか》しげに見るが、他にも冒険者が来ているからかそれほど注視することもなく、一瞥《いちべつ》するだけで作業に戻っていく。

それらの視線の中には侮蔑《ぶべつ》の色だけでなく、ある種の憐憫《れんびん》も混じっていたのを見逃さない。

この場所はアウェイなのだなと警戒《けいかい》し、腰の剣の位置を手で確かめながらマルスは溶鉱炉へ向かう。

◇

「一応服はまだそのままで。エルフや獣人《じゅうじん》だとわかると面倒なことになるかもしれない」

「ええ。私もネムも重々承知《しょうち》です」

「この国だと人間のほうが少ないのににゃあ？」

「ぼやいても仕方ないことですよ」

帽子に敏感な感覚器である耳が覆われているのが気に食わないネムは、目を細めて不満げに口先を尖《とが》らせる。

溶鉱炉のそばまでやってくると、様々な冒険者たちがたむろしている場所に出た。

大広間という表現が最も近く、そのサイズは高校の体育館ほど。

酒場のように机と椅子《いす》が並べられていて、本当に酒を飲んでいる連中もいる。

これまで見てきた場所は置いてある物もドワーフのサイズに合わせた子供サイズのものが多かったが、この大広間に関しては標準的な人間サイズの物ばかりだった。

種族問わずとあっただけあって、人間だけでなくドワーフの冒険者らしき者も混じり、どことなく混沌《こんとん》とした空気がある。

その大広間の奥には小さなカウンターがあり、二本の角《つの》が付いたヘルメットをかぶったドワーフが受付をしていた。

背中には身長とそう変わらないであろう大きなツルハシを背負っていて、やっていることは事務であるはずなのに、装いは武骨《ぶこつ》な鉱夫《こうふ》そのものだ。

顔面を覆うヒゲのせいでいまいち歳《とし》はわからないが、目元のシワのなさから若いドワーフらしいと推測《すいそく》する。

口調は平坦《へいたん》で、あまりやる気はなさそうだった。

「こちらにこれまで攻略したダンジョンの数、パーティメンバーなど記載し提出して頂けますか。言語はなんでも構いません。文字が書けなければ代筆しますので、口頭でお願いします」

「は、はい……ダンジョンの名前も書いた方がいいですか？」

文字を書ける人間はかなり少ないので、このドワーフは代筆のためにここにいるのだろう。

マルスは共通言語で書いていく。というのも、マルスはそれしか言語を知らない。

異種族の多くは共通言語と呼ばれる一番簡単な言語を用い、人間もその共通言語を使う者が多数派だ。

ちなみに、仲間内だとリリアだけがエルフ語はもちろん、複数の言語を理解できる。

「できれば」

「ええと……一応確認ですけど、これって『デ・ストゲッヘル魔鉱山』に入るために必要なんですよね？」

「そうですよ」

むすっとした顔のドワーフが、頬杖《ほおづえ》を突きながらマルスを適当にあしらう。

多少困惑《こんわく》しつつも、マルスはそれに対応した。

――今までのダンジョンと違う。

なんていうか……お役所じみてる。ノルン大墳墓《ふんぼ》もそうだったから許可が要《い》りそうなのはわかっていたが……。

その違和感に少し警戒《けいかい》しつつ、粗悪なスカスカの紙にマルスは自分の簡易プロフィールを書き、パーティメンバーの人数も記入する。

意図が確定していないため、名前はマルスの分だけしか書かなかった。

――冒険者を集めて、実績を書かせることで力量を調査しているのか？

「ご主人様、どうします？　真実を書きますか？」

「うーん……ちょっと迷うけど、しっかり書いた方がいい気がする。どうやらこれは審査っぽい。実績ない奴《やつ》らは入るのを後回しにされるんじゃないか？　後ろの連中みたいに」

周りの冒険者らしい荒くれ者たちは、マルスたちの動向をちらちら窺《うかが》っていた。

ありふれた剣にありふれた革《かわ》製の防具や鎖帷子《くさりかたびら》など、装備を見ても一山いくらといったものを身に着けた平凡な冒険者たちだ。

睨《にら》みつける者がいたり、威圧《いあつ》するような態度の者もたくさんいた。

マルスの外見は多少子供っぽくもあるから余計だろう。しかもパーティは女子供ばかりだ。

冒険者に共通しているのは、彼らの投げてくる視線は品定めするものであり、自分たちと比べてマルスたちがどの位置にいる冒険者なのかを確かめようとしていること。

もっとも、そういうある意味で真面目《まじめ》な冒険者の他に、リリアやハズキ、ネムを下卑《げび》た視線で見ているだけの連中もいる。

中には下品に笑いながら腰を振るジェスチャーをする輩《やから》もいた。

そんな連中を一瞬見て目をそらし、ハズキは周囲に聞こえないよう小声で話す。

「みんなちょっと気持ち悪いですねっ……ジロジロ見られてます……あんなのと付き合う女の人いないですよ……」

「女とくればすぐにああいう発想になるのでしょう。痴女の男版ということです。まして私たちは外から見れば奴隷《どれい》ですから、余計に侮《あなど》られているのですよ」

「わたしは誰でもいいわけじゃないですけどっ⁉　マルスさんの時はリリアさんみたいに愛されてみたいなって思っただけでっ！」

「そうだったのですか？　ただ淫乱《いんらん》なだけかと……」

「そ、それもありますけどっ！　――言い方っ！」

リリアの背中に張り付いて、ハズキは男たちの視線から逃れていた。

基本的には人見知りなハズキは、こういう人の多い場所だと途端《とたん》に存在感を消す癖《くせ》があった。

ネムはネムでリリアの袖《そで》を掴《つか》み居場所なさげな顔をしていた。

二人にしがみつかれているリリアはうんざりした表情だ。

ネムは奴隷でない状態で多数の人目に触れたことがなかったため、こういった時にどう振る舞えばいいのかわからないようだ。

なので──。

「ネムもなんか見られてるにゃ。あいつらは敵かにゃ？　倒すほうがわかりやすいにゃ？」

「て、敵ってことはないと思いますけど……美少女三人組だから見られちゃいますねっ！」

「きゅ、急に自信過剰《かじょう》ですね……痴女の感情の動き方がいまだによくわかりません」

マルスは書き終えた紙を受付に渡し、少し後ろで待っていた三人のもとへ行く。

紙にはしっかりと攻略実績──七大ダンジョン『ノルン大墳墓』の攻略も書きつけた。

欲しいのはあくまで寿命《じゅみょう》を延《の》ばす【禁忌《きんき》の魔本】であって、難関ダンジョンの攻略者としての称賛ではないのだが、今回に限り話が違う。

──若干《じゃっかん》大変だな、ここは。その辺の子供でいるほうが都合がいいのに。期待も羨望《せんぼう》も全部重荷でしかない。

マルスたちにとって、ダンジョン攻略は手段であって目的ではない。

まずダンジョン攻略者であることはそのまま大金持ちであることを意味する。

穏《おだ》やかな生活を望むなら、他人より金銭的に豊かである事実は隠しておく方がいいのだ。

だからマルスたちは贅沢《ぜいたく》をしても定住することはないし、拠点《きょてん》を定めずここまでやってきた。

しかし今回はその望まない称賛で目立った方が都合がよさそうだ。

多数の冒険者がここで佇《たたず》んでいるのは、何かしらを待っているからだろう。

冒険者を求め、且《か》つ、実績を開示させようとしていることを踏まえると、冒険者を選定して何かをさせようとしているのは明らかだ。

その証拠に、ドワーフの受付は驚いた顔でマルスの書いた紙を持ってどこかへ行った。

「最近勢いのある冒険者が増えてきたよな」

「ああ。天下の七大ダンジョンがいきなり二つも踏破《とうは》されちまった」

待機している冒険者たちが酒を飲みながら世間話《せけん》をしていた。

マルスよりは年上のようだったが、目はぎらつき野心に溢《あふ》れた若者たちだ。

──七大ダンジョンが〝二つ〟攻略された？

マルスが思わず会話に聞き入ってしまったのは、聞こえてきた内容が衝撃的なものであったから。

そのうちの一つは当然、マルスたちが攻略したノルン大墳墓だ。

──だがもう一つは？

「伝説にビビって誰も入らなかっただけで、入っちまえば意外と大したことないダンジョンなんだろう。俺たちも後に続かないとな。一攫千金《いっかくせんきん》成り上がり、貴族どころか王になることさえ夢じゃねぇ」

「ノルン大墳墓の《災禍《さいか》の魔女と雷鳴《らいめい》》一派はともかく、『レガリア大火山』は《漆黒《しっこく》》ってのが一人で攻略したらしいぜ？　女子供たちに単独冒険者、そんなレベルでいけるなら、人数がいれば実際余裕だって。このダンジョンだって、これだけ冒険者がいればなんなく踏破できるだろ」

「分け前は小さくなるだろうが、それでもしばらくは遊んで暮らせるな！」

大きな声で能天気に笑う。彼らはダンジョンを舐《な》めていた。

おそらくは小規模のダンジョンさえ攻略したことがないであろう装いと緊張感だ。

人を人たらしめる未知への探求心と強欲《ごうよく》、そして無知が、こういった無謀《むぼう》な冒険者たちを生む。

緊張感こそ薄くとも、マルスは転生以降、幼少期からずっと肉体の操作と強化を極《きわ》めるべく努力してきた。

ハズキはまず間違いなく天才の域《いき》にいるし、リリアやネムも種族的なアドバンテージが人間よりも大きいため、単純に強い。

そのうえで負担を減らし効率よく進めているから攻略できるのであって、無策で挑《いど》めばマルスたちもどこかで命を落とすのは確実だ。

冒険者たちは思考停止して鍛錬《たんれん》もせず夢に向かうだけで、そんな自分たちの立ち位置を理解していない。才能ある者たちが努力と思考を積み重ねるからこそダンジョン攻略は達成できるのだ。

彼らがその事実を知るのは、逃れられない死に直面した時。

人数だけたくさんいても死人が増えるだけで大した強みではないと、死を代価《たいか》に学ぶ。

「《漆黒》……単独で七大ダンジョンを踏破した奴がいるのか」

「そ、それも驚きましたが……《災禍の魔女と雷鳴》一派？　雷鳴はご主人様のことでしょうが、《災禍の魔女》とは、まさか……」

目元をひくひくさせ、リリアは目線だけで自分の後ろのハズキを見ようとする。

自分たちのことを言われているのはわかるものの、《災禍の魔女》に該当《がいとう》する人物が一人しか思いつかずリリアは衝撃を受けていた。

あろうことかマルスではなくハズキが中心になっているところもまた気に入らない。

だがハズキがそんな二つ名《ふたな》を付けられるくらいの実力者なのはリリアも認めるところだ。

例《たと》えばこの広場の全員を焼き払うくらい、今のハズキならば造作《ぞうさ》もない。

「《災禍の魔女》……！　そんなカッコイイ呼ばれ方してみたいですねっ！」

「――よかったですね。願いは叶《かな》っていますよ。ま、まぁ前回は痴女の活躍が大きかったのは認めますが……！」

他人事《ひとごと》のような顔をしていたハズキは、自分が《災禍の魔女》と呼ばれているのをリリアの反応でようやく理解し、横断歩道を渡る時のようになぜか左右を確認した。

「えっ、もしかして、わたしのことなんですかっ⁉　――可愛《かわい》さ災害級の超絶美少女的な意味かなっ⁉」

「いえ、普通に強大な魔法使いという意味でしょう。自惚《うぬぼ》れるんじゃありません。そしてそういう戯言《ざれごと》は私の背中にしがみつかないで言いなさい」

「ものすっごい冷静に返されたっ……！　わたしのこと千年に一度の大親友だって言ったのに

っ！」

「……言っていませんね。ちょっと考えましたが言っていません。痴女は深刻なほど妄想癖《もうそうへき》が強くないですか……？　以前も似たような記憶の捏造《ねつぞう》をしていましたよね。――あっ、ゆ、友人だとは思っていますよ？」

「そこは『へーい！　仲良くやろうぜ、姉妹《きょうだい》！』みたいな明るい感じで行きましょうっ！　へーいっ！」

「友人もやめましょうかね……」

ハズキのハイタッチをリリアは無視した。

単語に覚えがないのか、ネムは首をかしげて知っている単語を組み合わせてみたりした。

日常会話で出てくるような単語ならともかく、まず使わない単語についてはまだ無知のままだ。

「むずかしい言葉にゃ。どっちの言葉も知らないにゃ。もっと勉強しないとにゃー」

「《災禍の魔女》ですよっ！　かっこいいでしょっ！」

「……？　最下の痴女、にゃ……？」

「あれ、かっこいい呼び名だったのになんかバカにされてる⁉　いや、これネムちゃんの知ってる言葉に変換されちゃってますねっ⁉　――でもみんなと一緒にいると間違ってない気もするのが悲しいですっ！」

いつものように騒いでいると、広場が大きくざわついた。

五百人近くいるであろう冒険者たちの視線は、入り口に立つ人物に向けられていた。

そこに立っていたのは頭の天辺《てっぺん》から足の先までが真っ黒な甲冑《かっちゅう》を着た人物。

体格からして男であることは間違いなさそうだったが、肌《はだ》が一切、露出《ろしゅつ》していないため種族は判《わか》らない。

手ぶらで武器も何も持っておらず、どういった戦闘手段を持つのかさえわからない謎の人物だ。

兜《かぶと》の目の部分の細いスリットを覗《のぞ》いても視線の動きすらわからないが、大広間の全員を見渡し、敵意とも殺意ともいえそうな威圧《いあつ》感を振りまいていた。

黒い全身甲冑《フルプレート》は全身の輪郭《りんかく》がぼやけているように見える。

注視しようと思うと陽炎《かげろう》のように揺らぐのだ。甲冑そのものが幻視など魔法的な撹乱《かくらん》効果を持っているのだと思われた。

黒甲冑の男は武を修めた者特有の隙《すき》と無駄のない動きで歩く。

受付まで歩を進めるのを全員が黙って観察する。

明らかにこれまでの冒険者とは違う空気を纏《まと》う黒甲冑の男に、マルスが紙を提出するまでやる気なさげに対応していた受付の青年ドワーフは背筋を伸ばし、その小さな身体をまっすぐにした。

「ダンジョンを攻略しに来た」

黒甲冑の男は受付にそれだけ言った。

兜のせいか、くぐもっていて声の質もよくわからない。

その迫力に押され、しどろもどろになっている受付だったが、黒甲冑の男の行動で態度が変わる。

黒甲冑の男が右腕を【夢幻《むげん》の宝物庫】に突っ込み、一目見ただけで魔法の武器だとわかる、赤い線が螺旋《らせん》状に入った黒い槍《やり》を取り出したのだ。まるで重騎兵が持つような、貫通させるというよりは貫《つらぬ》いた対象を内側から押し広げ破壊するような傘《かさ》状の槍だ。

受付は背中のツルハシを構えるも、黒甲冑の男はそれ以上の行動はせず槍を再び仕舞う。

要するに、自分はダンジョン攻略者だからさっさと挑ませろと言いたいのだとマルスは理解した。

ざわざわと冒険者たちから驚きと畏怖《いふ》の声が上がる。

マルスはさっきまでその存在すら知らなかったが、きっとこの装いは件《くだん》の噂《うわさ》の人物に似ているのだ。

——こいつが《漆黒》か。

マルスは攻略者の証《あかし》である【夢幻の宝物庫】を目にし確信する。

単独の冒険者がダンジョンを攻略するのは難しい。

《漆黒》のレベルはそれだけで全員に十分伝わっていた。

まずダンジョン攻略に際して単独であるメリットはほぼない。

人数が多すぎることはデメリットにもなるが、それでも多少の役割分担があったほうが攻略の勝算が高まるからだ。

マルスの初めての攻略はその場しのぎの仲間の方が怖いと一人で行ったが、それも先行する者たちがいて障害が少なかったからこその話。

様々な魔法を手に入れた今ならば前よりは余裕をもって攻略に当たることが可能でも、七大ダンジョンクラスだと単独では死んでしまう自信がある。

《漆黒》も受付にアンケート用紙のようなものを渡されるが、それに記載することなく突き返す。

本来ならば即追い出されてしまいそうな行動でも、《漆黒》が醸《かも》し出すオーラにはそれを許容させるものがあった。

受付のドワーフは慌《あわ》ててまたどこかに走っていく。

と言っても脚《あし》が短いから速度はそれほどでもなかった。

ノルン大墳墓を攻略したマルスたちと、『レガリア大火山』を攻略したと目される《漆黒》、史上初めての七大ダンジョン攻略者が一堂に会した。

そしてしばらくして大きな鐘《かね》の音が響き渡り、冒険者たちの視線は一人の少女に集まった。

第4話

「あたしはルチル・サードニクス。名前が示す通り、この国の王女よ」

身の丈《たけ》ほどもある巨大なハンマーで大広間の鐘《かね》を叩《たた》いて注目を独占し、ドワーフの王女——ルチルは極《きわ》めて平静に言った。

轟音《ごうおん》と正反対の、よく通る澄《す》んだ声は、全員の耳の奥に染《し》み入るように突き刺さる。

ルチルはドワーフの王女らしく小柄で、身長はネムと同じ150センチくらいだ。

しかし細身のネムと比べると全体的に肉付きがいい。

太っているのではなく、はち切れそうなほど詰まった肉でムチムチしているのだ。

少々日に焼けた程度ではあるが浅黒い肌《はだ》をしていて、金色の髪はゆるくウェーブしており、センター分けにして、おでこを少し出していた。

ムチムチした体形には見合っているが、小さな体格にはそぐわない立派《りっぱ》な胸が目を引く。

ちょっと見の印象は王女というよりはその辺にいるギャルっぽさのある少女。

ドワーフでも毛深くはなかった。当然、これまで見たドワーフとは違いヒゲなど生《は》えていない。

目つきは鋭く、威圧《いあつ》するように話すタイプのようだった。

「お集まりいただいた冒険者の諸君、まずは礼を言わせてもらおうかしら。これまで鎖国的《さこく》であったがため、街の設備や物品が人間の大きさからすると幾分《いくぶん》小さいことは陳謝《ちんしゃ》するわ。一応人間の物品を取り寄せておいたし、この広間とは別に人間の冒険者の方向けの宿泊施設も用意した。料理人も人間向けの料理が作れる者を配備しているので、食事の際はそちらを利用してほしいわ」

礼を言うと言ったにも拘《かか》わらず、ルチルの頭の位置は微動だにしない。

マルスやハズキ以外の人間に対してリリアがそうであるように、ルチルにも他の種族に頭など下げるつもりなどないという傲然《ごうぜん》とした雰囲気《ふんいき》があった。あるいは、高貴な生まれならば仕方がない話なのかもとマルスは納得する。

淡々《たんたん》とした説明だったが、冒険者という単語の時だけルチルの語気が強まっているようにマルスは感じられた。

——歓迎されるのは珍《めずら》しい。

冒険者なんて、物騒《ぶっそう》極まりない存在だから、だいたいどこでも煙たがられるものなのに。剣で何もかも手に入れようとしている連中なのだから、仕方のない話だ。

これまでの旅路でも金銭を支払う場面以外では歓迎されなかった。

攻略されてしまえばダンジョンは崩壊《ほうかい》する。だから歓迎されない。

多くの場合、ダンジョンはそれ自体が資源の塊《かたまり》だ。

壁を掘れば鉱石が取れるし、生えている草花は薬草でもある。

生息する魔物の素材は日常生活や装飾品にも有用だ。

だから攻略しようと前向きに挑《いど》んでくる冒険者、特に攻略できてしまう者は邪魔者である。

死んだ冒険者だけがいい冒険者であると商人は本気で思っている。

誰の所有物でもないので大っぴらに止められないだけ。

攻略されてしまったあと盛大に祭りを催《もよお》すのは、最後に少しでも稼《かせ》ごうとする商売根性ゆえだ。その後すぐに他の迷宮都市に商人たちは流れていく。

今回のように国が管理している場所ならば管理するに見合うだけの収益が必要だ。

人間の地図に記載されるほど長い間管理していたのだから、当然収益も得ていたはず。

ならば冒険者を招き入れる理由がない。

「なぜこんなところに集められているのか、なぜさっさと『デ・ストゲッヘル魔鉱山』に入れてくれないのか、と不満に思っている者も多いかもしれない。しかし、それにはちゃんと理由があるの」

ゴン、と重量感ある音を立ててハンマーを地面に突き刺すように置き、ルチルは理由の説明を始める。

語られた内容はダンジョンを攻略してほしいとお願いするには十分過ぎるほど十分な理由だった。

何しろ国の存亡《そんぼう》がかかっていたのだ。

「現在この国は危機に瀕《ひん》しているわ。というのも、この国の上には魔法結界《けっかい》による屋根があるのだけれど、その結界が崩《くず》れようとしているの。この中の何人かは、結界から漏《も》れた雪が降っているのを目撃しているのではないかしら。原因は動力に使用している特別な魔鉱石の寿命《じゅみょう》。時間で言うとあと五十年も持たないの。人間からすると長くても、長命種であるドワーフにはあっという間の時間。当然、この雪山の環境ではドワーフは生きていけない。それにこの場所を失えば他の異種族のように流浪《るろう》の民となってしまい、排斥《はいせき》される道を歩むことになる。それを防ぐにはその特別な魔鉱石——サードニクス魔鉄鋼を手に入れるしかない。でもダンジョンの奥深くに存在するゴーレムの核からしか取れないのよ。だから種族の維持《いじ》のため、種族問わずで攻略を急いでいるというわけ」

「つまり……そのゴーレムを倒して核を持ち帰ってくればいいんですね？」

「その通り。深層のゴーレムのはずだから、そこまでたどり着いたからには、攻略するなとは言わない。資源を失ってしまうのは惜《お》しいけれど、攻略の暁《あかつき》にはそこで得た物品の所有権も王国は主張しない。あくまでサードニクス魔鉄鋼だけでいい」

「一つ聞きたいことが。——この国に空や海に行くための機械はありますか？」

それほどかしこまってもいなかったが、できるだけ丁寧《ていねい》な口調でマルスはルチルの話に割り込むように質問した。

マルスの質問に冒険者の多くは首を傾《かし》げ、また、質問されたルチルも目を丸くした。

ダンジョンに挑むことは決めていても、その先に必要な物がないのなら他のダンジョンを優先したほうがいいとも考えられる。

ましてやここには同格と思われる《漆黒《しっこく》》が来ている。場合によっては攻略実績を奪い合い、戦闘が魔物ではなく人間相手になるかもしれない。そうなった時、単身で七大ダンジョンクラスを力押しできる人間と戦うことになる。確実に勝てる保証がない以上、できる限りそのような事態にはなりたくなかった。

一方で、打算的な考えもあった。

《漆黒》がこのダンジョンを攻略し寿命を延《の》ばす【禁忌《きんき》の魔本】を入手した場合、金銭やこれまで手に入れた魔本とのトレードも可能かもしれない。

ダンジョンを攻略したいわけではないのだから、自分たちが攻略するのは必ずしも最良の選択肢《し》ではない。

つまり、何がなんでもマルスたちがここを攻略しなければならないわけではないのだ。

「──あると言ったら？　どこで知ったのかは知らないけど」

「貸してほしい。いや、ここならあるかなって当てずっぽうで聞いただけ。他の土地でも聞いてる」

さらりとマルスは嘘《うそ》を吐く。他で聞いたことなどない。

「それでは説明を続けるわ。──見事サードニクス魔鉄鋼を持ち帰った者に、この国の全《すべ》てをあげる。正確に言えば、あたしの夫となり、王になってもらうのよ。それが父──つまり王の決定。その者は冗談抜きにこの国を救う勇者になるのだから、決して過大評価ではないわ。質問の答えはこれでいいかしら？　貸すだなんてケチなことは言わない。──全てあげる。もちろんその機械もね」

ルチルはマルスを見つめ、ほんの少し微笑《ほほえ》みを浮かべた。

ただしそれは少女の純粋な微笑みではなく、挑戦的な色を交えたものだった。

冒険者の集団にはどよめきが起きる。

異種族と結婚するのはもちろん抵抗がある者が大多数だろうが、それでも七大ダンジョン攻略の名誉、莫大《ばくだい》な財産、さらに金や名誉があってもまず手に入らない国まで手に入る。

元々が短絡的で目先の利益を追ってきた人間が多い冒険者たちは、これ以上ないほどの盛り上がりを見せていた。

「それと、ここには七大ダンジョンを攻略した者も混じっているわ。——ねぇ、マルス・アーヴィング？」

マルスのほうへハンマーを向け、ルチルは皆に聞こえるように言った。

名乗りはしていないが話の流れと容姿で察したのだと思われた。

受付がめぼしい冒険者の情報を伝えていたのだろう。だからこそマルスの割り込み質問にも答えたのだ。

ここで否定しても意味はないと考えてマルスは素直に答える。

「ああ。——俺たちがノルン大墳墓《ふんぼ》を踏破《とうは》した。俺は王にはなりたくないけど、この国に空や海に行く機械があるなら、それは欲しい。王は他の人から選んでほしいね」

「ガハハハハッ！　できもしないくせに心配するな、人間のガキ！　王になるのはこの俺様よッ！」

マルスの答えに反応しようとルチルが口を開いた時、大広間全体に響く巨大な声がする。

野太い声の主は入り口から威風堂々《いふうどうどう》と現れ、いきなり巨大な斧《おの》を横なぎに振るい、マルスのいるほうに投げつけた。

斧は椅子《いす》に座っていた冒険者たちの頭の上を台風じみた風を振りまきながら通り過ぎ、マルスのもとへ一直線に飛ぶ。

質問したマルスたちとルチルだけが立ち上がっていた状況で、さらにマルスの頭の高さだったため、狙《ねら》いはマルスだけだとわかる。この状況でルチルを狙う理由がないからだ。

斧は両刃で長さは三メートルほど、刃の厚みは鍛《きた》えた男の腕ほどもあった。

刃物というよりは鈍器《どんき》、しかし鈍器と呼ぶには鋭すぎる代物《しろもの》だ。

豪快な風切り音を鳴らしながら迫る斧を、マルスは後方に倒れながら思い切り蹴《け》り上げる。

サッカーで言うところのオーバーヘッドキックだ。

もちろん『身体強化』の魔法は使っていたが、足で感じた斧の重さは百キロ以上はあった。

軌道《きどう》からそれた斧は大きく上に飛び、壁を突き破っていく。

「やるではないか、人間のガキ！」

「いきなり何するんだよ⁉　誰かに当たったらどうするつもりだ⁉」

「その時はその時よッ！　これで死ぬような軟弱者は、どの道ダンジョンでくたばっちまうだろうッ⁉」

「みんな、大丈夫か⁉」

突如《とつじょ》現れ、いきなり攻撃してきた大男には話が通じないと無視し、マルスはリリアたちのほうを気にする。

ネムがリリアたちの前に立ち、両手に魔法の爪《つめ》を出しながら威嚇《いかく》していた。

リリアも自分の宝物庫から取り出した弓を瞬時に構え、大男に向ける。

ハズキも含め彼女たちはすでに臨戦《りんせん》態勢になっていた。

日常会話から戦闘態勢に入るまでの時間は極小で、彼女たちもまた一流の冒険者なのだと周りの冒険者たちに十分伝わる。

「お前ら人間のゴミどもには誰も何も期待などせんわッ！　ダンジョンを攻略しこの国の王になるのは、この俺様、ドワーフの英雄、オニキス・ロードライトよッ！　ガハハハハッ！」

地の底から響くような巨大な声で大男――オニキスは高笑いする。

ただただ単純に巨漢。オニキスに抱く印象は誰でも似たようなものだろうと思われた。

二メートルを超えるだろう巨軀《きょく》に、並の男の胴ほどもあるのではないかと思われる手足の太さ。それがただ太っているのではなく、すべて筋肉なのだとわかる複雑な隆起が全身を覆《おお》っていた。

厚い胸板は巨岩を連想させ、赤土《あかつち》を思わせる肌の色をした、筋骨隆々《きんこつりゅうりゅう》の大男。

顔に生える豊かなヒゲが、彼の種族がドワーフであると主張していた。

ドワーフというのは元来小柄な種族であるはずだが、人間でも規格外の体格の者がいるように、突然変異的な存在のようだった。

「むん？　どこまで行きおった、我が斧は……ちょっと取ってくるからそこで待っておれ、人間のガキッ！」

壁に大穴を空《あ》け、飛び出していったオニキスの斧は影も形もない。

マルスは飛んでくる斧の勢いを受け流した程度だったが、いまだ蹴り飛ばした足が痺《しび》れたままなくらい、その速度と質量はすさまじいものだった。だから飛んで行った先もたぶん遙《はる》か先だ。

先ほどの《漆黒》とは違い、オニキスに魔法的な要素は感じない。

つまり単純な身体能力による攻撃だった。

生物としての強さだけならば自分よりも強く、『身体強化』を一回使ったくらいでは肉体的な差は埋められないだろうと、マルスは内心、一抹《いちまつ》の不安を抱く。

大穴からは斧が通過したせいで損壊《そんかい》した建物が多数あるのが確認でき、その被害について大勢のドワーフが怒声《どせい》を上げていた。無論、大広間の人間の冒険者からも怒号《どごう》が飛ぶ。

「てめぇ、オニキス！　工房が吹き飛んだぞ！　いい加減にしろ！」

「わかったわい！　ダンジョンから帰ったら弁償《べんしょう》してやるから黙っていろ、図体《ずうたい》も肝《きも》っ玉《たま》も小さい奴《やつ》らめッ！」

「弁償とかそういう問題じゃねぇんだよ！　街中《まちなか》で暴れるなって言ってるんだ！　というか街から出ていけ！　お前が歩き回るだけで街が崩壊するわ！」

「あー、何もかも小さい連中だなッ！　俺様が王になったら全部俺様サイズにしてやるッ！」

「バーカバーカ！　お前みたいな図体と脳みそが比例してない奴が王になどなれるか！」

「何おうッ⁉」

堂々とした登場だったにも拘わらず、オニキスは同胞であるドワーフたちに罵声《ばせい》を浴びせられ、馬鹿《ばか》にされていた。

どうやら何をするのでも考えなしに動く性格のようで、斧を投げたのもなんとなくだったのだろう。

こういうことは日常《にちじょう》茶飯事《さはんじ》なのだと想像できる扱いをされていた。

困ったように頭を掻《か》きながら、オニキスは普通の人間の叫び声ほどの音量のため息をついた。

ドスドスと地鳴りする足音を立てて歩き、壁の大穴をその巨腕で強引に押し広げ、オニキスは大広間を出ていく。

ある意味大物感はあるが、客観的には馬鹿の部類に思えた。

「なんだあの台風みたいな奴……」

「オニキス・ロードライト。見ての通りの愚《おろ》か者なんだけれど、今のドワーフの中では確かに英雄と言える存在よ。『デ・ストゲッヘル魔鉱山』に単独で挑んで、中層まで行って帰ってきているわ」

「中層まで行って限界となった、ってことか？」

「それが……『食べ物を全部食っちまったから帰ってきた』んだそうよ。あの性格だから嘘はついてないと思うわ。中層のゴーレムの核を持ってたし、無傷だったしね」

肉体全てが武器であると言わんばかりの屈強《くつきよう》な背中を見せて歩いていくオニキスを眺《なが》めながら、ルチルは呆《あき》れた声で言った。

隙《すき》だらけの背中に見えてもその身体《からだ》に傷をつけるのは並の人間には難しいだろう。

オニキス本人がそれを誰よりわかっているから、罵声を浴びせている冒険者たちに何も警戒《けいかい》しないで無手で歩けるのだ。

ここにいる多くの冒険者たちは弓どころか剣でさえ歯が立たないに違いあるまい。

そう思わせるほどの「デカさ」が態度や肉体の大きさ以外からも感じられた。

自信とそれに見合う実力を持っているのは確かなようだし、見栄《みえ》で中層まで行ったと嘘をつくタイプにも見えない。

というより、その手の嘘をつけるほど頭がいいとも思えなかった。

「中断してしまったけれど、さっきの大きな馬鹿とこのマルスを先頭に、明朝『デ・ストゲッヘル魔鉱山』に挑んでもらう。王女としてあたしも同行するから。今日のところは各自思い思いに過ごすといいわ。もう帰ってこられないかもしれない旅だから、悔《く》いは残さないように。それと、ダンジョンの魔物は少なくとも中層まではゴーレムが主体よ。武器の選定は間違えないように。打撃が有効よ」

「君も行くの!?　やめた方がいい！」

ルチルもある程度の筋力を持っているのは巨大なハンマーを片手で振り回していることから

もわかる。

しかし命を懸《か》ける心構えができているとは思えない。

思わず敬語を使うのを忘れてしまうくらい、マルスの内心は怒りでざわついていた。

――要するに俺たち冒険者に守れって言ってるんだろ⁉

そんな大変面倒《めんどう》なことしてられるか！

王女だかなんだか知らないが、お遊び気分で来られても困る！

自分たちは命を懸けて挑むのに、興味本位の女の子を守っているような余裕はない。

軽々しくついてくるなどと言われてもはっきり言って邪魔である。

「あたしはこれでも王族よ。強いから王族なの。――サードニクス魔鉄鋼の由来《ゆらい》は、あたしの先祖がダンジョンの深層で手に入れて帰ってきたもの。その血はあたしにも流れてる」

「そう言われてもな……戦闘の経験は？」

「訓練はしているわ。実戦はしたことないけれど、それでも戦えるはずよ」

――どうしたものか。

訓練の時の力の半分も出せれば優秀といえるのが実戦というものだ。

強いことと戦えることは必ずしもイコールではない。

魔物を殺すのをためらってしまったり、自分の死を魔物と同じ秤《はかり》に乗せるのを恐怖してしまったり。

身体を動かすのは結局のところ精神なのだから、いくらでも上手《うま》く戦えない要因はある。

予想はできていたが、リリアは想像通り苦い顔をしていた。ドワーフである段階でもう好きになれないのに、実質的にマルスたちに庇護《ひご》させようとしているのだから当たり前だ。

ハズキも少し困った顔をしていた。

言葉や行動にこそ浅慮《せんりょ》さが見えるものの、頭の回転は速いし、ルチルが自分たちのそばにいることのリスクを感じ取ったのだろう。

ネムはここまでの旅路の疲れが出たのか、眠そうな顔でぼーっとしてハズキの背中を摑《つか》んでいた。

まるっきり子供のように体力の限界まで動き、急に電池が切れるタイプだ。

「もう一度聞くけど、空を飛んだり、海に潜る機械はあるんだよな？」

「水に潜るほうだけなら。動かしたわけじゃないけれど、形状や付着物からそうとしか考えられない物が。ただ……」

「ただ？」

「その機械にもさっき言ったサードニクス魔鉄鋼が必要なの。あたしたちも起動させるために色々試したのだけれど、得られた結論は国を覆う結界を作るのと同じくらい魔力が必要ということ。サードニクス魔鉄鋼は要するにものすごく魔力の詰まった石なわけだけれど、旧世代の科学は今よりもずっと優《すぐ》れていたみたいで、何をするのでも、必要な出力がおかしいのよ」

「君たちが作ったわけじゃないのか？」

「ええ。修復したのはドワーフだけれど、機械そのものは発掘品。この土地はそういう古代の物がよく見つかるのよ。だからここに陣取《じんど》ってるの。結界装置だってその時代の遺物の一つ。言っちゃえば、あたしたちは過去の誰かが作った物を使ってるだけ。今のあたしたちでは整備はできても一からは作れない」

――ダンジョンのすぐそばにそんな物を置いていったってことは、やはり攻略させて次のダンジョンに導く意図があるのだろうか。

まだ現物を確認したわけではないが、潜水艦は本物である可能性が高い気がした。

攻略するにしろしないにしろ、次のダンジョンに行くためには『デ・ストゲッヘル魔鉱山』でサードニクス魔鉄鋼を手に入れなければならない。

――だが王になれば寿命を延ばす【禁忌の魔本】探しは停滞する。

まず、持ち帰った者が王になれるという話そのものが嘘だろう。

冷静に考えて他種族に国を譲《ゆず》るはずがない。

この話には裏があると、マルスは声には出さないまでも半ば確信《なか》している。

「ちなみに、君がついてくるのは確定なのか？」

「王女として事の成り行きは見ておきたいし、何よりあたしの夫候補の選定も兼《か》ねているから、確定事項よ。それに、あたしはあなたに憧《あこが》れてた。だから一緒に冒険したい」

「憧れ……俺に？」

「世界初の七大ダンジョン踏破者だもの。あなたの冒険譚《たん》は方々から集めたわ」

憧れとか期待は重荷だ。どうせ盛られに盛られまくってるんだろう。

ルチルの気の強い眼《め》を見ていると翻意《ほんい》させるのは無理なのだろうなと思わされる。

彼女の役割はきっと、冒険者たちの監視役で査定役でもあるのだろうとマルスは推測《すいそく》した。

守らなければならないのは重荷ではあるが、単純な戦力だけならば過去最高にある状態だ。

マルスたちは前回のノルン大墳墓の【禁忌の魔本】も未使用で所有しているし、信用はできないが基礎的な身体能力ならばマルスよりも高いであろうオニキスもいる。

《漆黒》に限って言えば、マルス一行全員を合わせたより強い可能性もある。

先行するのが自分たちであることを除けば、かなり有利な状況は揃《そろ》っていた。

「――ダンジョンの中じゃお姫様待遇はできないよ？」

「もちろん。あたしはダンジョン冒険者になるために今日まで生きてきた。お姫様扱いはむしろ失礼よ。――王女としてじゃなく、冒険者として生きたいの」

――王女なのにダンジョン冒険者？

変わった娘《こ》だなと思いつつ、いつの間にか冒険者たちに囲まれ始めているリリアたちの方を見る。

マルスでもなく冒険者でもなく、リリアはルチルだけを睨《にら》んでいた。

出会った直後のリリアの目つき。不倶戴天《ふぐたいてん》の敵に向けるもの。

薄氷色《アイスブルー》の瞳《ひとみ》には、間違いなく冷たい怒りがあった。

第5話

「マルスさん、王様になるんですかっ⁉」

「いや、ならないけど？」

「じゃあダンジョンには行かないで帰るってことですかねっ？」

「明日次第《しだい》、かな。《漆黒《しっこく》》に、寿命《じゅみょう》操作の魔本を持ってないか聞いてから。ノルン大墳墓《ふんぼ》の魔本はまだ全然手付かずだから、持ってるなら交換してもらえたらと思う」

「確かにっ！　交換できるならダンジョンに入らなくてもいいですもんねっ！」

ずっと気になっていたのか、ハズキは【夢幻《むげん》の宝物庫】に入って着替え終わるなり聞いてくる。

場所はリビングにあたる部分で、四人掛けの丸テーブルの、背の高い椅子《いす》に座っての作戦会議だ。

夜、用意された宿の部屋の中で【夢幻の宝物庫】を開き、その中で過ごすことにした。

理由はいくつかあるが、一番の理由は部外者である冒険者たちから逃れるためだ。

マルスだけならともかくリリアたちまで注目の的《まと》で、まるでインタビューでもされているように囲まれ続けていたのだ。むしろ美人であるリリアたちのほうが優先的に声をかけられていた。

注目を浴びるのは、ただでさえ希少《きしょう》なダンジョン踏破者《とうはしゃ》であり、それも世界に名を残すことが確定している七大ダンジョンの踏破者だからである。

《漆黒》は囲まれる前にさっさとどこかへ消えてしまっていた。

他にも宝物庫で過ごす理由はある。

暗殺を仕掛けてくるような性格には思えなかったが、妙に突っかかってきたドワーフのオニキスが建物ごと破壊してきたり、現実的に一番かち合うことになるであろう《漆黒》の襲撃《しゅうげき》などの可能性が思い浮かんでしまった。

それに何より、夜は仲間内だけで過ごしたいから、隔離《かくり》空間での滞在を選んだ。

心構えはもうダンジョン内部と同じだ。

様々な利害が絡《から》む冒険者たちは、共に挑《いど》むとしても無条件に味方だとは言えない。

そんなことを考えていると、自《みずか》ら選別して淹《い》れたハーブティを持って、リリアがやってくる。

マルスから順番に渡し、最後にネムに渡す。

こだわりと理由があるのであろうお茶を淹れる一連の動作は美しく無駄がない。

「葉っぱのお湯にゃ……ネムは甘くてぬるい飲み物が好きにゃ」

足が浮いた高い椅子でしっぽをゆらゆらさせ、ネムはしょんぼりした顔になる。

リラックス効果のあるハーブティだが、ネムには少々早い味ではあった。

席についで一口だけハーブティを口に含み、リリアはハズキに今回のダンジョン攻略の裏にあるであろう話を始める。

「痴女《ちじょ》、ドワーフの連中が本当に人間に王位を渡すとでも思っているのですか？」

「えっ、サードニクス魔鉄鋼？　を持って帰ってきた人に国の全部をあげるって……」

「あれはそう言って鼓舞《こぶ》しただけですよ。彼らも長命種ですし、見かけ以上に賢《さか》しいですから。本命はあの大男——オニキス・ロードライトでしょう。他の者を王にする気など毛頭ありません」

「ルチルちゃん？　が嘘《うそ》吐いてるってことですかっ……？」

「ええ。王女本人は何も知らず、裏で進んでいる計画かもしれませんがね」

リリアも同じ考えに行き着いていたようで、マルスを見て説明するよう目で訴えた。

視点を変え、ホストであるドワーフの側の事情から考えるなら、やはり本命はドワーフの英雄であるオニキスだろう。

例《たと》えば日本の首相が縁《えん》もゆかりもない外国人になったとして、納得できる者はそういないはず。

その人物がその国のために行動するかはわからないからだ。

ドワーフからすると、ダンジョン攻略者に国を渡すということはそれと同じ事態に陥《おちい》るかもしれないということだ。しかも国家運営能力ではなく、単純な腕っぷしの強さだけでの選定である。

だとしてドワーフはどのように考えるか？

ダンジョンでサードニクス魔鉄鋼を手に入れるのは、ドワーフの国の独立を守り、種族の維《い》持《じ》を考えれば急務だ。

しかしドワーフ独力で攻略できるかはわからない。

もし一族総出で挑んで失敗したなら、結界《けっかい》の崩壊《ほうかい》を待たずして絶滅してしまう。

成功しても、戦える働き盛りの男の層の大部分を失い、結果先細る未来が待っている。

だったらほかの種族に攻略させればいいが、その者が見誤らず望みの品を持ち帰ってくるかはわからない。

それならドワーフからも何人か同行させ、間違いなく本物であるサードニクス魔鉄鋼を選別すれば安心だ。

だが大前提として、冒険者たちが命を懸《か》けてまでそれを持ち帰ってくれるのか、その保証がない。

冒険者からすれば普通に攻略して宝が手に入ればそれで十分なのだ。

だからやる気を出させるのに国を差し出すと提案する。

冒険者たちの冒険の終わりを、ダンジョン攻略からその先の国家運営にすり替えるのだ。

そうすれば間違いなく持って帰ってくることを考えるだろう。

マルスはそのように考えていた。リリアもまた同じように考えていたようだ。

「ドワーフたちはどうなれば一番得をする？」

「全部ひとり占めにゃ！」

パシンと机を叩《たた》き、早押しクイズの要領でネムが答える。

日頃のネムの勉強の際も同じ早押しクイズ形式で行うことがあった。

競争心を煽《あお》ると集中力が高まると知り、リリアとハズキも交えて半《なか》ば出来レースでやっている勉強法だ。

「そう、独《ひと》り占めだ。サードニクス魔鉄鋼は当然として、ダンジョンの宝も全《すべ》て欲しいはず」

「そして王位にはあのオニキスが就《つ》くわけですね。最も理想的なのはその形でしょう」

「えーと、それだと他の冒険者さんたちはどうするんですっ？　あのおっきなドワーフさんが一番最初に踏破できるかはわからなくないですっ？」

「一番強い魔物を倒したら、あいつがみんなを殺しちゃうんじゃないかにゃ？　みんな疲れてるし、気が抜けてフニャフニャしてるから難しくないと思うにゃ」

ちびちびとハーブティをすすり苦い顔をしながら、ネムはさらりと恐ろしいことを言う。

マルスとリリアは同じ結論に至《いた》っている状態で話し始めているから、衝撃はほぼない。

ただ一人、ハズキだけがその結論にはたどり着いておらず、青ざめた顔をした。

「うん。あいつは処刑人として同行するんじゃないかな。俺ならそういう意図で連れていく」

「利用されるだけされて、最後は殺されちゃう……ってことですかっ⁉」

ダンジョン内部ではありとあらゆる犯罪が容認される。

正確に言えば何一つ表に出てこないのだ。

理由は簡単で、多くの冒険者は帰ってこないから。

強盗強姦《ごうかん》殺人窃盗《せっとう》……死を前にした冒険者たちは理性のない獣《けもの》だ。

逆にそんな状況を利用しようとする者もいる。

実際犯罪目的でダンジョンを訪れる、冒険者相手の野盗も多数存在するのだ。

最後に殺してしまえば魔物や罠《わな》のせいだといくらでも言い訳できる。極限状態で弱っている冒険者相手なら、実力が劣っていても殺せるから都合がいい。

貴族たちが冒険者を雇《やと》うだけで自分でダンジョンに入らないのは、そういった暗殺の危険があるからでもある。

王族のルチルが同行するのなら、マルスたちのような不確定要素だけに期待しているはずはなく、身の回りには冒険者を排除《はいじょ》するためのドワーフを配置するだろう。

「まぁ悪い予想だけど、ドワーフって種族が一番得をするのはその方法だね。最悪あのオニキスがダメだったとしても、王女は守られてるから生き残る可能性は高い。結界さえ維持できれば、長生きなんだし次の王候補ができるまで気長に待てばいいのさ」

「もし王女を死なせてしまえば、その責任を追及して王位には就かせないでしょうね。結局どうあっても王になることはできないでしょう。他の冒険者も……全員が全員とは言いませんが、気づいている者もいるのではないかと。全員で挑みたいな口ぶりでしたが、気づいた者たちは挑まずに帰ってしまうのでは」

うん、と頷《うなず》いて、マルスもハーブティを飲み干した。

実のところマルスもネムと同レベルの味覚をしており、ハーブティは葉っぱのお湯だという認識が少しある。

しかしリリアの淹れてくれたものだけは不思議と美味《おい》しく感じられた。

料理が得意でないハズキやネムの作った物も美味しく思うので、きっと調理した者への愛情が味を高めているのだと思われた。

「う、うーん……実はわたし、今回はたくさん味方いるしそんなに難しくないのかな？　と思ってたんですけどっ……計算外のことがたくさん起きそうで怖いですねっ？」

「そうなんだよ。食料だとか緊急用の医療品だとか、物資関係の計算違いだけでなく、買収されてるかもしれない周りの冒険者たちにも気をつけないといけない。俺たちだけの方が結果的には楽なんじゃないかな」

ハズキの言うように、ダンジョン攻略だけ考えるなら戦力的には今までより楽な可能性はあるが、これまでと違って味方や状況に地雷《じらい》がある。

マルスの仲間たちだけならば目的がはっきりしているため揉《も》めることはなかったが、集団の構成員の目標がそれぞれ違えば方法の合理性も当然、それぞれ違う。

最終的に冒険者を全滅させてしまうつもりなら、ドワーフ連中は力の温存のため積極的に戦闘には参加しないだろうから、人数の割に個人の負担は増加してしまうだろう。

思惑《おもわく》が違い、かつ自分たちに牙《きば》を剝《む》くかもしれない連中はまさに獅子身中《しししんちゅう》の虫であるが、魔物と違って倒せば解決するようなことではないし、まず倒してはいけない。

「でもみんなで長生きするにはダンジョンの魔法の本がいるにゃ。ネムはみんなといるの好きだから頑張るにゃ。楽しいもおいしいも気持ちいいもいっぱいで、ずっと続けばいいにゃあと思ってるにゃ」

足もしっぽもぶらぶらさせて、金色の瞳《ひとみ》を力強く輝かせながらネムは言う。

「そうだね。旅の目的は変わらない。だから……俺はあのオニキスを王にしようと思う」

「それはつまり……」

「うん、彼らの計画を崩《くず》さないように進めていく。王になりたくない、したくないって思惑は一致してるだろうし」

「な、仲良くできますかねっ……ちょっと怖いですよね？　ルチルちゃん。当たりが強そうっ！」

「虐《いじ》められるのが好きなのではありませんか」

「それは仲いい人限定ですっ！」

都合のいい駒《こま》になり、計画を崩さないようにして最後までたどり着く。

そのあとについては多少行き当たりばったりなところはあるが、これればかりは計算通りにはいかない人の思いとダンジョンの未知性だ。

ハズキは攻略自体はできると考えているようで、心配しているのはドワーフの王女ルチルとの関係性だった。

見た目はギャル系統のルチルと真面目《まじめ》委員長タイプのハズキは、現代社会の学校生活だと相性はあまりよくなさそうだ。

具体的にはハズキが虐められそうな関係性である。

――どこかで仲間内でも地位を向上させてあげたい。

思うも、すぐに無理そうだなと結論が出てしまった。本人があまり望んでいなさそうでもある。

「ルチルにゃんをネムたちみたいに仲間にするのはどうにゃ？」

「――国から寝取っちゃえばいいんですよっ！　王女様だってマルスさんのセックスに勝てるわけないですっ！」

「それはどうかな⁉　勝てる人もかなりいると思うぞ⁉」

「いえ……案外いいかもしれませんよ。王女とて恋すればただの女です。子供を作るなどして既成《きせい》事実を作れば、どうあれ王子が誕生しますでしょう？　そうなればドワーフから害される可能性はかなり減るかと」

――リリアまで変なこと言いだした！

国から寝取るのは無茶だろ！

だがしかし、一考の余地はある気もする。

問題があるとすれば実現が難しいことと、子供ができればさすがに王位にも就かねばならないのではという懸念《けねん》もある。

「こーびしたら、お腹《なか》きゅーんってなるからにゃあ……絶対またしたくなると思うにゃ」

「ですですっ！　むらむらしすぎて仲間になっちゃいますよねっ！」

「ま、まぁそこまで言いはしませんが、虜《とりこ》になってしまうのは否定しません……私なんてもう……──違う！　違いますからねっ！　私は痴女のように理性なき獣ではありませんっ！」

「わたしを貶《おとし》めることで痴女回避ですかっ⁉　リリアさんだって痴女ですよ、痴女っ！　そこを認めるところから始めましょう！」

あたふたするリリアにハズキが畳《たた》みかける。

弱点見たり、と言わんばかりに得意げな表情だ。

むっとした顔をするものの、多少は自覚があるのかリリアは本気では怒っていないようだった。

「私は！　痴女ではありませんっ！」

「昨日の夜だって『おまんこきもちぃ、きもちぃっ！♡　おちんぽ好きっ！♡』って喜んでたじゃないですかっ！　痴女じゃないとそんなこと言いませんっー！」

妙に上手《うま》い声真似《まね》でハズキはさらにリリアをイジる。

細かなところに様々な特技を持つのがハズキの謎だった。

「あ、貴方《あなた》ほどじゃないです！　そんな見た目で獣みたいに鳴くくせに！」

「大声出すと気持ちいいですよねっ？」

「正直、声を出すとすっきりはします……──だからっ！　誘導するんじゃありませんっ！」

ぷにぷにと人差し指でリリアの胸をつっつき、ハズキはニヤついた顔でイジっていた。

いつだってリリアの立ち位置が上というわけでもないのがこの集団の不思議だ。

「ネムからすると、二人ともこーび大好きに見えるけどにゃ……？」

「そんなことは――い、いえ、ご主人様は好きですが！　淫乱扱《いんらん》いされるのは困りますにゃ！

――ネムの語尾がうつってしまったじゃありませんか！」

「リ、リリアさんが『にゃ』って、『にゃ』っててっ！　もう一回、もう一回言ってみてくださいにゃ！」

「う、うるさいですね！」

長い耳の先まで真っ赤に染めたリリアはテーブルにうずくまって顔を隠した。

ハズキは手を上に向け、猫耳のようにしながらリリアの周りを回る。

マルスも思わずニヤけてしまう。

「ネム、バカにされてないかにゃ？」

「違う違う、可愛《かわい》いって話だね」

「にゃあ……ネムもかわいいのかにゃ？」

「うん、すごく」

いつも飄々《ひょうひょう》としているネムが珍《めずら》しく顔を赤くする。

褒《ほ》められ慣れていないせいか少し褒められただけでも喜ぶが、可愛いは特別らしい。

ネムの頭に手を置き、耳の付け根の細かな毛を軽く押すようにしながら撫《な》でる。

自在に動く耳は付け根に筋肉があるようで、そこが凝《こ》ってしまうようだ。

ネム自身よく自分で揉んでいる。

「触りたいなら耳も触っていいにゃ……やっぱり誰かにぐにぐにしてもらう方がきもちいいにゃ……」

「痛かったりしたら言ってね？」

「引っ張られなきゃ痛くないにゃ。前はよく引っ張られたからにゃー……」

「俺たちはそんなことしないよ」

ネムを撫でているとリリアと目が合う。

どうしてかばってくれないのか、と言いたげな目線だ。

マルスからするとみんなでじゃれ合っているように見えたから口を出さなかった。

「リ、リリアさん機嫌直してくださいよ……」

「『わたしが痴女です。申し訳ありませんでした』と謝れば許してあげてもいいです」

散々《さんざん》イジられたリリアは不機嫌極《きわ》まりない顔で奥のソファに座り直し、足を組んでいた。

ハズキには目も合わせない。

「わたしが痴女です、申し訳ありませんでしたっ！」

「早い！　貴方にはプライドがないのですか!?」

「仲直りできるならそんなものはポイですよっ！」

「う、うーん……私から言い出したことですし、水に流しましょう。約束を守るのが私のプライドですから」

そそくさと軽い土下座《どげざ》をかますハズキを起き上がらせ、リリアは一度ため息を吐く。

ハズキにしろネムにしろ、あまり摑《つか》みどころがない。

マルスはリリアの座るソファのほうに移動しなだめることにした。

「とにかく、ご主人様はあの王女を籠絡《ろうらく》させましょう。ドワーフの計画に沿って動き、その間に成果を捧《ささ》げる対象を国からマルス個人にさせるのです。心酔させるのです。大丈夫、貴方には他人を引き寄せる吸引力がありますから。王にならない方法は……あの王女を女王にさせましょう。自分の意志で。簡単な道のりではないでしょうが、実際跡取りはいないわけですし、王女が他の男を受け入れなければいつかは王位に就くのでは」

「それは難しい気が」

「例えばあの王女がマルスと結ばれたいと思った場合、方法は限られます。オニキス・ロードライトが王になるならば不可能。マルスを王にするほかないわけですが、それは一族が認めないでしょう。そうなると彼女に取れる選択肢は自《し》らが権力を握るしかない」

もしそんなことをしようとすれば、ルチルはドワーフの誰かに無理矢理孕《はら》まされて、その子供が王位に就くことも考えられる。

しかしそれを防ぐ方法もある。

先にマルスが孕ませていればいいのだ。人間なら一年近い時間は他の男の子供が産めない。

その結論に至ると、リリアが頷いて話を続けた。

「長命種の妊娠期間は人間のそれより長いです。なんと言えばいいのか……人間よりも成熟した状態で出産するのです。人間の赤ん坊は未成熟でしょう？　なのでその期間はマルスがこの国に戻ってくるのを待てるのですよ。その間自らが権力を握れば、彼女の望みが叶《かな》う。愛する者に国を譲《ゆず》り、愛する者の子供を育てることができる」

リリアの言っている内容はマルスにルチルが惚《ほ》れる前提である。

そこが一番難しいのでは……と思ってしまうが、得られる結果から考えると確かに悪い方法ではない。

実際のところ、マルスが欲しい潜水艦もこのままでは借りられないかもしれないのだから、何かしらの対策は考えておくべきである。

だが非人道的だ。

惚れさせるだけ惚れさせて、孕ませるだけ孕ませて放置するも同然なのだから。

他人の気持ちに配慮しすぎるのは賢《かしこ》い生き方ではない。

それでも誰かを不幸にさせて摑む幸せはあまり好ましくなかった。

「――どうせなら俺もちゃんと好きになりたいな。状況さえ許せばこうやって一緒に旅ができるくらい」

「難しいとは思いますが……個人的に好きになるのはいいと思いますよ。どうあれ、要するにマルスが新しい幸せを与えられれば、それに依存《いぞん》することになりますから」

「それはシンプルな考えだね。俺としてはできる限り誰も不幸にしたくないだけ。俺たちと関《かか》わったことを後悔させたくないんだ」

相手がドワーフだからと必要以上に苛烈《かれつ》な考え方をしてしまったと、リリアは反省しているように見えた。

「仲良くできるならそれが一番いいですねっ！　でも王族とかだとやっぱり難しい話が好きなのかな……わたしはあんまりそういう話できないですっ」

「――大丈夫ですよ。王族だから難しい話を好むと思うのは偏見《へんけん》です。別に痴女の好きそうな話ができないわけではありません」

少し目をそらしてリリアは言う。

どことなく説得力を感じさせる物言いだった。

「でも俺、そんなにモテるほうじゃないからな。一番の問題はそこなんだよ」

「だーいじょうぶですよっ！　年ごろの女の子ですし、――このオチンポ見せれば誰だって興味持ちますってっ」

「ハズキちゃんだけじゃないか……？」

「いやいや、言わないだけでみんな興味ありますよっ。動物ですし、結局」

隣にやってきたハズキがマルスの股間《こかん》を服の上から撫でまわす。

うっとりした顔と声だった。

「今日は両手縛《しば》ってもらって、首輪にリード付けて引っ張ってもらったりしたいですねっ！」

「ハズキちゃん、マジでどんどん変態になってってない……？　それその歳《とし》の子がしたいプレイじゃないと思うぞ⁉」

「メス豚《ぶた》とかそういうのも言われたい気持ちがありますっ！」

「ドスケベすぎる……！」

「なんていうかですねっ、こう……オチンポ気持ちよくするための道具みたいに使われると超興奮《こうふん》しますねっ！　無理矢理押し倒されて、そのまま好き放題にされちゃう……みたいなのを小さいころ本で読んでから興味がありますっ！　墓守《はかもり》の子たちの間ですっごい流行《はや》ってたので、みんな好きなんじゃないかなぁっ……」

顔も声も仕草《しぐさ》も可愛いのにハズキはその口からえげつない要求を繰り出す。

委員長然としているのは姿形だけで、内実はドMの変態である。

三人もいるし衣装もたくさんあるし、それほどマンネリ感があるわけではないのだが、ハズキは好奇心に突き動かされ過激なプレイにハマっていた。

――女性向けのエロは結構キツイのがあったりするけど、ハズキちゃんはそういうのが好きなタイプなのだろうか。

「やはり痴女……」

「目隠しとかもしてみたいんですよねぇっ……手足縛られて目隠しされて……なんて超興奮しませんかっ⁉　『おまんこもっと締めますから、もうゆるじでぐだざいっ！』とかって叫びたいですっ！」

「どういうことですか？　ご主人様の顔を見たいです、私は」

「んー……ちょっと目をつぶってもらえます？」

疑問符を浮かべたリリアは殊《こと》の外《ほか》素直に目を閉じる。

マルスはハズキの言いたいことを理解していた。

「わたしが言いたいのはこういうことですっ！」

まるで必殺技《わざ》でも繰り出すように、ハズキはリリアの胸をわしづかみする。

当然返ってくるのは罵倒《ばとう》──のはずだった。

「あっ！♡」

リリアは短く嬌声《きょうせい》を上げ、驚いた顔で目を開ける。

「見えてないと敏感になりませんかっ？」

「ち、痴女！」

「わたしは痴女ですっ！　──どうです？　ちょっと目隠ししてやってみたくないですかっ？」

「もはや痴女と呼ぶのが悪口にすらならない……！　ま、まぁ今度でしたら、やってみてもいいかもしれません。ご主人様がしたいというのであればですが……」

──なんやかんやリリアも痴女の部類だよな。

好奇心自体はかなり高い。やっぱり長命種だからなのか。

「俺はしたいぞ。結構定番だしね」

「定番……!?　世の夫婦はそんなに奔放《ほんぽう》なのですか……？」

「そこは人それぞれだけど、マンネリ解消には定番だと思うよ」

「い、一般的でしたら私もやぶさかではありませんね……す、少しは興奮しましたし」

──あ、これ普通に興味あるな。

ハズキちゃんの手前率先《そっせん》して言えないだけで。

何か想像している顔のリリアを見ていると「ドスケベ」という単語がどうしても浮かぶ。

一度たりとも夜の営《いとな》みを拒否されたことはないし、むしろリリアから迫ってくるし、といった有様《ありさま》だ。

「ゴハン食べてこの後もたっくさんセックスしましょうねっ！」

「では順番を決めましょう。──胸の大きい順でいいですね？」

圧《あつ》。リリアの言葉にはそれがあった。

「なんです、その独裁っ!?　じゃ、じゃあお尻《しり》のおっきい順でっ！」

「順番決めるのは昨日作ったすごろくがいいにゃ！　ネムも中身考えたからにゃ！」

ガチャガチャ音を立て、ネムが箱を持ってくる。

ベースをマルスとハズキが作り、イベントを主にネムとリリアが決めたすごろくだ。

前世にあったゲームを元に作ったものである。

「──そのげーむにしましょうか。平和です」

「ネムの考えた『ハズキにゃんは五十回休み』を誰が踏むか楽しみにゃ！」

「えっ、誰が踏んでもそれなんですかっ!?　そんなのわたしだけ確率的に負け濃厚じゃないですかっ！」

「奇遇《きぐう》ですね。『ハズキは振り出しに戻る』を私も設置しましたよ」

「わたしばっかりっ⁉　わたしも『リリアさんの胸がぺったんこになる』を入れましたけどっ！」

きゃっきゃとネムが笑い、リリアも続いて笑う。ハズキも釣られて普通に笑う。

マルスが監修しているので、そういったゲームバランスを崩壊させるような目は実際には存在しない。それにハズキの入れたというイベントはもうゲームと関係ない。

ハズキも入っていないと思っているからか、怒らず大声で笑っていた。

男であるマルスが入れない、女だけのコミュニティが彼女たちの間にはある。

マルスは微笑《ほほえ》みながら今晩の食事は何を作ろうか迷い始めた。

◇

「おっ！♡　うぐっ、おおっ！♡」

パンパンパンパンと肉同士を打ちつける音が鳴り響く。

両腕を後ろで縛ったハズキを、バックで全く遠慮なくマルスは突きまくっていた。

十代の少年少女の身体《からだ》に内包された性欲は強く、生殖《せいしょく》の快楽を得るため、気持ちよくなるため、全力だ。

「ああっ！♡　イ、イグっ、ずっとイグっ！♡　も、もっとじてぐださい！♡」

ベッドに無理矢理ハズキの顔を押しつけ、みっともなく上げられた、顔に見合わない豊満な尻を多少力を込めて揉みながら突く。

リリアとは違い、筋肉を感じる弾力の強い尻だ。

「お、おまんこ締めますっ、締めますからっ！♡　おっ!?♡　あああーっ！♡」

プレイに夢中になったハズキは全身全霊《ぜんしんぜんれい》で設定を楽しんでいた。

今日のハズキのポジションは性奴隷《どれい》で肉人形だ。

設定であっても、メスを支配している、という下卑《げび》た快感が精神の制御《せいぎょ》を奪う。

女の子を自分のチンポを気持ちよくさせるための道具扱いし、遠慮などせずに好きなタイミングで中出しできるのだ。

避妊の魔法を手に入れているとはいえ、無責任に好き放題中出しできるのは精神的な快楽もすさまじい。

一突きするごとにハズキの白い尻がぶるんぶるんと波打ち、接触面が叩いたように赤くなる。

たぷんと波打つ尻の動きは何度も見たくなるほど煽情《せんじょう》的で、マルスはその衝動に導かれて何度も何度も激しく打ちつけた。

ズン、と根元まで押し入れると、ハズキの口からは喘《あえ》ぎと呻《うめ》きの中間のような「おっ」という下品な声が漏《も》れる。

興奮と快感でいきり立った陰茎《いんけい》が貫《つらぬ》く結合部は、愛液とマルスの精液で真っ白に泡立《あわだ》ち、突くたびにピンク色の肛門《こうもん》がヒクつく。

小さな割れ目が自分の形に合わせて広がっている様《さま》がとてつもない征服感を生む。

興奮しきった二人がするのは、もはやセックスなんて生易《なまやさ》しいものではなく、動物のする種《たね》付《つ》けを前提とした交尾《こうび》だ。

基本的には甘さのある優しいセックスが好きだが、妙に嗜虐《しぎやく》性が刺激されるハズキとのこういった野蛮《やばん》なプレイも好きだ。

その興奮もあって一度も抜かずにもう三回連続で犯してしまっている。

当然、射精は全て膣内《ちつ》だ。

膣奥にぎっちりとねじ込み、膣内どころか子宮《しきゆう》までを犯しぬく大量射精を繰り返している。

「まだまだするよ」

「あひっ、はいぃぃっ！♡　お、おまんこ、もっとオチンポでゴリゴリきもちよくしてくださいっ！♡　おおおっ……！♡」

絶頂に絶頂を重ねたハズキの顔は涙とよだれまみれで、開いた口は快楽に歪《ゆが》んで笑顔に近い形をしていた。

時間にして1時間ちょっとだが、ハズキはすっかりデロデロだった。

目隠しはしていないがハズキの望む拘束《こうそく》プレイだ。

一応首輪にはリードをつけ、首輪の内側にはアザが残らないよう柔らかい布も入れているが、引っ張れば首を絞《し》めつけることになるため、さすがに望まれても対応しがたい。

——言葉攻めしてほしいって言ってたな。

ドスケベすぎる、色々と。

両手で尻をわしづかみにして突きながら、どんな言葉なら喜ぶだろうと頭をひねった。

性交中で頭が回らない。

はっ、はっ、と息切れし、脳まで酸素が回っていない。

1時間以上ノンストップで腰を動かしていれば体力があっても疲れはする。

それでも止まらないのは疲れ以上に性欲が高ぶっているのと、細かいツブでびっしりのハズキの膣肉が大喜びでマルスの陰茎に巻きついてくるからだ。

だんだんと全身が疲れでへばってくるリリアと違い、ハズキの体力は本気でアスリートレベルである。だから十回絶頂した程度ではへこたれないし、膣はいつまでも精液を絞《しぼ》ろうと淫靡《いんび》に蠢《うごめ》く。

「気持ちいい？」

ベッドに押しつけたハズキをさらに全身で押しつぶし、腰を打ちつけながら耳元でささやく。

言葉攻めは不慣れだが、なんとなく思いついたイメージでしてみることにした。

「ぎ、ぎぼぢぃですっ！♡」

「どこが気持ちいいの？」

「お、おまんこっ！♡　おまんこぎもぢぃっ！♡」

羞恥《しゅうち》に満たされたハズキは恥ずかしがっていながらも本気で乗ってくる。

淫語《いんご》を叫ぶとやはり興奮するらしい。

──ちょっとSっ気があったほうが喜ぶんだよな……それなら。

「──なら自分で動いて。俺はちょっと疲れたから」

覆《おお》いかぶさっていた上体を起こし、膝立《ひざだ》ちで動きを止めてみる。

挿入《そうにゅう》こそしたままだがピストンはしない。

本当はまた激しく動きたいところだが、これからの展開のために我慢《がまん》だ。

これからを思うと少し罪悪感もあった。

「えっ、えっ……っ、突いてくださいっ……！」

「ご主人様に命令するのか！」

マルスにしては珍しく、軽く声を荒立てる演技をして、両手でパチンと尻を叩く。

ハズキの大きな尻にはマルスの手形が赤くくっきりついた。

「いぎぃっ⁉♡　イグっ！♡」

尻を叩くとハズキは小刻《こきざ》みに震え絶頂する。

急激に締まりが強くなりチンポを外に押し出されてしまいそうになったマルスは、腰を思い切り押しつけて抜けないようにする。

——う、うねうねして、動いてないのに射精させられそうだ！

くそ、射精したい……！

「あっ、あっ！♡　イグぅっ、ずっとイグっ！♡」

びくんびくんとハズキは水から出された魚のようにのたうちまわる。

腕を縛られているせいで快楽を逃がす方法がないから、身体をくねらせることと両足をバタつかせることしかできなかった。

射精しないよう気合いを入れつつ、ハズキが絶頂から帰ってくるのを待つ。

「はぇっ、ひっ、ああっ……！♡　す、すっごいイキましたっ……！♡」

「もう終わり?」

「も、もう一回……！」

「なら、動いて?」

命令というよりお願いだったが、それがまたハズキの心を刺激した。

腕を使えないため、ぎこちない動きでハズキはバックの体勢で腰を動かし始める。

へこへこと前後し、自分のいい所に当たると腰を左右にくねらせた。

たくさんのツブが密集した膣はしっかりとチンポを刺激してくれるものの、少々動きがゆっくり過ぎてもどかしくもある。

ハズキの奥を蹂躙《じゅうりん》したくなり、自然に腰が動き始める。

やがて射精欲に導かれ、大きな音を立て根元までピストンを開始した。

「おっ！♡　おっ！♡　おっ！♡　あーっ！♡」

睾丸《こうがん》の中で精子がグツグツと煮えたぎり、早く射精したくて腰の動きが速くなる。

頭にすっかり血が上り目の前のメスに種付けすることしか考えられない。

——なんだっけ、言ってほしいって言ってたのは……。

「えーと……イけ！　メス豚！」

「おひっ⁉♡」

パチン、と今度は片手でハズキの尻を叩く。

セリフは思い出したから言っただけで、棒演技でお粗末《そまつ》なもの。

しかしハズキは縛られているにも拘《かか》わらず、上半身と下半身の筋肉の力だけで少し起き上がるほど大きな反応を見せた。

「イグイグイグっ！♡　いひっ、ひっ！♡」

全身の力が下半身に集中したように締まり、マルスはさらに奥まで一気に突き上げる。

チンポだけでハズキを持ち上げるような一突きだった。

「やばい、出そうだ！」

「出してください！♡　マルスさんのザーメンっ、おおっ！♡　おまんこにいっぱいザーメンっ、びゅーびゅってっ！♡」

「うぐっ……！」

びゅるるるるっ！　ぶびゅっ！

大きく上下に痙攣《けいれん》しながら出た精液がハズキの膣内をさらに汚していった。

射精が収まった頃、ようやくハズキの膣内から出ていく気になる。

抜かずに四回も連続で射精したが、性欲そのものはまだ収まる気がしない。

じゅぽん、と音を立ててチンポを引き抜こうとすると、ハズキの膣肉がへばりついて名残惜《なごりお》しむ。

マルスのチンポの太さに広がった膣口からは、出しまくった精液がぼとぼとと零《こぼ》れ落ちた。

縛った両腕の拘束を解き、ハズキの顔の前にビキビキと血管を浮かべる上向きのチンポを差し出す。

精液や愛液、我慢汁《じる》でぬらぬらと輝く勃起《ぼっき》したままの巨大な一物《いちもつ》だ。

絶頂の余韻《よいん》が顔に残ったハズキは嬉《うれ》しそうに舌《した》を伸ばし、根本からお掃除フェラを始める。

「もっとメス豚呼ばわりしてほしいですっ……！　ちゃんと綺麗《きれい》にしますからもう一回……！」

「へ、変態だ……！」

恍惚《こうこつ》感を隠さないハズキに呆《あき》れつつも再度興奮してしまう。

◇

リリアもハズキもたくさんイカされベッドの上でぐったりしていた。

二人の性感帯や性的嗜好《しこう》に合わせて行われたセックスの数々は、その最中こそ天国に連れていってくれるが、終われば全身疲労で動けなくなる地獄だ。

代わる代わるする時もあるが、基本的には一人ずつ相手してギブアップした者から眠りについていくのが日常だ。

今回の場合は最初にリリアがダウンし、続いてハズキがダウンした。

全裸《ぜんら》でそのまま寝かせるわけにはいかないから、リリアとハズキにしっかり毛布と布団《ふとん》をかけてやった。

マルスはベッドの脇《わき》の棚に置いてあった水差しから直接一気に水を飲み干す。

長時間に及ぶ行為なので軽食も含め、補給品は用意してある。

だいぶ前に用意した水なので常温に戻ってしまっていたが、芯《しん》から熱くなっている身体を冷ますにはちょうどいい冷たさだった。

——何回したかな。十回はしたと思うが……さすがに疲れた。

「んにゃ……おはようにゃあ」

「おはよう。ネムちゃんはどうする？　このまま寝ちゃう？」

ハズキの作った魚のぬいぐるみを抱いて、よだれを垂《た》らしながらネムは寝ていた。

服装はパジャマにしているサラサラ生地《きじ》の白いワンピース。飾り気は皆無《かいむ》だ。

よくこんなに騒がしい環境で眠れるなといつも思う。

猫の属性なのか成長期なのかは知らないが、ネムはこまめによく寝ている。

寝癖《ねぐせ》を手で直しながらネムは大きなあくびをする。

「にゃあ……一回だけしたいにゃ。眠い気持ちも強いからにゃ。今日はちょっと疲れたにゃ」

ネムの種族、獣人《じゅうじん》は長命種ではない。

人間と寿命は変わらないのだ。

人間と少し違うのは、ネムには明確な発情期が存在し、生理が存在しないこと。

だいたい月に二度ほど発情期が訪れ、その際はすさまじい性欲を見せる。

しかしそんなネムでも常時うっすらとは性欲があり、快楽そのものはいつでも感じられる。

ただ乗り気になることが少ないというだけだ。

なので仲間外れになるのが嫌という側面が参加の強い要因になっている。

四つん這《ば》いでマルスのもとまで這《は》ってきて、ネムは黙って女の子座りをした。

関節《かんせつ》の柔らかさはやはり人間離れしている。

「バンザイして?」

「にゃ」

風呂に入る前に親に服を脱がされる幼児のように、色気なく両腕をずいっと上げる。

いつもながら下着はつけていないようだ。かろうじて白いパンツだけ穿《は》いていた。

脱がしてみるとネムは未成熟さもあれど魅力的なスタイルをしている。

上の方までみっちり詰まった真ん丸の胸に、まだまだ痩《や》せ型の腹回り。

肩回りなどはまだ子供じみた華奢《きゃしゃ》さがあった。

「マルスにゃんはおっぱい好きにゃ? たまに見られてるにゃあって感じるにゃ」

「ま、まぁ……聞かれると恥ずかしいけど好きだね」

「くすぐったいけど触ってもいいにゃ。先っぽのとこ吸うの好きなのも知ってるにゃ」

「う……そ、そうか、俺、いつもリリアやハズキちゃんの乳首吸ってるもんな……」

「あれ赤ちゃんがやるやつにゃ。マルスにゃんも赤ちゃんにゃ?」

「男は……いつまでも赤ちゃんかもしれん。一生やめられる気がしない」

吸いついているが、吸い込まれている気もする。

魔力めいたものがあるのだ。

すーっと勝手に手が伸びて、ネムの胸を軽くつまむ。

むに、と反発する生意気な感触がネムそっくりだ。

──いわゆるメスガキってカテゴリにいるんだろうか、ネムちゃんは。

いや、悪い子じゃないけど。ガキって感じでもないな。

「にゃあ……やっぱりくすぐったいにゃ！」

びたんびたんとしっぽをベッドに軽く叩きつけ、ネムは照《て》れた顔でマルスの手をさっと払いのけた。

「おっぱいは終わりにゃ。それよりしっぽトントンしてほしいにゃ」

「短っ！　こういうのはもっと全身くまなく愛撫《あいぶ》して、準備しっかりできてからするものなんだよ？」

「濡《ぬ》れるってやつにゃ？　でもネムはしっぽトントンされると、頭ぼーっとしてゾワゾワってするからにゃ。そしたらおしっこ漏らしたみたいになるにゃ」

「性感帯っぽいもんな。猫もそんな感じだった気がする」

生殖器を除けば、ネムのもっとも強い性感帯はしっぽの付け根にある。

「ネムは猫と違うけどにゃ！　賢《かしこ》いし働くからにゃ」

ネムは四つん這いになり、マルスに尻を向けた。

目に見えるのは小ぶりな尻と銀色のしっぽ。

しっぽは背骨の始まり、尻の少し上についていた。どうやら背骨とダイレクトにつながっているらしい。

マルスはしっぽの下あたりから指をひっかけ、ネムのパンツをするする下ろして膝で止める。

ピッタリ閉じた大陰唇《だいいんしん》はぷっくり膨《ふく》らんで中の構造は一切窺《うかが》えそうにない。

色白なネムの大陰唇は血行がいいのかほんのりピンク色。

マルスは何の気なしに割れ目にそって人差し指を這わせた。

「にゃうっ⁉ そこしっぽじゃないにゃ！」

「気持ち良くない？」

「ちょ、ちょっときもちいいにゃ……」

すりすりとなぞっているとネムが少しだけ身震いする。

そして満を持《じ》してネムの性感帯に触れていく。

背骨のくぼみから流し、しっぽの付け根に触れる。

髪の毛とはまた違った感触の細く柔らかい毛。

しっぽだけはまるで猫そのものだ。

「にゃ、にゃ、にゃ……♡」

トントンと叩くと、腰がどんどんせり上がってくる。

叩くタイミングに合わせて甲高《かんだか》い声がこぼれ出ていた。

続けているとやがてしっぽがぴんと真上を向き、毛を逆立て始める。

本来の太さの三倍ほどまで一気に膨らんだのをマルスは片手でわしづかみした。

「にゃあっ、にゃあああっ！♡　く、来るにゃ、ゾワゾワくるにゃ！♡」

うにゃうにゃと何か言いながら、ネムは必死にシーツにつかまる。

しっぽの付け根の感度がやたらと高いのは、下にある子宮まで一緒に刺激しているからではないかとリリアが言っていたのを思い出す。

声が大きくなっていくにつれ、割れ目はしっとりし、光を反射する愛液が垂れてきた。

閉じていた割れ目は少し開き、膨らんだクリトリスが目視で確認できる。

ピンク色の小さな豆粒サイズで、ネムがこれまでの人生でほとんどいじってこなかったのだろうことがわかる発達のなさだった。

トントン叩き続け、さらに人差し指を膣口に押し当てる。

ネムにいきなり挿入するのは難しい。

かなりの時間、しっかりほぐしてやって初めて挿入可能となる。

くにゅくにゅと中身をいじくると、異物を追い出すような動きで指に絡《から》みついてくる。

人差し指の腹で、押すのではなくひっかくようにGスポットを刺激する。

ざらついていてコリコリした感触が指先でよくわかる。

1分ほど続け、ネムが腰を左右に揺らし始め、溜《た》めた息を吐くように声を出す。

「にゃうっ……！♡　くる、くるにゃっ！♡」

びくん、と大きく一度震え、ネムはベッドに落ちていった。

指はちゅぽんと抜けてしまう。

膨らみ切ったしっぽがゆっくりと元の細いサイズまで戻っていくのを見て、愛撫を再開しようとすると、ネムが完全に停止してしまっていた。

「え、寝ちゃったのか……？」

気絶したのか寝たのかの判別ができなかったが、ひっくり返してみると少し荒めの寝息を立てていた。

まだ勃起している自分の股間を眺《なが》め、今日はもういいかと一人で笑い、ネムに下着を穿かせてハズキの横に移動させ、全員に毛布と布団をしっかりかけ直して、マルスも眠りにつく。

第６話

――あたしの、あたしだけの冒険が始まる。

たくさんの仲間と一緒に未知に挑《いど》むのだ。

ルチル・サードニクスは遠足前の子供じみた気分で寝台の天井を眺《なが》めていた。

ドワーフの王女として生まれたルチルの夢はダンジョン冒険者だ。

ダンジョン冒険者なんて職業は、職業とさえ言えない浮浪者同然のものであるが、生活の保障も未来の安定もない代わりに、ほかのどんな職業よりも夢だけはある。

〝特別な何か〟になりたい者にとってはうってつけの現実逃避だ。

多くの冒険者たちは名乗るだけでダンジョンに挑もうともせず、のらりくらりと毎日を浪費《ろうひ》し、人に聞かれれば定職に就《つ》かないことの大義名分のため「冒険者」を名乗っているだけなのが現実である。

だがルチルはそんな現実を知らない。

ルチルの知る「ダンジョン冒険者」とは、勇敢《ゆうかん》な英雄たちに限られるからだ。

異種族とはいえ、王族に生まれていればその生活は豪華絢爛《ごうかけんらん》なもの。

しかしそんな彼女は不満を抱えていた。

自由がないのだ。

人生の大目標、どう生きていくのかが決められている。

どんな服を着るか、どんなものを食べるかなど局所的な自由があっても、長い目で見た時には自由はない義務に縛《しば》られた人生だ。

自由がないからこそ与えられている特権であるが、当事者のルチルは納得できない。

現在のドワーフには王子がいない。

本来なら王になるはずだったルチルの兄が、二百年前のエルフとの戦争で戦死してしまったからだ。

現王の子供は王女であるルチルだけだが、歴史上一度も女が王に選ばれたことはない。

そのため、婿《むこ》を取って子を産むだけの存在として生かされているに等しい人生だった。

兄が存命だったころ彼女に与えられていたはずの無限の未来は幼《おさな》いうちに摘《つ》まれ、「王女」という役割を持つ一つの道具に収まってしまった。

そんな日々の癒《いや》しが冒険者たちの冒険譚《たん》。

この世界で本は重要な娯楽《ごらく》品である。

だが印刷技術はなく手書きの写本が標準であるため、小説でも単価は前世の日本円にして十万円を超えるのが普通だ。ちなみに一番高いのは写すのが難しい絵のある本。

平民出の金持ちなど、実際に読み書きができなくとも本を買い揃《そろ》えて自慢する者がいるほど本は高価だ。

この世界においては本を持つのは一つのステータスであった。

そういう金銭事情もあり、言葉を話せても読み書きできる人間はかなり少ない。

マルスの育った農村だと、法則性から文法を独学したマルスと村長のほかに字が書ける人間がいなかったくらいだ。

王族であるルチルは贅沢品《ぜいたく》である本を山ほど持っていた。


誰も見たことがない地平に自分の足跡を最初につけていく快感は雪景色でよく知っている。

何とも言えぬ征服感と優越感。それの最上級がダンジョン攻略だ。

無論、冒険譚には創作物もたくさん混じっているのが現実だが——というか、ほとんどがそうだ——ルチルは本当にあったことだと信じている。

宝石の山の上に鎮座《ちんざ》しその宝石を食料にしているドラゴンも、溶岩の中を水のように泳ぐ巨大魚も、ルチルの中では実在する生物だ。

自《みずか》らの才覚と努力だけで栄光を摑《つか》む冒険者の姿は、彼女の生き方の選択に大きな影響を与えた。

ないものねだりをしてしまうのは全《すべ》ての感情ある生き物の宿命だ。

もしルチルが平民に生まれていれば王族や貴族に憧《あこが》れていただろう。

たまたま王族に生まれたから、自分とは正反対に自由に生きているダンジョン冒険者に憧れているだけだ。

生まれ持った器《うつわ》に満足できる者はそう多くないということである。

ルチルの歳《とし》は二百を超えているが、そもそもの時間間隔《かんかく》が人間と違う。

感覚としては人間の一日が三時間程度でしかなく、また、労働や生活に必須《ひっす》の行動に費《つい》やす時間が長いため、思考を含めた人生において大事な何かを積み上げる時間が人間社会と比べて相対的に短い。

だから二百歳を超えていてもその精神は普通の女の子と大差ないのだ。

「あたしは絶対あの人と結婚する。七大ダンジョンの踏破者《とうはしゃ》になって、あたしも一緒に冒険する。——本当の仲間を、友達を手に入れる」

これまでドワーフはまっとうな方法でのダンジョン攻略に積極的ではなかった。

まず『デ・ストゲッヘル魔鉱山』を通常の方法で攻略できると誰も考えていない。

かつての王族が深層まで行って帰ってきた際も、実力以上の奇跡の積み重ねがあったからこそであり、再度挑んで攻略できるかと問われれば難しいと答える。実際攻略に出ていないあたり、それは事実だった。

だが世界は変わりつつある。

これまで難攻不落《なんこうふらく》だった七大ダンジョンがここにきて二つも攻略された。

野に隠れていた英雄たちが次々と表に出てきたのだ。

だからこそ、今回のように国を挙げて大規模に攻略することが決まった。

ルチルは父である王に、七大ダンジョンの踏破者が現れた場合は自分も一緒に挑みたいと申し出て、承諾《しょうだく》を得た。

国としてのドワーフの謀略《ぼうりゃく》をルチルは知らず、王の本命がオニキス・ロードライトであるということも知らない。

ルチルもまた王の謀略の中に組み込まれているのだ。

——マルス・アーヴィング。一緒に行けば、あたしも夢焦《こ》がれた英雄になれる。

冒険譚を紡《つむ》ぐ側になれる。

壁に飾られたこの日のために揃えた装備の数々を眺め、布団《ふとん》の中でルチルは拳《こぶし》を握りこんだ。

第7話

「こ、この発想はなかった……！」

翌朝、『デ・ストゲッヘル魔鉱山』の下見で入り口に立ったマルスは驚きの声を上げた。

時刻は早朝で、ダンジョン内部には昼前に出発する予定だ。

マルスが見たのは斬新《ざんしん》な攻略方法だった。

何人いるのかもわからないドワーフがひたすらにツルハシを振るい、削《けず》り取った岩を荷押し車で運んでいる。

「け、削っているのですか、ダンジョンを……」

「ダンジョンそのものを削り取って、外側から攻略するってことだろうな……資源も全部無駄なく取れるし」

他の冒険者たちからも驚きの声が上がる。

昨日大広間にいた半数ほどの冒険者がいち早く集合していて、残りはあとから準備を整えて本来の出発時間にやってくるらしい。

彼らが見たものは、すり鉢《ばち》状に削り取られている大穴の開いた山。

穴の直径は比較するものがないほどに大きい。

ダイヤモンド鉱山の採掘《さいくつ》は螺旋《らせん》状にくりぬいて行われる。それと同じことをダンジョン相手にしていたのだ。方法は昔ながらの人力掘削《くっさく》で、効率は最悪に悪そうだ。

――ちょっとだけ、虫歯っぽい見た目になってるな。ドワーフが虫歯菌ってことか。

だが確かにこれならば冒険者の力量は必要ないかもしれない。

魔物については倒さねばどうしようもないものの、罠《わな》の回避や物資の管理など面倒《めんどう》な部分が全《すべ》て必要なくなる。

その魔物にしても集団で囲んでシステム的に処理できるはずだ。

――画期《かっき》的だ。そしてこれは人間じゃ思い浮かばないやり方だ。

良くも悪くも気の長い長命種だからこそ実行可能で考えつく方法だとマルスは思い知らされた。

転生前から持ち合わせている知識も知恵もあるが、やはり人間の範囲でしか物事を考えられない。

「このダンジョンは山の内部に続いているわ。すべて削り出すのは……そうね、七百年はかかると見られてる。つまり、結界《けっかい》の崩壊《ほうかい》までには間に合わないのよ」

すっかり全身に装備を整えたルチルは戦鎚《せんつい》を手にしていた。

両手に金属製の小手《こて》をつけ、両足には膝《ひざ》まで覆《おお》う具足《ぐそく》。

頭はヘルメットのような兜《かぶと》をつけていた。

しかし上半身は薄着で、ほとんどビキニに近いものを装備していた。

防御力は皆無《かいむ》。本当ならツッコむところだが、リリアにしてもダンジョンでは似たような格好《かっこう》をしているため何も言わない。ハズキだって可愛《かわい》さ優先だ。

現実的に考えて、多少防御力が高かろうとダンジョンの魔物相手ではさほど意味がないというのもある。

死ぬときは死ぬ。それが全裸《ぜんら》だろうと甲冑《かっちゅう》姿であろうと、圧倒的な攻撃力の前では何も変わらない。

ヒュドラに甲冑ごと吹き飛ばされへしゃげていたゼリウス・ラクレールを思い出す。

ハズキに暴力を振るっていた男なので同情はしないが。

「それでもあたしたちは一番確率の高い掘削に賭《か》けてた。でも、同格のダンジョンを踏破《とうは》できるような者たちが現れ始めた。だから方針を変えたのよ」

君だ、とルチルはマルスに鋭い視線を向ける。

挑《いど》む冒険者は総勢五百名ほどで、数人の誤差はあるだろうが、昨日大広間にいた冒険者のほとんどが参加するようだとルチルに聞いた。

だが浮《うわ》ついた空気は通常の、ダンジョンに挑む者たちのそれとは違う。

――こいつら、勝ち馬に乗るつもりなんだな。

と、マルスは半《なか》ば断定的に考える。

当たり前の話だが、一緒に攻略した暁《あかつき》には報酬《ほうしゅう》の分配がある。

小規模ダンジョンでもそれは当たり前で、マルスにしても仲間以外にダンジョン攻略で同行した者は意外といる。

例《たと》えば初めてリリアとハズキと攻略したダンジョン『セクメト』では、ハズキの元恋人であるゼリウス・ラクレールがその立ち位置にいた。

一人一人の分け前は少なくなるが、攻略対象が七大ダンジョンとなれば話が違う。

ただでさえダンジョンの宝はすさまじいと皆が考えているわけで、それが七大ダンジョンならなおさらすごいものだと信じ疑わない。

攻略の最前線に出されるマルスたちからするとたまったものではないが、攻略の確度の高いメンツと同行できるこの状況を逃す冒険者はまずいないと思われる。

攻略できずともサードニクス魔鉄鋼を手に入れることができればそれを売ることも可能だろう。とにかく金の匂《にお》いが渦巻《うずま》いているのが現況だ。

高低差のある道のりを数百キロ歩くのは大変だが、逆に言えばそれだけで億単位の金が手に入る可能性がある。

だったら参加したいと思うのは人情だとマルスにもわかった。

冒険者たちの半数ほどが集合時間より早く来ているのは、少しでも前に陣取《じんど》るため。

マルスたちのそばにいるのがダンジョンでは一番安全だろうし、目立つ手柄《てがら》をあげるチャンスもたくさんあるに違いない。多少賢《かしこ》い連中はそう考えて朝から待っていたのだ。

「言っておくけど、一緒に来ても俺たちは君たちを助けられ――」

「俺様は貴様らのような軟弱者は助けんッ！　邪魔ならゴーレムごと砕《くだ》くこともあると知れッ！」

マルスが言おうとしたことを他人に言われてしまう。

拡声器でも使っているのかと思うくらい大きな声の主は、ドワーフの英雄オニキス・ロードライトだ。

「ダンジョンに弱者の味方などおらんぞ。各々《おのおの》自分の命を守れないのなら立ち去るのだなッ！」

「ま、まぁ……俺が言いたいのもそういうことなんだけど、そこまで厳しいことは言わない。協力できることは協力し合っていこう。でも寄生《きせい》するだけなら帰ってほしいのは本音だね」

ガハハと笑うオニキスに高い位置から頭を掴《つか》まれ、左右にゆさゆさと揺らされる。

不愉快《ふゆかい》でも敵意は感じなかった。

嘘《うそ》を吐けないタイプなのはこれで十分にわかってしまった。

だからこそやりにくい。

いっそ敵の方が常時警戒《けいかい》すればいいだけなので対処はしやすいのだが、中途半端に味方側の存在だと扱いは面倒だ。

——こいつ、自分で自分の役割がわかってないな？

暗殺者の自覚がない。

もしかするとダンジョン攻略者と戦いたいとかそんなくだらない理由なのかも。

やたらと強者だの弱者だのにこだわっているし。

マルスは知る由《よし》もないが、オニキス・ロードライトもまた実際何も知らなかった。

オニキスが王に命令されているのはルチルを守れという指令とあと一つだけだ。

だが、いざダンジョン攻略を終え、マルスや他の冒険者たちを殺せば王にしてやると言われれば躊躇《ちゅうちょ》なく実行できる人物ではある。

自分より弱い存在ならば生きている価値がないと本気で思えるほど直情的だからだ。

「わかっておるではないか、人間のガキ。俺様は強者のみを友とするッ！　弱者など視界に入るだけでウンザリするわッ！　だが酒を酌《く》み交わす時は大勢の方が美味《うま》いからなッ！　飲んでいるときのにぎやかしをやると言うならば、同行を否定はできんわッ！」

「そっちはイマイチわかってなさそうだけど……というかダンジョンで飲むつもりなのか？」

「当たり前ではないか？　酒を飲んで一日を始め、酒を飲んで一日を終わらせるのが生きるということだろう？　ダンジョンだろうがそれは変わらん」

「――ちょっと文化が違うな？」

斧《おの》を投げつけられたことについてはまだ憤《いきどお》りが残っていないくもないけれど、良くも悪くもオニキスは正直なようで、妙に憎《にく》めないところがあった。

これまでダンジョン内で対峙《たいじ》してきた敵性冒険者とは少し空気が違うのだ。

斧を投げつけたのもマルスの力量を測《はか》ろうとしてのことだろうとわかるし、自分の強さを絶対のものと考えて他者と比較しようともしていない。

他人と比べて妬《ねた》んでみたり見下してみたり、そういった負の感情が見えない。

──やりにくい。

「でもこんな細っこいガキが七大ダンジョンを踏破してるとは信じられんなぁ〜⁉　ちょっとばかし死合《しあ》おうぞッ！」

「俺はそういうの興味ないから」

再度マルスの頭を掴み、後ろに引っ張りながら顔を覗《のぞ》き込むオニキスの目には疑いがこもっていた。

まっすぐな人柄だと思っていたら途端《とたん》に疑われ、やはり距離を置こうとマルスは決める。

◇

「ルチル王女、改めて俺はマルス・アーヴィング。書いたし知ってると思うけど、ただの農民出身。特技は剣だ。よろしくね。あとから聞かれるのはちょっと気まずいから先に言うけど、この三人は俺の恋人だよ。全員と結婚しようと思ってる」

「え、三人とも？　あ、ああ、まぁダンジョン踏破者なら普通……普通なのかしら？」

「どうだろ……普通ではない気がするけど、禁止されてるわけじゃないし、いいかなと」

「やっぱり強いの？　あなたとの子供は強くなるのかしら……」

──い、いきなり子作りの話⁉

王族ってもしかしてこんな感じなのか⁉

ルチルの価値観はよくわからないが、国と種族の存続を考えれば当たり前の思考の可能性もある。

「わ、わたしはハズキ・アザトートといいますっ！　えーと、得意なのはお裁縫《さいほう》ですっ！」

「そこは魔法でいいんじゃないかな？　《災禍《さいか》の魔女》ってのはこの子のことだね」

えっへん、と胸を張ってみせるも、ハズキの胸の膨《ふく》らみは薄い。

一瞬強気な態度に出てみたハズキだったが、自分が一番貧乳だと気づき胸を隠して委縮《いしゅく》した。

「あなたが！　なんでもダンジョンを故郷ごと焼いたんですって？　それで丸焦《まるこ》げになったダンジョンを悠然《ゆうぜん》と歩いて攻略したって聞いたわ！」

「変な尾ひれついてますねっ⁉　故郷はそのままですし、わたしがもらった分のお金全部置いてきたくらい親切ですよっ⁉」

オニキスが他の冒険者たちに物理的にマウントを取りに行ったので、マルスたちは自己紹介をすることになった。

ルチルのことを一方的に知っているだけの状態でダンジョンには潜れない。

ネムはルチルに抱きつけそうな距離まで近づき、興味津々《しんしん》にルチルの装備を見ながら自己紹介を始めた。

全員に言えることだが、王女に対して不敬な態度である。

「ネム・ネイルにゃ！　得意なのは……昼寝かにゃ？　最近は本を読むのも好きにゃ！」

「あたしはルチル・サードニクス。得意なのはそうね……この戦鎚で叩《たた》き壊すことかしら。本はあたしも読む。どんなのが好きなの？」

「絵がいっぱい描いてある本にゃ」

「ああ、絵本。そんな高価な本を持っているの？　――ああ、あなたたちの財力ならそれほど高価でもないのね」

舌足《したた》らずな話し方と読んでいる本からネムがただの子供でしかないとルチルは思ったようで、一歩後ろに下がり物理的にも精神的にも距離を置く。

ネムは仲間だと思った者にはものすごく距離感が近い。

マルスたちにもすぐくっつきにくるタイプだ。

「そっちの子は？」

「――リリアです。ご主人様の一番の奴隷《どれい》です」

「……それだけ？」

「それだけです。他には特に言うことはありません」

――ん？　どうして「リリア・シルベストリ」とフルネームを名乗らない？

これまでリリアはずっとフルネームでの名乗りをしていたし、弓の技術には自信があるから絶対言っていたはずだ。

エルフと明かさないのはドワーフとの確執《かくしつ》があるからだと思うが、名前まで隠すのは少し不自然だ。

ハズキも疑問に思ったようで、マルスを見て少し首をかしげていた。

「改めてよろしくね。あたしはみんなと仲良くなりたいの。もしよかったら、今後の冒険にも連れて行ってほしいくらい！」

「俺も仲良くできたらとは思ってる。よろしくね」

「ちなみに、あたしは嫁候補になる？」

いたずらっぽい態度でルチルは胸を寄せ、谷間を強調させて見せつける。

雪山にしてはあまりに露出《ろしゅつ》の多い格好で褐色《かっしょく》の肌《はだ》は雪によく映《は》えた。

むっちりと膨らんだ胸は弾力にあふれ、マルスは思わず手を伸ばしたくなる衝動に駆《か》られた。

褐色肌と積極性が妙にエロい印象を脳に植え付けてくる。

「え、えっと……」

「――冗談よ」

くす、と少し上からな態度でルチルは笑いかけた。

こういうところは王族らしいというか、精神的にマウントを取る術《すべ》には長《た》けているらしい。

煽《あお》るだけ煽っても王族に手を出すわけがないとわかっているからこその行動だ。

ドワーフの国から王女を精神的にも肉体的にも寝取り、他の王を選定してもらいながらも潜水艦や飛行機を入手する。

ルチルを惚《ほ》れさせることからダンジョンの攻略まで必須《ひっす》という条件の多い計画だが、それがもっともマルスたちの得になる。

というか、望むものを得ようと思うとそれしか手がないに等しい。

もしこのダンジョンで寿命《じゅみょう》操作の【禁忌《きんき》の魔本】が手に入ればその限りではないが……過大な期待は失望に変わる可能性が高いから、手に入る前提にはしない。

マルスとルチルは仲間として握手する。

ルチルの豆のない綺麗《きれい》で柔らかい手がマルスを不安にさせた。

◇

「ダンジョンではこれを使おうと思うの。使えるかはわからないけど、一応乗り物よ」

ルチルは自慢げな顔である物を見せる。

それは荷車に運転席部分を付け足しただけの錆《さび》だらけの軽トラのようなものだった。

運転席部分はバイクの運転席の形状に近く、後ろには六人ほどが乗れる長方形の荷台がついている。

バイクにリアカーをつけたようだなとマルスは思うも、心が躍《おど》る。

右足でアクセル、左足でブレーキのまたがる形の運転席だ。

「――車！」

「？　知っているの？　これもこのダンジョンの壁面から見つかった魔法機械なのよ。乗った物を運んだりできるわ」

「これは一台だけ？」

「残念ながら。技術的には再現可能だから、試しにダンジョンで使ってみようと思ったのよ。全員は乗れないから、先発隊であるあたしたちで使いましょう」

仕組みとしては馬車の荷台にハンドルを付け、動力を魔法機械に変えただけのもの。

ドワーフの職人たちなら形の再現は難しくなく、精度こそ悪いもののすでにいくつか試作品はできていたため、これはここで損壊《そんかい》してしまっても構わないと判断されていた。

「あのさ、これを売ってもらうことってできないかな？」

「金額にもよるけど……まぁサードニクス魔鉄鋼を手に入れれば全てあげるわ」

しらじらしいなと思いつつ表情を変えない。

下手にツッコんでしまうより、彼女たちの計画に沿って行動する方が安全だ。

少なくともダンジョンを踏破するまでは害されることはないだろうから。

「はぇー……すっごいっ！　お馬さんなしで走るってことですよねっ、これ」

「俺も仕組みを詳細《しょうさい》に説明はできないけど、要するに車輪が単独で動くんだよ」

「――わ、わたしでも動かせるんですかねっ……？」

つんつんと指先を合わせ、若干《じゃっかん》媚《こ》びるような態度でハズキは言う。

――俺もペーパードライバーだから何とも言えないけど、これはかなり単純な仕組みだし誰でも運転できるんじゃないか？

この世界に免許なんてないし、あってもハズキちゃんは日本なら免許が取れる歳《とし》だから、やらせてみてもいいだろう。

興味津々なハズキに体験させてあげたい気持ちになる。

「でもこれ、すごい揺れるんじゃないか？　酔う可能性は高い気がする」

「えっ……みんなで乗っていくなら、じゃ、じゃあ酔うわたしは一人だけ歩きでダンジョン……？」

「いっそハズキちゃんが運転すればいいよ。自分の運転だと意外と平気だったりするからさ」

「痴――ハズキの駆るこれに乗れと……⁉　そんな死に方はご免《めん》ですよ⁉」

リリアがマルスの正気を疑うような目線を向けてくる。

友人としてのハズキは嫌いではないのだろうが、こういった場面でのハズキは信用がない。

リリアとハズキはダンジョンでは後衛《こうえい》である。

そのためハズキが罠を踏むと、巻き込まれる形でリリアも一緒に罠にかかることがある。

だから信用が地の底まで落ちているのだ。

「ネムもやってみたいにゃ！」

「うん。全員動かせるように練習しておいた方がいいかも。――誰がどうなるのか、ダンジョンではわからないからね」

シンとした空気が一瞬流れる。

特にルチルが、はっとした顔を見せた。

これから向かう先は未知の死地であると、ここでようやく理解したようだった。

冒険者たちが全員集まるまで、少し広いところでマルスたちは車の運転を練習する。

タイヤではなく鉄の車輪なので、雪に足を取られるし、かなり揺れるが、そのドリフト感はそれはそれで楽しい。

◇

「やっぱり結構簡単だ。コーナリングは微妙だけど楽しい！　やっぱりこれ欲しいな」

「ネムは自分で走ったほうが早いと思ったにゃ。馬がいるから馬車のほうが好きだしにゃ」

「まぁそれは俺も本気で走れば同じだけど、荷物運んだりできるからね。疲れないし」

「それも宝物庫でいいんじゃにゃいかにゃ？」

「ぐうの音《ね》も出ない……」

ワクワクしていた気持ちがネムの現実的な意見でねじ伏せられる。

今の水準の車だと、はっきり言って馬車と大差ないかそれ以下の代物《しろもの》ではあった。

――でも機械はワクワクするだろ！

車が欲しいのは合理性からの感情ではなく、ただの男のロマンだ。

「ひ、ひぃっ、だめ、だめです私は！」

「リ、リ、リ、リリアさん、ちゃんと前見てっ！　ひ、ひっくり返っちゃいますよっ⁉」

リリアとハズキの二人が乗る車はふらふらと小走り程度の速度で走る。

運転しているのはリリアだったが、目を完全に閉じてしまっていた。

ハンドルを左右に動かすたびにリリアは全身をその方向に傾ける。

――リリアはレースゲームでコントローラーごと動いちゃうタイプだな。

テレビゲームなんてものはこの世界にはないが、あればやらせてみたいなと思ってしまう可愛い動きだ。

「こ、これの運転は私には無理です……」

「わたしは逆にこれ向いてそうだなって感じましたっ！　馬車と違っていつも同じ動きしてくれますし、計算でそこそこ上手に動かせますよ、きっとっ！　しかも不思議と酔いませんっ！」

真っ青な顔でリリアは戻ってきた。

道具の方に身体《からだ》ごと預けなければならない車は不得手《ふえて》らしかった。逆に、自分の身体の一部のように使う弓のような道具は大得意だ。

対照的にハズキは自分の仕事を見つけたと満面の笑みを浮かべていた。

思い通りに動くとは限らない馬車と比べれば、機械である車は入力に対して決まった出力をする。ハズキの得意ジャンルではあった。

本人が言うように計算の感覚に近い。

「じゃあハズキちゃんの運転で行こうか。ルチル――王女もそれでいい？」

「ええ。呼び方は何でもいいわ。でもそうね、ルチルのほうが嬉《うれ》しいかも。冒険者仲間って感じがするから」

「……なるべく後ろにいてくれたら助かる」

――仲間、なんだろうか。

別にルチル本人のことが嫌いなわけではない。

しかし好きかと問われればかなり怪《あや》しいところだ。

まず好きになる要因がそれほどない。

見た目だけなら可愛いと思うし、オスの目で見ればセクシーさもある。

色白ばかりの仲間に褐色の肌は映えた。

だが大事な仲間に対し害する意思があるのなら話は違う。

――リリアの言ってた国から寝取る話、簡単なことのように言ってたけど難しいよな。

マルスの性格や身体を知っているリリアやハズキは寝取るのが簡単だと思ったのだろうが、現実的にはまず異性として好かれるに至《いた》るのが難しい。

ハズキは性に貪欲《どんよく》な興味、ネムは仲間外れになりたくない、マルスに見てほしいという気持ち、ユリスは愛する男に捨てられたという自暴自棄《じぼうじき》な感情があったからその段階――セックスにたどり着けただけだ。

マルスから見ればルチルが興味を示しているのは冒険、それと国と種族の未来である。

国の将来であるルチルの子供は、やはり同じくドワーフの男との子供になるだろう。

冒険は基本的に真面目《まじめ》にするものであるから、そこに性は絡《から》ませにくい。

どうしようかと考えていると、あとからやってくる予定だった冒険者たちがぞろぞろと歩いてくる。

先頭にいたのは《漆黒《しっこく》》だ。

誰とつるむわけでもなく、黒甲冑《かっちゅう》を着て一人先導するように歩いていた。

他の冒険者たちは得体《えたい》の知れない《漆黒》に警戒心を持っているのが態度でわかる。

彼を待ちわびていたマルスは、一目散《いちもくさん》に《漆黒》のもとへ向かった。

寿命を延《の》ばす【禁忌の魔本】を持っている可能性があるからだ。

もし持っているなら全ての財産を手放してもいい。

幸いにしてノルン大墳墓《ふんぼ》で得た宝や【禁忌の魔本】はほとんど手つかずで残っている。

金額にすれば百億円相当。リリアたちと均等《きんとう》に分配したが、マルスの分だけでそれだけ残っている。【禁忌の魔本】に関しては市場に出ることなどまずないのだから、実質言い値《ね》で、もしかすると宝石などよりもずっと高く売れるかもしれない。

《漆黒》がどんな理由で一人ダンジョンに挑んでいるのかは知らないが、金品を目的にしているのなら、あるいは目的がないのなら譲《ゆず》ってくれる可能性もある。

どのような人間かは知らないが、世の中には「強くなりたい」だけでダンジョンに挑むような者もいるのだ。その類《たぐい》であってほしいと祈る。

当然、未来永劫《えいごう》の繁栄《はんえい》と不老不死が叶《かな》う可能性があるとして、いくら積んでも手放さないかもしれないことも考慮していた。その時は複数あるかもと思考を誘導するつもりだ。

「俺はマルス・アーヴィング。【禁忌の魔本】を持っているなら、俺のと交換しないか?」

最初に目的の物を言えば足元を見られるかもと、マルスはあえてぼかして話す。

あまり丁寧《ていねい》な口調で話さないのは、立場的に自分が下であると侮《あなど》られたくないからだ。

あくまで対等な冒険者同士だと態度で強調した。

返事がなかったので、再度大きな声で言い直す。甲冑のせいでよく聞こえていないのかもと思ったからだ。

《漆黒》は少し時間を置き、くぐもった声で返答する。

「——お前の正体を知っている。その顔の下がどんな人間なのか、知っている」

近くに来ても《漆黒》の輪郭《りんかく》は摑めない。それは容姿も声も、精神面も。

背筋《せすじ》がぞわりとした。マルス・アーヴィングの顔をうまく作れない。

《漆黒》が言っているのは、マルスの元になった人格——転生前の自分のことだと思ったからだ。

——自分が特別ではない自覚があった。

都合よく自分だけ転生してきたなどとは思っていない。

他にも同じように転生してきた者がいるかもしれないし、その人物はただ前世の記憶を持って生まれ変わっただけのマルスよりも強い才能を与えられているかもしれないと思っていた。

世界を救う勇者であれ。そんな使命を帯びている人物がいないとも限らない。

転生に何か意味があるのだとすれば、何も与えられていない自分はきっと選ばれていないの

《漆黒》がマルスと同じように前世の記憶を持ち、効率的に心身を鍛《きた》え上げ、そのうえ想像もつかない才能を与えられているとするなら、単独での七大ダンジョンの攻略も不可能ではないだろう。

「お前は……」

何者だ？　そう聞こうと思ったのに、喉《のど》の奥に何か詰まってしまったように声が出ない。

知りたい気持ちと同じくらい、自分の転生の真相について聞きたくなかった。

《漆黒》について知れば自分のことまで知ってしまう気がした。

「このダンジョンを攻略するのはお前じゃない」

それだけ言い残し、《漆黒》は一人ダンジョンに潜っていく。

誰も止めようともせず、ついていこうともしなかった。

「協調性のない奴《やつ》……知り合いなの？　一人で行っちゃった」

ルチルは鉱山の中に入っていく《漆黒》の背中を見ながら小さな声で聞いた。

外気温の低さだけでない寒気がマルスの身体を覆っていた。

ルチルの言葉に返答する前にいつもの顔を作らなければならないが、それもおぼつかない。

そして「協調性がないのではなく、協調性を必要としていないんだよ」と答えそうになってやめた。

「いや……多分知らないはずだ。でもあいつが『レガリア大火山』を攻略した《漆黒》だと思う」

《漆黒》が転生者だとして、どうしてマルスのことを知っているのかはわからないままだ。

七大ダンジョンクラスを攻略できる人物だからマルスも転生者なのだろう、と自分基準に当てずっぽうに言っただけなのかもしれない。

色々と考えを巡《めぐ》らせるも答えは出なかった。

考えても仕方のないことを考え続けても無駄なのは十分理解しているので切り替える。

——どっちみち、これでこのダンジョンを攻略しなければならなくなった。あいつは交渉《こうしょう》なんてしてくれる人物じゃない。

ならそちらに集中する。余計なことを考えていられるほど、ダンジョンは甘くない。

「俺たちも行こう。あいつより先に攻略したい理由ができた」

ドワーフの陰謀《いんぼう》とおそらく最強の敵、最高峰のダンジョンと大変な道のりだ。

知られたくないことも知られてしまうかもしれない。

それでも今更《いまさら》生き方を変えるつもりはなかった。

第8話

「さっきの《漆黒《しっこく》》はどこまで進んでいるのでしょうか？」

「一応徒歩よりはこの車の方が速いのに、一向に追いつく気配がないな。静かすぎる」

車移動の先発隊として『デ・ストゲッヘル魔鉱山』に乗り込んだマルスたちと王女ルチルだったが、先に一人で入ってしまった《漆黒》に追いつけない。

後ろの冒険者グループはオニキス・ロードライトがまとめ上げて進んでいるらしい。

本当は先発隊の一員として一緒に来る予定だったが、オニキスが乗ると一人で車の荷台が埋まるため置いてきた。

「ここがダンジョン……ただの洞窟《どうくつ》のようだわ。実は初めて入ったの」

「特にここは入り口から明かりが続いてるし、余計にそう思うのかもね。だけど気をつけて」

「ええ、あなたから離れないわ」

マルスの腕を摑《つか》みルチルは密着してくる。

——こういうことされるの嬉《うれ》しいけど困る……リリアのほうは見られないな。

睨《にら》んでいるのが簡単に想像できる。

下っていく洞窟はある程度整地され、採掘《さいくつ》用トロッコの線路も続いていた。

天井には明かりもついており、見かけだけなら単なる鉱山でしかない。

だが七大ダンジョンの一角なのだからそんな簡単なはずはないと、かえって緊張感が漂う。

おそらく《漆黒》はトロッコに乗って一気に下って行ったのだ。

坂道だから、ブレーキを外せば線路がなくなるまで走り続けるだろう。

車の運転はハズキがしていて、マルスたちは後ろの方に座り、ルチルが立ち上がったまま指示を出す。

主導権を握られるのは嫌だが、一直線の道を行く今だけならばご機嫌取りも兼《か》ねて任せてもいいだろうとマルスは判断していた。

ルチルの高揚は誰が見ても明らかで、本当に冒険者に憧《あこが》れていたのだとわかる。

「外側が多少削《けず》られていても実質的にはほとんど入り口付近だし、普段は採掘しているくらいだから危険はあまりないはずよ。あたしたちも先を急ぎましょう。ハズキ……だったわよね？もっと速度を」

「は、はいっ……」

自己紹介の時はまだ話せていたが、ダンジョンに入ってルチルが元気になってからはハズキはおとなしい。

基本的にグイグイ来るタイプのルチルが苦手だと気づいてしまったのだ。

「さっきから全然しゃべらないけれど、もしかしてドワーフだからって差別してる？」

「し、してません……ひ、人見知りなだけで……」

ただでさえギャルのような容姿をしているルチルの言葉は恫喝《どうかつ》っぽく聞こえる。

ハズキはそんなルチルに話しかけられ、かなり委縮《いしゅく》していた。

はた目から見ればイジメっ子とイジメられっ子の組み合わせだ。

——ハズキちゃんはきっとルチルちゃんみたいなタイプは苦手だろうな。

押しが強いというか、命令するのに慣れすぎてる。

実際、ハズキちゃんはびくびくしてるし……。

「——外様《とざま》の分際《ぶんざい》で私たちの仲間に命令しないでいただけますか。王女だろうが、ハズキは貴方《あなた》の家来ではありませんから」

「リ、リリアさんっ……！　じ、実はちょっと怖かったんですよっ！　あれ!?　リーダーがマルスさんから代わっちゃったっ!?　って！」

「ちょ、ちょっと！　ちゃんと前を見なさい！」

ゆらりと車が横に揺れてリリアはうろたえる。

リリアの赤い顔は焦《あせ》りのせいだけではないだろうとマルスは口元を緩《ゆる》めた。

「ルチル——ちゃん。リリアの言うように、ハズキちゃんは俺たちの仲間だ。命令口調でってのはやめてほしい」

「え、ええ……その、そういうつもりではなく、ついいつも通りの口調で……ごめんなさい」

「入る前にも言ったけど、ここでは王女扱いはしない。だから特権はない。ダンジョン内では俺の指示を優先してくれ。あくまで仲間って立ち位置なら、なおさらね」

「……………ごめんなさい」

ルチルはハズキに素直に頭を下げた。

王女なら怒り出すかもしれないと思ったが、存外《ぞんがい》に懐《ふところ》が深い。

「あ、あの、その……楽しく行きましょうっ！　イライラするとギスギスして連携《れんけい》もできなくなりますしっ！」

「わかっていたの、冒険者同士なら身分なんて関係ないって。貴族出身でもそれを言わないのがかっこいい。それなのにあたしは……」

「あ、あんまり気にしなくても……身分を隠すのがかっこいいんですかっ？　あ、でも最初に会った時のマルスさんみたいに、実力隠してるのはかっこいいですねっ！　突然踏破者《とうはしゃ》だって言われて、本当にびっくりしましたっ！」

「そう、かっこいいの！　馬鹿《ばか》にされていた人物が実は最強の冒険者……とか！　エルニクス冒険譚《たん》のエルニクスなんて、本当は伯爵《はくしゃく》なのに奴隷《どれい》のフリをしてて――」

「！　わたし読んだことありますよ、その本っ！　超面白《おもしろ》かったですっ！」

「あなたも読んだことあるの⁉」

「この前読んだばっかりなんですけどねっ！」

「あれ、タイトルは違うけど続編があるの知ってる⁉」

「え、そうなんですかっ⁉　気になるっ！」

唐突《とうとつ》にハズキとルチルは意気投合してしまう。

マルスからするとしっかり運転に集中してほしいところではあるが、なにやら仲良くなったのは悪いことではないなと思う。

――二人とも意外とオタク系なのか？　ハズキちゃんにその気《け》があるのは知ってたけど。基本、夢見る女の子って感じなんだよな。

きゃいきゃいと自分の知っている面白い本を紹介し合っているハズキとルチルは置いておいて、マルスはリリアとネムの方を見る。

ネムは朝早いこととやることがないこともあって少し眠そうだった。

「リリアはああいう冒険小説は読まないよね？」

「ええ。全く読まないわけではありませんが。私はどちらかというと学術的なものや、――れ、恋愛小説が好きですね。こ、これまで触れたことがありませんでしたから……」

リリアは目をそらし赤い顔をマフラーで隠した。

身分差のある恋愛小説などをリリアは好む。自分を重ねているのかもしれない。

「ネムは絵がいっぱい描いてある本が好きにゃ。楽しいああいうのが描きたいにゃあ？」

「将来は絵本作家ってのもいいかもしれないね。ネムちゃんは絵も上手《うま》いし。子供の絵じゃないよね」

「私たちの冒険を綴《つづ》っていくのもいいですね。なぜ思いつかなかったのでしょう。写しは大変ですが、七大ダンジョンの攻略者の冒険譚など、誰もが読みたい物語です」

「みんなで書いてみようか。全員で同じことを書いてみると、冒険を違った角度で見れて面白い気がする」

長生きするのを前提に考えると、何をして生きていくのかは考えておくべきだと今更《いまさら》ながら思った。

子供はもちろん、それ以外にも何か残したい。

「わたしの部屋にいっぱい本ありますから、一緒に読んで語り合いましょうっ！」

「ええ！　人間にもわかる人はいるのね！」

「そうと決まれば攻略を急ぎましょうねっ！　加速しちゃいますよぉっ！」

「そ、それは！　――ここ坂道！」

ハズキがアクセルを踏み込んだ瞬間、急落するように車はダンジョンの奥深くに突き進む。

そこからは阿鼻叫喚《あびきょうかん》だった――。

時速百キロ以上の速度で坂道を進み、あっという間に明かりのある安全な区間は終わり、トロッコ用の線路も途絶える。

車についていたライトはあまりに頼りなく、せいぜい五メートル先までしか照らさない。

整地されていた道路は終わり、鉄の車輪は小石を弾《はじ》き、小刻《こきざ》みに跳《は》ねる。

ほとんど真っ暗で先の見えない道を進む、命の保証が全くないジェットコースターだった。

「や、やばいって！　ハズキちゃん、ブレーキ！」

「ふ、ふ、ふ、踏んでますけど、止まりませんっ！」

「とりあえず全員何かを掴んで！　吹っ飛ばされるぞ！」

一度スピードに乗ってしまった車はコントロール不能のようだった。

ブレーキの性能が足りないのだ。

マルスは全身で、運転席のハズキ以外の者を覆《おお》い車体に押しつける。

踏ん張っていないと全員まとめて飛ばされてしまいそうな揺れがあった。

「にゃ、にゃ、にゃあっ！　飛ばされそうにゃ！」

「む、胸が揺れて、痛いです！」

「なに!?　それは大変だ！」

「い、今はそれどころじゃないでしょう！」

激しい縦《たて》揺れで大暴れするリリアの胸をマルスは凝視《ぎょうし》したが、暗くてよく見えないし、確かにそれどころではなかった。

上下左右に車体が揺れるので、いつ飛ばされるかわからない。

身体能力の高いマルスやネムならまだしも、リリアやハズキが飛ばされればかなり危険だ。

「さ、さっきからカチカチって音が何個もするけれど、これは何!?」

「わ、罠《わな》ですね、それっ！　多分車で踏みまくっちゃってますっ！　わたしはよく引っかかるので知ってますっ！」

明らかに複数の罠の作動音が鳴っていた。

かなりの数の罠が連鎖《れんさ》して発動してしまっている気がする。

──これはやばいのでは？

一個一個なら身体能力でなんとかできても、同時に複数、それもこんな足場の不安定な環境でみんなを守り切れるのか？

「罠にかかるなんて誇るところではないでしょう！　──後ろから岩が！」

「──えっ、ま、前の地面もパカッて開いてなくなっちゃったんですけどっ……!?」

ゴロゴロと音を立て、後方から直径三メートルほどの巨大な岩がいくつも転がってくる。

さらには天井の穴から溶けた雪だと思われる水が流れ出し、岩と水の壁が背後から迫ってきた。

そして──少し先の道が五メートルほどの範囲で抜けた。

「マジかよ……！　『身体強化』！」

マルスは魔法を発動させ、リリア、ネム、ルチルの順番で穴の先の安全な地面に放り投げる。

最後に運転席のハズキを抱え、マルス自身も全力で跳《と》ぶ。

踏み込んだ時の衝撃で車の荷台は砕《くだ》け、まもなく大岩に押し潰《つぶ》され原型を失い、穴の中に水とともに流れていき、やがて穴が蓋《ふた》に覆われてまた元の状態に戻った。

「──死ぬかと思った。みんな怪我《けが》はない？」

大丈夫だと次々に返事がある。受け身くらい全員取れるので、かすり傷程度のようだった。

「ご、ごめんなさい、あんなに速くなると思わなくてっ……」

「でも色々一気に動いてちょっと楽しかったにゃ？」

「言わんとしてることはわかるけど……あんまり体験したくない絶叫マシーンだった」

地面にへたり込み、マルスは全身から汗《あせ》が噴《ふ》き出るのを感じていた。

全員がこの唐突な展開にポカンと呆《ほう》けて、真っ暗な空間で天井を見上げた。

数秒後にリリアが蠟燭《ろうそく》のような小さな明かりの魔法を指先で発動させると、ハズキが土下座《どげざ》している姿が見える。

お尻《しり》を突き上げていて、どちらかというと枕に顔を押しつけバックでの挿入《そうにゅう》を待っているような姿だった。

「この度は誠に誠に……」

「まぁもう済んだことさ。車、壊しちゃったのは謝らないといけないけどね」

「そ、そうだったたっ……！　ルチルちゃん、ごめんなさいっ……！」

「──あはは、あははは！　ダ、ダンジョンってこんなに怖いのね！　し、死ぬかと思ったわ！　あはは！」

「ルチルちゃんが壊れたっ……！」

ルチルは腹を抱え大笑いする。

安堵《あんど》感から思わず笑いがこみ上げたのがわかり、マルスたちも笑ってしまう。

一気に気が抜けてしまった。

「はぁー……ま、全員無事でよかったよ。ダンジョンってずっとこんな感じで、場合によっては魔物も一緒に出てくるから気をつけてね」

「本を読んでるだけじゃわからないことばかりね……」

「書物に書かれていることなど極々《ごくごく》一部ですよ。第一、一部の人間が一部の人間にだけ向けて書いているものですから。正しいことばかり書いているわけでもありませんし」

そうね、とルチルは笑みを浮かべ頷《うなず》く。

リリアはこれまでルチルと関《かか》わろうとしていなかった。

というかあからさまに避けていたが、緊張のあとの弛緩《しかん》のせいか自然に会話していた。

「ネムの帽子、どこかに行っちゃったにゃ！」

「私のも気づけば……申し訳ありません。せっかく買っていただいたのに……」

「さっきので失《な》くしちゃったか。思いっきりぶん投げたからな……ダンジョンの中だし、温度もそんなに低くないから被《かぶ》らなくてもいいんじゃないか？　代わりはいっぱい持ってきてるしね」

実質マルスのせいである。

だが服など山ほどあるし、帽子の一つや二つ失くしたところで何も問題はない。

「宝物庫の中から取ってきてもよろしいでしょうか？」

「寒い？」

「い、いえ、そういうわけでは……色々事情があります」

「……？　リリアが言うなら、わかった」

そこでハズキが周囲十メートルほどの範囲を照らす魔法を発動する。

いつもダンジョンで使用している魔法だ。

「ハズキ！　今はまだ！」

「えっ、ダメでしたかっ？」

明るくなるとそれぞれの顔がよく見える。

明かりの魔法は基本中の基本で特に問題視していなかったが、ルチルは目を見開き、リリアとネムを穴が開くほど見つめていた。

「獣人《じゅうじん》……？　それに――エルフ」

リリアがそうであったように、ルチルの瞳《ひとみ》にもリリアへの確かな嫌悪が感じられた。

第9話

「…………」

「…………」

――気まずすぎる。

マルスの【夢幻《むげん》の宝物庫】の中では深い沈黙が続いていた。

騒動《そうどう》の原因はリリアがエルフであるとルチルが知ったからだ。

普段は賑《にぎ》やかなリビングにどんよりとした曇《くも》り空のような不穏《ふおん》な空気が充満する。

一応王女であるし、守ることを考えると――魔物や罠《わな》だけでなく、冒険者の男たちからも
――ルチルも一緒に宝物庫で過ごしてもらうのが一番楽だった。

「お、お腹《なか》空《す》きませんかっ⁉」

「二人ともお腹減ってるから怒ってるにゃ？」

「そ、そういうわけじゃないとは思いますけどっ……」

ハズキはなんとかなだめようとオロオロしていた。

しかしこれは種族間の対立で、問題はかなり根深い。

二百年前にエルフとドワーフの間で戦争があった。それが今の気まずさを生んでいる。うかつに触れると両者の確執《かくしつ》がより深くなってしまいそうだし、マルスも内心困っていた。

オニキス率《ひき》いる後続部隊が追いついたあたりで、本日の探索は終了となった。

五百名ほどいる冒険者の大半《たいはん》はダンジョン内で野営する。

一部にはダンジョン攻略者も混じっていたようで、その連中だけは自身の【夢幻の宝物庫】での休息だ。

マルスの宝物庫は七大ダンジョンの一つを攻略したことで拡張されたもので、リビングは四十畳ほど、さらに二十畳ほどの部屋が十二個存在する。別途風呂場やトイレなどの設備もついている。

部屋のほうには全員の個室があり、また一部屋に武器防具関連、二部屋に手に入れた宝物類、四部屋に食料などが天井まで詰め込まれていた。

余った部屋は現状使う予定がなく、その一室をルチル用のゲストハウスとして使う。

個室は各々《おのおの》の服などが置かれているが、それほど多くは使われていない。

ほとんどの時間はリビングでそれぞれ適当に過ごしているのが常《つね》であるし、寝るときはマルスの部屋に集まって一緒に寝ているからだ。

「とりあえずご飯にしよう。それと、喧嘩《けんか》はしないように。――ルチルちゃんには悪いけど、喧嘩するなら出て行ってもらう」

「――しないわよ。エルフはあたしの兄さまを殺した種族だから、同じ空気を吸っていると気しい。


分が悪くなるだけ」

「リリアの時代の話じゃないだろ？」

「そんなの関係ないじゃない。エルフはエルフ、ドワーフはドワーフよ」

むすっとした声で嫌味っぽく返答するルチルにマルスは頭を抱えたい気持ちになる。

ドワーフとエルフの間には埋められない溝があるのだろう。

それはわかったが、ダンジョン攻略に関係のないイザコザを持ち込まれるのは非常に腹立たしい。

リリアもリリアでこういう時にプライドが先行してしまうのは悪い癖《くせ》だ。

困った顔のハズキにアイコンタクトをし、顎《あご》をしゃくってルチルの相手をするよう指示を出す。

「ル、ルチルちゃん、わたしの部屋に行きませんかっ？　たっくさん本がありますよっ！」

「……そうする」

「ネムちゃんも一緒に来ますかっ？」

「ネムは昨日の宿題がまだ終わってないから、ここで勉強するにゃ」

ハズキは椅子《いす》に座り下を向いているリリアをちらちら見ながら、ルチルの背中を押して部屋へと誘導していく。

リビングの食卓机で、ネムはうにゃうにゃ唸《うな》りながらマルスたちに出された宿題をやっていた。

内容はようやく中学レベルに達したあたりだが、ネムの歳《とし》がまだ十五歳であること、この世界で教育を受けている者が少ないことを踏まえれば十分高レベルだ。

「リリア、食事の準備を手伝ってもらえるかな？」

「はい。今日は少し面倒《めんどう》なものに挑戦したい気分です」

「そ、そうか」

リリアを呼びつけて食事の用意を一緒にする。

珍《めずら》しく仏頂面《ぶっちょうづら》で不機嫌さが全身からトゲのように突き出ていた。

「あのさ、答えなくてもいいんだけど……ドワーフってどんな食べ物が好きなんだ？」

「雑食性なのは私たちと変わりませんよ。なので何でも好きかと。強《し》いて言えば魚はそれほど食べ慣れていないのではないでしょうか。魚介類《ぎょかいるい》は地域性がありますから、この山ではあまり食べないでしょう」

「なら肉と野菜メインかな。日光のないダンジョンだし、野菜はたくさんあったほうがいいか」

ダンジョン内ではビタミンが不足しがちだ。

しかも一カ月単位で滞在することになるので、しっかりと野菜や果物からビタミンを摂《と》っていないと壊血病《かいけつびょう》などの病気のリスクがある。

どこにいても身体《からだ》を作るのは食事だ。

リリアが作業に没頭してしまい、マルスのやるべきことがあまりない。

今はあまり刺激しないようにしたかった。

だからマルスは甘い果実水を作り、ネムに差し入れする。

「進んでる？」

「――全然わかんないにゃ。教えてほしいにゃ」

「じゃあご飯ができるまで一緒に勉強しよう。ハズキちゃんの数学？　俺もわかんないんだよな、あのレベルだと。正直興味がないならあそこまではやらなくてもいいレベルだと思う」

「宿題なら終わったにゃ？　――ネムがわかんにゃいのは、なんでリリアにゃんとルチルにゃんがケンカしてるのかにゃ。リリアにゃんは何も悪いことしてないにゃ？」

眉間《みけん》にしわを寄せ、小さな両手で握りこぶしを作ったネムは真剣な顔でマルスに聞く。

上手《うま》く答えられる自信は全くなかった。

「……そうだね。リリアは何もしてないし、ルチルちゃんもきっと何もしてない。でも親や昔の人たちがケンカしてたんだ」

「そんなのどうでもよくないかにゃ……？　昔の人がケンカしてたら子供もケンカしなきゃならないにゃ？」

「みんながそう思えたらいいんだけどね。国とか立場とか、いろいろなものを持ってるとこういうことになるんだ」

「自分たちがケンカしてないなら仲良しでいいにゃ。みんなバカだにゃー？」

――まったくもってその通りだ。

リリアやネムが差別されていたのも馬鹿《ばか》らしく思っていた。

種族の違いなど、生まれた世界の違いに比べれば何も差がないも同然だ。

マルスからすれば、この世界の存在はみんな平等である。

異質なのはマルスのような転生者だけだ。本当の意味で部外者なのだから。

「そんな簡単ではないのですよ。──ドワーフの王子を討《う》ち取った話は知っています。あの女の兄だとまでは知りませんでしたが。私が生まれる前の話ですね」

「どっちが勝ったか、聞いてもいい？」

「どちらも負けです。消耗《しょうもう》しあっただけで、決着はつきませんでした。──だから今も確執だけが残っているのです。勝ち負けが、はっきりしていれば少しは違っていたかもしれません」

「くすぶったまま……」

火種《ひだね》を残し現在に至《いた》る。

長命種である彼女たちの場合、それが数百年前のことであっても、いまだ生き証人がいるのだろう。

しかもリリアからすれば敵の大将の娘である。

むしろ今一緒に行動しているだけ、リリアは寛大《かんだい》な心を持っていると言えた。

「ネム、二人を呼んできてくれますか？」

「わかったにゃ！」

ぴょい、と椅子から飛び降り、ネムは走ってハズキの部屋に向かう。

マルスが行ってもリリアが行っても角が立つと判断して、リリアはネムを向かわせたのだろうと察する。

ネムに連れられハズキがやってきて、その後ろに気まずい顔のルチルが続く。

正直、悪いのはルチルの方だとマルスも思う。

リリアへのひいき目はあるが、種族でもっていきなり攻撃的になる人物はマルスも苦手だ。

ましてリリアは種族が同じというだけで当事者ではないのだから。

「…………」

「…………」

「これもおいしいにゃ。食べるにゃ？　近いからネムが取ってあげるにゃ」

「そ、そうですねっ、リリアさんの作るパイは美味《おい》しいですからっ！　やっぱりおっぱいがあるとパイ作りが上手いんですかねっ？」

「ハズキちゃん、それはオヤジっぽ過ぎるな？」

気まずい食事の中、なんとか空気を盛り上げようとマルスとハズキは尽力する。

ハズキのオヤジギャグにマルスが軽くツッコミを入れた。

しかし笑いは起こらず、むしろ気まずさは増した気がした。

「あたしはいい」

「アゴのついてるところがキューってなっておいしいにゃ！　好き嫌いしてたら小さいままに

ゃー？」

生物の成長の限界を考慮していないネムは、好き嫌いしているからルチルは小さいのだと思っているようだった。

ドワーフであるルチルは百五十センチほどの身長だが、一族の中なら小さくもなく、むしろ少し大きい方である。

「だって……」

「――毒など入れていませんよ。私だってドワーフのために作ったわけではありません。食べたくなければ食べなくても結構。明日の攻略の軽食にもなりますし」

リリアの態度は終始冷たい。

もはやドワーフというよりルチル個人が嫌いなのだとわかってしまう。

「リリアにゃんとルチルにゃんは似てるにゃ？」

「私とあの石ころ愛好家が似ているわけがないでしょう」

「そうよ。森の耳長と一緒にしないで」

「でもにゃ？　食べ方とか話し方とか、時々すごい似てるにゃ。ネムはあんまり上手じゃにゃいけど、このナイフの使い方とかも二人はおんなじにゃ」

リリアの食事風景は元奴隷《どれい》とは思えないほど優雅《ゆうが》で洗練されている。

それが適切な教育を受けたもので、しかも人間相手に会食する際に使う作法を選んでいるのだろうとマルスも気づいていた。

地域や種族で食事のマナーが違うのは当然だが、リリアは明らかにマルス——人間を不快にさせないようふるまっているのだ。

実際、出会った当初のネムは手づかみで食事していたし、ハズキもナイフの使い方などテーブルマナーを理解していなかった。ネムは奴隷だったから。ハズキは庶民《しょみん》だったからだ。

つまり奴隷に落ちる前のリリアはある程度、高水準の生活環境の中で生きていたと推測《すいそく》できる。

食事だけでなく、話し方、お茶を淹《い》れるときの佇《たたずま》い、服の着付け、高い教育水準も一般のそれとはかけ離れていた。

ハズキはきっとマルスに教育されたものだと思っているだろう。

ネムの教育に励《はげ》んでいる今なら、なおさらそう思い込んでいるかもしれない。リリアと同じようにネムを教育しているのだろうと。

しかしマルスがリリアに教わることはあっても、逆はなかった。

「あとにゃ？　クルーゼにもユリスにも似てるにゃ。何が似てるのかはわからにゃいけど、空気？　が似てる気がするにゃ」

「ルチルちゃんとクルーゼさんと似てるっ？　二人の共通点……ちょっと色黒っ⁉」

はっとした顔でハズキは思いついたように言うが、リリアは何も反応しない。

——薄《う》っすら気づいてはいた。リリアはきっとただのエルフではないのだ。

調べようと思えば調べることもできたが、あえてしなかった。

ルチルに「シルベストリ」の姓を名乗らなかった理由もわかる。

——リリアを、リリアの家をきっとルチルは知っているから。

リリアとハズキとともに攻略した最初のダンジョン『セクメト』で、リリアは言っていた。

エルフは天性の弓の名手で、その中でもリリアは最も勇と覇《は》を誇る者の末裔《まつえい》だと。

あの時はヒュドラとの初戦闘で興奮《こうふん》して口走ってしまっただけで、リリアは基本的に自分について語ることをしない。

——七大ダンジョンの一つに、世界最大の巨大樹、世界樹のダンジョンがある。

その世界樹の森はかつてエルフの国があった時に領土としていたもので、エルフのリリアは誰よりも詳《くわ》しいはずだった。

だが、次のダンジョン候補には提案しないし、その存在にすら触れようとしない。

空気が読めないハズキもそのことには気づいていて、そのうえで触れないようにしているようだった。

語りたがらない過去には隠したい心の傷があるのだと、ハズキ自身が身をもって知っているからだ。

「私の名前は、リリア・シルベストリ。——私は王族です。ご主人様、これまで黙っていて申し訳ありませんでした」

「あなたが兄さまを殺したエルフ王家の……！」

リリアはそう言ってマルスに向けて深く頭を下げ、そのまま頭を上げようとしなかった。

ルチルはリリアを見て責めるような目をし、怒りを隠そうともしなかった。

マルスは王族と聞いても不思議と驚きはしなかった。

答え合わせをしていなかっただけで、答えのわかっていた問題だったからだ。

ハズキやネムは突然の展開にぽかんとしていた。

「私の代ではありませんが、恨《うら》むのは好きにして構いませんよ。気持ちはわかりますから」

「あなたたちのせいで、あたしは王女以外の生き方を失《な》くしたのよ！　許さないわ！」

「森を奪おうと攻めてきたのはドワーフの王子だと聞いています。エルフは応戦しただけ」

多少の罪悪感があるのか、リリアは譲歩《じょうほ》した口ぶりで言う。

いわゆる大人の対応だったが、ルチルは同じようにはせず、立ち上がり指をさしてリリアを糾弾《きゅうだん》した。

一方だけを責められる問題ではない。ドワーフだってエルフを殺したのだから。

はっきり言って八つ当たりだった。

ルチルとて、リリアのせいで王女以外の道を失くしたわけではないとわかっていた。

ドワーフの理性が種の存続のためにルチルにその道を選ばせたのだと誰よりも理解している。

それでも目の前に責め立てることのできる対象がいるから、感情が高ぶって声が大きくなってしまう。

これまで吐き出せなかった不満の矛先《ほこさき》を見つけてしまった。

正当性を盾《たて》に突きつけるその刃《やいば》は鋭く、リリアの心を抉《えぐ》ることになる。

「だいたい、どうしてあなただけ生きてるの……！　王族も含めて、人間との戦争に負けて全員殺されたって聞いたわ！　――エルフって種族は滅んだって！」

リリアの人間嫌いの根底。

奴隷だったからではないと、ネムに教えるために歴史の勉強をしているときに知った。

エルフの管理していた世界樹の森は様々な方面から狙《ねら》われていた。

植物を中心とした豊富な自然資源に、それらがもたらす動物資源、生き物を育《はぐく》む豊かな水源と、領土の拡大を目指す国家にとってそれらは魅力にあふれたものだった。

自然の維持《いじ》を大事にしていたエルフの土地は手つかずの鉱脈も同然だ。

人類の歴史は侵略の歴史と言い換えられる。

今現在も人間と同等の権利を持って生きている異種族はほとんどいない。

単純な能力値《ち》ならば異種族に敵《かな》わない人類がここまで世界を支配できているのは、人間は数が多い上、異種族に比べて寿命《じゆみよう》が短いものの繁殖《はんしよく》サイクルが早く、だからこそ個人の能力に頼りすぎず技術の継承を繰り返して進化してきたからだ。

異種族の多くは長生きするぶん個人の資質に大きく頼ってしまう傾向がある。

今の人類の繁栄は数と技術の力で異種族の住む環境を奪い、邪魔者を殺しつくした結果だ。

エルフもまたその被害者であると、歴史書に書いてあった。

「……滅んではいませんよ。長命種の便利な奴隷だからと売られた者たちのほうが多いです」

「そういうことを言ってるんじゃないのよ……！　王族なら、何のうのうと生きてるのよって言ってるの。敗北の責任を、民の苦痛の責任も取らずに、こんな豪勢な生活をして……──自分の親や仲間の死に何も思わないの?」

マルスは空気が割れる音を聞いた気がした。

ぴしり、と空間が断裂するような音。幻覚《げんかく》だとすぐにわかる。自分の心の中で鳴った音だ。

──リリアに癒《い》えていない傷があるのは知っていた。だから少しでも癒えるように、毎日を明るく過ごしたかった。いつか自分から話してくれる日が来るまで、そのまま。

知る以前と以後で世界が変わってしまう情報がある。

リリアの過去はまさにそんな情報だった。

知りたいが、知りたくなかった。

リリアの過去は自分と同じ人間によって血塗《ちぬ》られているのだから。

「…………!」

うつむいていたリリアはその体勢のまま、両腕を食卓に思いきり叩《たた》きつける。

ガチャンと大きな音と共に食卓の上にあった料理はひっくり返り床に散らばり、その大音響とは対象的に凍《こお》りついたような空気が流れる。

誰もがリリアの一挙手一投足《いっきょしゅいっとうそく》から目を離せない。

「私が……私が何も感じていないとでも思っているのですか。幼《おさな》かったせいで当事者にもなれず、ただ大事なものを失くしていくのだけを見続けてきた私が、奪われ続けてきた私がっ!」

リリアはこれまで聞いたこともないような大声でルチルに跳《と》びかかり、床に押し倒し、馬乗りになって顔面を殴ろうとした。

しかし単純な筋力ではルチルのほうが勝るため、その拳《こぶし》は止められる。

だが怒りで外れたリミッターが種族間の筋力の差すら凌駕《りょうが》し、ゆっくりとだが拳はルチルの顔に近づいていく。

綺麗《きれい》な顔の維持も、他人からどう思われるかも、何一つ考慮しないリリアのむき出しの激情が発露《はつろ》していた。

「遠い地で兄を失ったくらいでなんですか！　私は両親も妹も親戚《しんせき》も、世話をしてくれた乳母《うば》も、大切な者たちの首が人間によって胴から切り離されるのを目の前で見ました！　肉親の血の温度を、匂《にお》いを知っていますかっ⁉　死んでガラス玉のようになった目を見たことがありますか⁉」

「ぐっ……」

「何も知らないくせにっ！　何が『冒険者として生きたい』ですか、王女以外の生き方ですか！　私だって、私だって貴方《あなた》のように王女として生きたかった！　義務を果たしたかった！」

ボロボロと大声で泣きじゃくり、リリアは力を抜いてルチルの上にへたり込んだ。

いつもクールな顔で感情を覆《おお》い隠しているリリアの激情は凄《すさ》まじい。

「私が、私がまだ生きているのは、それそのものが拷問《ごうもん》だったからです！　生かしておいたほうが長く苦しむからと、王族がゴミ同然に生きているのを同族が見れば反抗の意思をくじかれるだろうと……！　何もさせてもらえず、ただずっと思考する時間が与えられたのです！　自分たちが愚《おろ》かだったと、生まれてこなければよかったと思うように！　処刑されなかったエルフの有力者は、みなそうやって精神を壊されました！　私だってご主人様と会うまでは朝も昼も夜も認識できないくらい、ずっと夢の中にいるような感覚で生きていました！　貴方のようにぬくぬくと冒険譚《たん》を読んで生きてきたわけじゃありません！」

少し平静を取り戻したリリアは、ルチルの顔に涙を落としながら言った。

マルスがリリアを買った奴隷商は、もはやそんな理由だったことすら知らない様子だった。ただの売れない商品だとリリアを蔑《さげす》んでいたくらいだ。

流れに流れ、誰もリリアの出自を覚えていないくらいの時間を罪悪感に押しつぶされながら、リリアはずっと生きてきたのだと皆が知る。

知っている者、大切な者が死んでしまっても生きていけてしまう自分への嫌悪、普通に生きて普通に楽しめてしまうことへの嫌悪、自分だけが大切にされることへの嫌悪、自分にできることがあるかもと考えない怠慢《たいまん》さへの嫌悪、そんな様々な罪悪感をリリアは持っているはずだ。

心の傷をうまく隠し、平気だという顔を苦もなく見せられるようになるほど長い時間をたった一人で生きる中、それらの感情は計り知れない重みを持っていたはずだ。

「当事者の側で戦えたなら……一緒に死ねたなら……！　私には選択肢《し》なんて何も与えられなかった！　王女にすらなれなかった！」

ルチルの胸を何度も両手で叩き、嗚咽《おえつ》交じりにうーうーとむせび泣く。

普段の美人らしさはそこにはなく、子供のリリアがそこにいた。

「リリア、今日はもう休んだ方がいい。──ハズキちゃん、悪いけどここの後片付けお願いできないかな」

「は、はい……」

「ネムも手伝うにゃ」

散らばってしまった料理や割れた食器、倒れた椅子など、リビングは悲惨《ひさん》な様相だった。マルスはリリアを抱きかかえ、リリアの個室へ運ぶ。

力なくうなだれた体は軽く、細い肩は一族を背負うにはあまりに脆《もろ》く感じられた。

この短時間で憔悴《しょうすい》しきったリリアをベッドに寝かせる。

意識はしっかりとあるようだったが、言葉を発さず、動きもしない。魂《たましい》だけがどこかへ行ってしまったようだった。

出会って間もないころのリリアはこんな人形同然の時が多々あったのを思い出す。その時はきっと、今のような負の感情を持っていたのだろう。

ベッドの端に座り、リリアが何か反応してくれないか待つことにした。

しばらくすると、かすれた声でリリアが話しかけてくる。

「……ご主人様、今日は一人にさせてもらえますか？」

「うん。ゆっくり休んで」

「──隠していたこと、幻滅《げんめつ》しましたか？」

「いいや。俺はリリアの味方だし、リリアが悪いわけじゃないから。——それに、薄っすらわかってた」

寝そべるリリアの前髪を整え気休めの言葉をかける。

細い髪は汗《あせ》でしっとりと濡《ぬ》れ、ほんのり温かさを感じさせながらマルスの指をするりと通っていった。

気休めだと思ったのは、マルスの言葉が何も解決に結びつかないから。

手助けはできるだろう。これまでと同様に気を紛《まぎ》らわすこともできる。

しかし、根本にある「失ってしまった経験」だけはどうしようもできない。

リリア自身が折り合いをつけていくしかないのだ。

——俺にできることは。

「実際、彼女の言は正しいのです。私は復興を考えなかった。ご主人様に甘えるばかりで一族を救おうとしなかった。王族失格です」

「仕方ないだろ？　現実問題、国の復興なんて簡単な話じゃない。まず国民がいない。領土もない。リリアだってそう思ったから考えなかったんだ」

無言のままリリアは軽く頷《うなず》いた。

前世も現世も庶民のマルスに王族の事情など理解はできないが、弱い立場の存在がたった一人で国を興《おこ》すなどできるわけがないのはわかる。

「今日はもう寝るといいよ」

「はい……明日にはきっと、いつも通りに振る舞えると思いますので……」

振る舞えることと平気だということは同じじゃない。

リリアがつらい感情を隠して演技しなければならないのなら、最悪の場合はこのダンジョンからの離脱も考えるべき状況だと思った。

現状だとまだ他のダンジョンに行ったほうがいいかもしれない。

ルチルと一緒なら何度も思い出してしまうに違いない。

マルスがリビングに戻ると、ハズキとネムが床に落ちてしまった料理を掃除していた。

原因となったルチルはいまだ床に寝そべったままで、こちらもリリア同様に動く気配がなかった。

「ゴハンもったいないにゃ……これまだ食べられると思うにゃ」

「ちゃんと床のお掃除してますし、全然大丈夫ですよねっ？」

ハズキとネムは先ほどの話に触れないようにしているのが見え見えだった。

特にハズキは目元を赤く腫《は》らしている。

リリアの話を聞いて少し泣いてしまったのかもしれない。

「二人とも、ダンジョン内で病気になると困るから諦《あきら》めて食べないようにね」

「にゃあ……全然食べられなかったにゃ……リリアにゃんは元気にゃ？」

「いや……あの精神状態でダンジョンに入らせたくないから、状況によっては帰ろう」

これまでのダンジョンでも精神衛生はずっと重視してきた。

少しでも万全な状態で挑《いど》むためだ。

他のことに気を取られていれば簡単に命を落とす。

「わたし、知りませんでしたっ……リリアさんの過去……友達なのに」

「俺も知らなかったよ。ずっと言いたくなかったんだろうから知らなくても仕方ない」

このまま時期が来るまで、残るダンジョンが世界樹のダンジョンのみになるまで、リリアは言うつもりなどなかったのだろう。

その時でさえ過去については言うつもりがなかったのかもしれない。

「あたしは悪くない。王族は死ぬのも仕事だもの」

「――っ！」

寝そべったルチルがぼそりと吐いた辛辣《しんらつ》な言葉に、ハズキは怒りを隠さず全身で突っ込んだ。

馬乗りになって起き上がらせるように胸ぐらを摑《つか》み、驚いて無防備なルチルの顔に平手打ちをする。

バチンと大きく鳴った音が一切の手加減をしなかったことを伝えていた。

「わ、わたし、ルチルちゃんと仲良くなれると思ったけど、無理ですっ！　友達の敵はわたしの敵ですからっ！　――嫌いっ！」

「王女になんてこと――」

「都合のいい時だけ王女の顔しないでっ！　冒険者ならこんなの普通っ！」

バチン！

怒りながらも大泣きして、ハズキはルチルの顔を何度も何度も平手打ちする。

褐色《かっしょく》の肌《はだ》は真っ赤になりルチルもまた泣き始めた。

か弱く見えるハズキでもダンジョンを複数攻略している実力者。その辺の女の子と比べれば筋力は強い。

ただ、ルチルが泣いたのは痛みからではなく自分の発言に対して罪悪感があるからだ。

自分に対して不利益を与えたのはエルフだ。

しかしそれは総体としてのエルフであり、リリア個人ではない。

ましてリリアは戦争勃発《ぼっぱつ》時にはまだ存在すらしていない。

そんなことはルチルとてわかっている。

わかっていても、怒りの矛先を感情のままに向けてしまったのだ。

当然、少し冷静になれば襲《おそ》ってくるのは強い後悔。

ルチルの浅慮《せんりょ》な発言が、リリアのトラウマを引き出してしまったのだから。

如何《いか》に種族が嫌いでも個人の悲劇には同情くらいする。

だが一度口にしてしまった言葉を撤回し謝罪できるほど、ルチルの精神は成熟しきっていなかった。

騒動が落ち着いた後、ハズキはリリアの部屋に行ってしまった。

残されたネムとともに、いまだ床に寝そべったままのルチルを見守る。

ネムはマイペースに勉強をしていて、その胆力《たんりょく》にマルスは少し感心した。

「さっきのはルチルちゃんが悪いな。残念だけど擁護《ようご》はできないよ」

「……わかってるわ」

——わかってるのかな、これ。

不貞腐《ふてくさ》れたような声は、後悔は感じさせても反省の色を感じさせないように聞こえた。

「どうしてあんなこと言ったの？」

「——嫉妬《しっと》よ。王女の義務から逃れて、あたしのしたい生き方ができてる。それに、王女でも何でもないのにあなたに大事にされてるのも羨《うらや》ましかったわ」

ぐす、と泣き声が混じる。

八つ当たりだと認識しているようで、後悔しているのも伝わってくる。

体力こそあれど戦闘の素人《しろうと》であるハズキのビンタはいくらでも防御できただろう。

それをしなかったのは、罰《ばつ》されたい気持ちがルチルの側にあったからだ。

「口に出してしまった言葉は消えない。——明日、ちゃんと謝ろう。俺たちだってできれば仲良くしたいからね」

「……うん」

いつまでも床に寝られていては困るのが現実でもあるので、マルスはルチルを抱きかかえ部屋に運ぶ。

ルチルもまた、リリアのように国や一族を抱えるには小さな身体だった。

第10話

真夜中、珍《めずら》しく別々に寝ることになる。

マルスと一緒なのはネムだけだ。

ハズキはリリアと一緒の部屋にこもってしまった。

二人だけだととても静かな夜に思えた。さすがに性交に及ぶ気にもならない。

「なんか、あんまし眠くならないにゃ。さみしいしにゃあ……」

「俺も。――やっぱりリリアの様子を見に行こうかな」

「ネムも行くにゃ」

起き上がり明かりの消えたリビングを通り、リリアの個室に向かう。

すると真っ暗なリビングの床にルチルが座り込んでいた。

夜目が利《き》いて気づいていたのか、ネムは驚く様子を見せない。

「うおっ⁉　び、びっくりした！」

「ごめんなさい……ごめんなさい……」

マルスの叫び声には反応せず、ルチルはずっと謝り続けていた。

その謝罪が驚かせてしまったマルスに対してではないとすぐにわかった。

相手不在の謝罪。

ルチルが謝っているのはリリアだ。ただ、その声はリリアには届かない。

「——リリアにゃんはマルスにゃんに任せるにゃ。ここはネムに任せてにゃ」

「う、うん……」

「ユリスが最期《さいご》に言ってたことを思い出したにゃ。リリアにゃんには味方がいっぱいいるけど、ルチルにゃんにはいないにゃ。だからネムはここにいるにゃ」

「…………」

ネムは自分の親指にはめたユリスの遺品の指輪を見ていた。

その指輪は飾り気のないところが、ユリスという人物によく似ていた。

ネムはネムで思うところがあるのだろう。

能天気《のうてんき》に見えても、ネムはネムで何も持たない存在だった。

多少でも奴隷《どれい》のネムを気にかけていたユリスはネムからすれば大事な存在だったのだ。

だからその言葉を忘れないし、自分の血肉として受け継いでいる。

任せろとネムに言われたのは初めてだ。

成長しているのを強く感じ、マルスはネムを残しリビングを去る。

多分、今ここに自分は不要だとマルスは思った。

◇

——悪いのは、あたしだ。

散々《さんざん》ハズキにひっぱたかれたルチルは、リビングの床で泣いた。

言ってはいけないことを口にしてしまった。

口から出てしまった言葉は不可逆だ。言った事実は一生消えない。

自分が悪いという認識があったためハズキのビンタは甘んじて受けた。

せっかく憧《あこが》れていた冒険者に同行できたのに、仲間ができたと思っていたのに、未来が閉ざされてしまった絶望的な感覚があった。

「さっきのはルチルにゃんが悪いにゃ。ネムはハズキにゃんが怒ってるの初めて見たにゃ」

「わかってるわよ……」

一人リビングに残ったネムは床に座るルチルに言う。

相手が王女だろうと忖度《そんたく》——つまり嘘《うそ》は吐かないし、おべっかも言わない。

「ネムも本当は怒ってるにゃ。リリアにゃんに死ねって言ったのわかってるにゃ？」

「——ええ」

「ダンジョンでなんちゃら石？　を手に入れられなかったらルチルにゃんも責任とって死ぬのかにゃ？　——自分にできないことを他の人に言うのはずるいにゃ」

「あたしは……」

頭の悪そうな子供。

ネムに対してそんな印象を持っていたルチルは、自分でも不思議に思うほど素直にその言葉
を受け入れた。

余計な知識がない分、ネムの思考はシンプルに根底にたどり着く。

——ないものねだりで、自分はやらないくせに他人には義務でもないことを強要する。

卑怯者《ひきょうもの》だとルチルは自嘲《じちょう》したくなる。

「王女は嫌だって怒ってたけど、奴隷じゃにゃいのに好きなことしないのにゃ？　ネムは好きなことするけどにゃ？」

「好きなことって……簡単じゃないのよ。あなた奴隷じゃないの？　その首輪は？」

「おしゃれってやつにゃ。本当はいじめられないように奴隷のフリしてるだけなんだけどにゃ？　ネムはみんなが好きで一緒にいるのにゃ。自分で選んだ場所にゃ」

ルチルは立ち上がってテーブルの方に行く。

頬《ほお》が腫《は》れて痛いというより熱かった。じんわりと残る痛みが罪悪感を強めていく。

「最近は勉強も頑張ってるにゃ。好きなことをするためには色々できるようにならなきゃってマルスにゃんが言ってたからにゃ」

「……どんな勉強をしているの？」

テーブルの上には乱雑に様々なジャンルの本が積んであった。

「色々にゃ。本も書いてみたいし、誰かに何か教えたりもしてみたいからにゃ。——でも一番

はみんなの考えてることが知りたいのにゃ。ネムは頭があんまりよくないからにゃ？　みんなと話が合わない時があるにゃ。恥《は》ずかしいし、つまんないからにゃー」

　ネムは少し寂《さび》しそうな顔をして耳を垂《た》らしていた。

　獣人《じゅうじん》は知能があまり高くない。そんな先入観をもってネムを見ていたルチルは、またもや自分の浅慮《せんりょ》を恥じた。

　自分がわがままで性格が悪いと思い知らされ嫌になる。

「謝って、好かれるように頑張るといいにゃ。まだなんとかなるんじゃにゃいかにゃ？」

「もうどうにもならないわ……」

「でも仲直りしないとこれから大変にゃ。じゃないとネムたちと一緒にはいられないにゃ？」

「…………」

　冒険者になりたかった。

　冒険者になって国を救って、自分が認めた英雄と結婚したかった。

　望みは遠く離れていく。軽率《けいそつ》な発言で何もかもが遠のいた。

「ごめんなさい」は夢を追っていた昔の自分に対しての言葉でもあった。

「どちらにせよ、王女であるあたしは王――父の言うことに従うしかないわ。本当はこのダンジョンだって無理を言って強引に入ってきたの。こうなってしまったら、もう帰るしかない。元々、ダメそうなら帰って来いって言われているし。外にいる親衛隊はもう少し進んだらあたしを連れて帰るつもりなのよ。オニキスの探索でわかっている中層までがあたしの限度」

「ルチルにゃんは奴隷みたいだにゃー？　そんなに王女が嫌なら、全部自分で好きにできる王様になればいいにゃ」

「あたしが王に……？」

「なれないのかにゃ？」

——考えたこともなかった。

王女は所詮《しょせん》、王女という道具だ。

だから明確に「子孫を残す」という役割を与えられている。

これまではずっとその役割を果たすために生きてきた。

努力すれば、考え方を変えれば他の道もあった？

「でも……無理よ。あたしはきっと、オニキスと結婚させられる。王宮でそんな噂《うわさ》があって、あたしのもとにまで届くくらいだもの。だから王になるのはあいつ」

国をあげる、など建前《たてまえ》でしかない。国を挙げた出来レースなのだ。

マルスたちの予想通り、冒険者たちは捨て駒《ごま》だった。

王宮の謀略《ぼうりやく》の中で生きてきた以上、ルチルもそういった陰謀《いんぼう》を勘《かん》ぐる力は高い。

父に明言こそされていないものの、今回のダンジョン攻略がその趣旨《しゅし》で動いていることくらい推測《すいそく》できる。

一緒についてきた親衛隊たちには作戦参謀《さんぼう》なども混じっていたからなおさらだ。

「あのおっきいの好きなのかにゃ？」

「いいえ。むしろ嫌い」

「なら結婚するのは変にゃ！　結婚は好きな人とするって聞いたにゃ。だからネムはマルスにゃんと結婚するんだにゃ」

王族の価値観をネムにうまく説明できそうになかった。

オニキス・ロードライトは貴族でも何でもない平民出身者ではあるのだが、その力と存在感は強く、若い層には高い人気がある。

血統主義のドワーフの古い貴族たちには好かれていないが、それでも最有力候補なのは間違いない。

「ルチルにゃんが結婚しなかったらどうなのにゃ？　そしたら王女しかいないんだから、ルチルにゃんが王様になれそうじゃないかにゃ？」

「それは……」

――前例がない。

ドワーフに女王は誕生したことがない。

だが、父が突然死ぬようなことが起きたときは暫定《ざんてい》的に自分が王位を継ぐ可能性自体はある。

元から平民出のオニキスをよく思わない貴族も多いのだ。

それらを束ねて自分の後ろ盾《だて》にすれば……まで考えて、オニキスがダンジョン攻略を果たした場合、それは確実に失敗すると気づいた。

国を救った一族の英雄ならいかに平民出であろうと権力が伴《ともな》う。

「——あたしが一番に攻略すれば、女王になれるかもしれない。それだとオニキスが権力を握れないから」

「マルスにゃんにそれ言うといいにゃ。協力してくれるにゃ。ネムも手伝うしにゃ」

「協力……してくれるかしら。あの人の大事な人を傷つけたわ」

「リリアにゃんをいじめたのは怒ってると思うけど、マルスにゃんなら王族がそういうものだってのもわかってると思うから、ちゃんと謝れば許してくれると思うし、仲直りも手伝ってくれると思うにゃ！」

「どうあれ、あたしもちゃんと謝りたい」

「それはネムじゃなくてリリアにゃんに言わなきゃだにゃ？」

「うん」

くすりと笑ってしまう。

思えば自分にこんなにストレートに意見してくるのはネムが初めてだ。

「でも、あの人があたしに本当に協力してくれるの？」

「にゃあ……言っていいのかわからにゃいけど、元からマルスにゃんは他の誰かを王様にするつもりなのにゃ。ネムたちはこの国にずっといられにゃいから、王様にはなれないからにゃ。でも魚になる機械は欲しいから、ルチルにゃんと仲良くなって借りられたらにゃって話してたにゃ」

困り眉《まゆ》をし、ネムは悩んだ様子でしぶしぶ言った。

ルチルにはネムが何か言葉を選んでいるように見えた。

国からルチルを寝取ろうとしている、とはネムも言えなかった。

「そう、あの人は王にはなりたくないの。無欲なのかしら？」

少しだけルチルの胸の奥が痛んだ。

どうしてなのか、その所以《ゆえん》が摑《つか》めない。

「目標が違うにゃ。みんなで長生きするのが目標だからにゃー」

「長生き？」

「そうにゃ。リリアにゃんはすっごい長生きするんだってにゃ。だからみんなで一緒に生きられるように寿命《じゆみよう》が欲しいにゃ」

「……どうやって？　あたしたち長命種は千年生きるような個体も珍しくないわ」

「ダンジョンの一番奥には魔法の本があるにゃ。寿命を延《の》ばすのもあるんじゃにゃいかにゃ……？　ってみんなで冒険してるのにゃ」

――あたしもそれくらいは知っている。通常では取得不可能な魔法を手に入れられる【禁忌《きんき》の魔本】だ。

魔法への適性がないドワーフでも魔法を、それも規格の外の魔法を使えるようになる。

寿命を延ばす……あのエルフと一緒に生きるため。

――ああ、あの人が王になりたくないのは、あたしを選ぶつもりがないからか。

憧れの隣を歩く未来はないのだ。

チクリとした痛みをルチルはまた胸の奥に感じた。

◇

マルスがリリアの部屋に行くと、ベッドの上でリリアとハズキが布団《ふとん》をかぶらず寄り添うように寝ていた。

お互いに横向きになり、抱き合うような体勢だ。

ハズキはリリアの胸に頭をうずめるような形でいた。

「——慰《なぐさ》めに来たのでしょうに、ひとしきり泣《な》いてから眠ってしまいました」

薄明かりの中、寝ているハズキの頭を軽く撫で、リリアは呆《あき》れたような、それでいて嬉《うれ》しそうな声で言い、母親のような顔をした。

普段ならばまず触らせない胸で抱きしめ、慈《いつく》しむような優しさを見せる。

「ものすごい怒ってたよ、ハズキちゃん。あんなに怒ってるの初めて見た」

「見てみたかったです。この子が誰かに本気で敵意を向けるなど、少し想像できません。私たちの喧嘩《けんか》は仲直りすることが前提の喧嘩ですから、あまり苛烈《かれつ》な状況にはなりませんし」

確かにそうだなとマルスは二人の姿に思う。

彼女たちが日ごろからしている言い争いはいわゆる「喧嘩ごっこ」であり、本気で怒っているわけでも害する気があるわけでもない。

距離感と関係性、役割を熟知しているからこその安楽な争いだ。

ハズキはリリアのために激怒した。内気で少しの諍《いさか》いすら避けて通るハズキが。それがリリアはたまらなく嬉しいのだろう。自分のために外聞を振り捨ててでも味方してくれる存在など、これまでの人生にはいなかったのだ。

そのためか文字通り胸襟《きょうきん》を開きハズキを受け入れていた。

「俺はね、多少不利になろうとリリアがルチルちゃんを許さないならそれでもいいと思ってる」

「……実のところ、私は彼女を許せます。何十年も繰り返し言われてきた言葉ですから。先ほど取り乱したのは――マルス、貴方《あなた》にだけは知られたくなかったから。同じ言葉でも、貴方に言われてしまえば私はきっと生きていけない。思われるだけでも……」

「言うわけないだろ？　何があったって死なせるもんか。王女以外の役割が欲しいなら、長生きして俺のそばで幸せに生きることが、俺がリリアに与える役割だ」

――ちょっと臭かったか？

言った後に急激に恥ずかしさがこみ上げてくる。

前世を合わせてもこんな歯の浮くようなセリフを言う性格ではなかった。

リリアは涙ぐんだ顔から笑顔まで百面相のようにいろんな表情を次々見せる。

「――奴隷紋《もん》を使用して頂けますか？　今の命令を私に」

「え……」

「奴隷とはいっても、これまでご主人様は私に何も命令していません。──初めての命令がそんな素敵《すてき》なものであれば、私は全身全霊《ぜんしんぜんれい》で遵守《じゅんしゅ》いたします」

右手の甲《こう》に浮かぶ奴隷紋を見る。

リリアとハズキの分が刻《きざ》まれて以降、一度も使用したことはないただの入れ墨《ずみ》だ。

強制して命令を聞かせるのに抵抗があった。

リリアを一個人と認識しているし、意思を捻《ね》じ曲げるようなことはしたくなかったからだ。

「これは命令じゃない。お願いだ。それに奴隷紋でその命令するのはちょっと不安で……脳から快楽物質出しっぱなしになるんじゃないかって思うんだ。幸せだけど違うだろ！　って感じの」

「あ、ああ、そういう物理的なものになる可能性はあります……──締まりませんね？　格好《かっこう》つけてもいい状況でしたのに」

「だね。どうにも俺はかっこつけるの得意じゃないな。もうちょっとかっこよくなりたい」

「格好の良さはそういった言動にのみあるわけではありませんよ？　自分たちのことを大事にしてくれているだとか、むしろ日常の何気ないところにあります。奴隷紋を使わないのもその一つですね」

若干《じゃっかん》の悲しみは顔に残しつつもリリアは微笑《ほほえ》んだ。

「あの王女が謝ってくるようなことがあれば、やっぱり私は許します。一時的な感情に流されるより、表面上だけでも仲良くできるほうが、目的を考えれば得ですから。計画は変えないでください。あの王女を落とし、協力させましょう」

「そこがちょっと微妙なんだよな……俺、あの子を好きになれるかわからない。リリアにあんなことを言うとは思わなかった。──実はリリアより俺の方が怒ってるかも」

「ありがとうございます。今、私は満たされていますよ。私のために怒ってくれる人がこんなにもいるのですから。──好きにならずとも抱いてしまえばいいのでは？　何回かすれば夢中になるでしょう」

「やっぱりまだ怒ってるな？　俺は別に強姦魔ってわけじゃないんだぞ？　それに……誰でも彼でもってわけでもないしな」

「精神に根差した怒りはすぐには解消しませんよ。個人的にはご主人様に抱かれるのはご褒美《ほうび》みたいなものですが、一応相手は王族ですから、確かに無理矢理というのはよろしくありませんね。この子、ハズキはそういった無理矢理求められる趣向が好きなようですが……」

胸の間に挟《はさ》まるハズキの頭を愛《いと》おしそうに撫でながらリリアは軽く笑う。

性癖《せいへき》がかなりマゾに寄っているハズキはレイプじみたプレイが好きだ。

「私との喧嘩のように、本気で虐《しいた》げられない安心感のもとでの趣向だとは思いますけどね」

「だろうね。ゼリウスは拒否してたみたいだし。俺もリリアとルチルちゃんの仲直り手伝った方がいいよな？」

「できれば。現状では話すきっかけさえありませんから……」

喧嘩の仲裁《ちゅうさい》などしたことがないがやるしかない。

気の重さはあっても適任者は自分だろう。

「ルチルちゃんはさっき居間でぼんやり謝り続けてたよ。売り言葉に買い言葉だったんだろうね」

「私は私で感情的になりすぎました」

「──何もできなくてごめん」

「全《すべ》ては過去のことですから。当時の人間で生きている者もほとんどいないでしょうし、一族の者たちには悪いですが、いまさら人間相手に復讐《ふくしゅう》しようだなんてことも思いません。何人か殺したところで世界に与えられる影響などありませんから。──世界を旅するようになって、この世界がもはやどうしようもないほどに人間のものだと思い知らされるばかりです。ですから王族の責任があったとして、今の私がそれを遵守する必要性は感じませんね」

感情を排《はい》して考えればリリアの言うように復讐など考えるのは愚《おろ》かしい。

ただ、リリアは意識的に感情を隠しているのだとマルスにはわかった。

リリアは肝心《かんじん》なことは口にしない。心の深いところにある傷を晒《さら》さない。だけれど、本当に言いたいことは顔に出す。

──本当は取り戻せるのなら取り戻したいのだろう。

「マルスに買われていなければ、今もきっとぼんやりと毎日人間を恨《うら》んで生きていましたよ。──貴方に買われて本当によかった。今の私は幸せです。素敵な恋人ができて、友人ができて……だからあの王女を許せるのです」

——俺は過去に対し何もできない。

それに俺が好きなリリアは、きっとそんな陰惨《いんさん》な体験をしているからこそ生まれたリリアだ。

「なぁ、リリア。全部とは言わない。それでも少しは土地を取り戻せるとしたら、取り戻したいか？」

「……国をですか？」

「国というか……領土かな。世界樹の森は凄《すさ》まじく広いらしいから、一部なら取り戻せるんじゃないかと思う。元々自分たちのものだって感覚はあるだろうけど、買い戻すくらいはできるんじゃないかな？」

「可能なのでしょうか……」

「利益になるから、人間は森を欲しがったんだよ。だったらそれ以上に利益になる話があれば意外とすんなりいくと思う」

家族や一族を殺され奪われた当人のリリアには許せないことだろうが、要するに世界樹の森を所有することで得をするから欲しかったのだ。

利益。それ以上でも以下でもない。

ならば上回る利益を与えてやればいい。

——もう一つこのダンジョンを踏破《とうは》する理由ができたな。資金はいくらあっても困らない。

「ぜひ。一族の墓も作りたいですから」

「よし。なら次は世界樹の森に行こう。海や空はその次。まぁルチルちゃんと仲良くしないとどっちも行けなさそうだが……」

「自分たちの意思でどうこうできないのはもどかしいですね……」

「国や政治は難しいからね」

慰めに来たというのに、なんだか世知辛《せちがら》い話になってしまった。

少し困ったマルスは頭を掻《か》いて、リリアとハズキの寝そべるベッドの横に座る。

「俺の行動原理はリリアと添い遂《と》げること。生まれ方は選べないけど、終わり方くらいは選びたい」

旅の終わりは笑顔で。

道中何が起ころうとも、最後に笑顔でいられたらそれで満足だ。

一度終わりを知ったから、望む終わりを強く意識する。

「千年生きるのは大変ですよ？」

「そんな楽しい千年なら望むところだよ。ハズキちゃんたちも乗ってくれて嬉しいね」

「ええ。千年の友人、だなんてこの子は言っていましたが、私にとってこの子は本当にそうなる気がします。親友とでも言えばいいのか。エルフの中でさえ、この子以上に仲がいい者はいませんでしたから。ネムはネムで慕《した》ってくれていますし」

「最初から王女だってわかってる相手にハズキちゃんのノリはできないね。とはいってもハズキちゃんはこれまで通りだと思うよ。俺もネムちゃんも」

王女のように扱うことをリリアは望まないとみんなわかっている。

「えっへへへ……」

　小さな声が聞こえてくる。

　胸の間に挟まっていたハズキが発したものだ。

「なっ、お、起きていたのですかっ⁉」

「実はマルスさんが来たときからずっと起きてましたっ」

　リリアの胸をやわやわと揉《も》みながら、嬉しそうな声でハズキはニヤニヤ笑っていた。

「そ、それなら離れなさい！」

「離れませんよっ、親友なのでっ！　親友ですよっ⁉」

「くっ……！　私としたことが、寝ていると思って不適当な発言を！」

「実は心の中でデレデレなリリアさん好きっ！」

　ぐいぐいとしがみついてくるハズキの頭をこれまたぐいぐいと押し、リリアは怒った態度をとっていた。だが、のけぞってハズキに見せないようにしているその顔は、恥ずかしがりながらも笑顔だった。

「わたしも明日ルチルちゃんに謝ります。実はものすごい本気で殴っちゃったので」

「体重の乗ったいいビンタだったよ。やったことはあれだからいいってことはないけどさ」

「やりすぎちゃった気持ちと、まだ足りない気持ちが少しありますねっ……でもリリアさんが許すなら、わたしもちゃんと謝らないと」

　すっかり諦《あきら》めてハズキを受け入れたリリアの胸に甘えつつも、ハズキはハズキで少々反省していた。

ハズキは元来小さな争いごとも避けて通る性格だ。後悔もあるのだろうとマルスは察した。

みんなとルチルとの関係性は難しい。

どうしたってリリアの側に立つつもりであるマルスにしてもそれは同じだ。

──なるようになれ、だ。

人間関係まで上手に築けるような人間ならきっと転生などすることはなかったはず。

操《あやつ》ろうなどと考えるのはやめるべきだと、マルスは考えるのをやめた。

第11話

翌朝、車を失った一行はオニキスを含む大勢の冒険者と共に進む。

罠《わな》にかかったり負傷したりで離脱した者もいるようだったが、それでも五百人近い人数がゾロゾロとマルスたちの後ろにいる。

十人程度のグループにまとまり、十メートルほどの間隔《かんかく》をあけ、数珠繋《じゅずつな》ぎに長く続く集団だ。間隔があいているのは、罠にかかったとき全滅を防ぐためである。

マルスたちの他、ルチルとオニキスだけが一緒にいた。

ルチルの親衛隊など、ドワーフの付き添いたちはすぐ後ろの集団の中だ。

先鋒《せんぽう》は危ないからできれば距離を取ってほしい、とマルスがお願いするとあっさり引き下がった。

もちろん真意はすぐ後ろに敵性分子がいることを嫌ったからだ。

それでも後ろにうじゃうじゃと人がいる状況にマルスは落ち着かない。

——ピクニックみたいなテンションだな。

緊張感がまるでなく、後ろのあちこちから雑談が聞こえてくる。

これではただの洞窟《どうくつ》探検だ。

「にしても、このダンジョンは魔物があんまりいないな」

「俺様が中層まで行ったときはゴーレムばかりだったぞ。数もそれほどおらん。罠はしこたまあるがな」

同じく先導の役割を担《にな》うオニキスに話しかけてみる。

ネムも同じく先頭にいたが、ソナーによる探知に集中しているようなので話しかけはしない。

前方の魔物や罠などを探知するため、ネムの超音波を発する魔法は非常に便利だ。

ただそのぶん精神的な消耗《しょうもう》も激しいし、集中力がかなり必要だった。

オニキスは暗殺の任務を与えられているであろう人物だが、竹を割ったようなまっすぐな性格ゆえマルス個人の心象はそれほど悪いものではなかった。

しかし真横にいられると物理的な肉の圧《あつ》がすごい。

「ゴーレムって俺は見たことないんだけど、強いのか？」

「んーッ？　岩を砕《くだ》けるのなら大した魔物ではないぞ。モノによって強度こそ違うが、言ってしまえば動く岩のようなもの」

ゴーレム。マルスが知るのはやはりゲームのモンスターだが、あまり強そうなイメージはなく、オニキスの言うように動く大岩という感じだ。

「なら余裕だな。とはいえ剣じゃちょっとしんどそうではある。一度試してみてから決めよう。打撃武器はあんまり持ってないんだよ」

「人間のガキ、お前は剣の達人《たつじん》なのか?」

「いいや。剣の腕前だけなら中の下ってとこじゃないかな。上の下、くらいと言いたいもんだけど。俺は身体能力で剣を振り回してる。一応毎日剣術の練習はしてるんだけどね」

「俺様も似たようなものだな。斧術《ふじゅつ》の指南書《しなんしょ》を読んだことがあるが、一行目を読んだ時点で寝てしまったわッ! ぶん殴れば敵は死ぬッ! 以上ッ!」

二人の大声での会話——大声はオニキス——を聞き、後ろを歩く冒険者たちは慄《おのの》くような声で称賛する。

この世界の人間は魔物を相手にしたりして場数を踏んでいる者が多いが、基本的な身体能力だけでいえば前世の人間と大差ない。

それどころか、栄養状態のことを考慮すれば前世の人間のほうが平均的には強いくらいだ。

つまり、普通は岩を砕けない。

「…………」

「…………」

先頭を歩くマルスたちのすぐ後ろには、リリア、ハズキ、ルチルが横並びで歩く。

ルチルはリリアに謝るつもりだったが、プライドが先行しているせいでなかなか言葉が出てこないようだった。

周りに人がいる状況だからなおさら言い出しにくいのだ。

「にゃあにゃあ。前からでっかいの来るにゃ」

「お、ありがとう。俺にはまだ聞こえないな」

ネムが指さす方向から、しばらくしてドスンドスンとかすかに音がする。

「ゴーレムかな。——一回俺一人にやらせてくれないか？　どこまで通用するか知りたい」

「俺様は構わんぞ。——七大ダンジョンの踏破者《とうはしゃ》とやらの実力を、この目で見ておきたいからなッ」

「俺一人の成果じゃないけどね。というかほとんど後ろのハズキちゃんだ。俺は一番でかいのを倒しただけ」

わたし⁉　と急に話題を振られて驚いたハズキは照《て》れた顔をする。

「俺はゴーレムと戦うから、みんなは周りを警戒《けいかい》しつつ待機してくれ。もしやばかったら手助けしてほしい」

「か、かしこまりですっ！」

両腕を回し、足もストレッチし、マルスは迫ってくるゴーレムに備える。

初めての魔物と対峙《たいじ》するときはいつも緊張する。

魔物とはいっても動く岩だと思うと殺傷に対する罪悪感がないのが救いだった。

「あれか……どうやって動いてるんだ？」

「わからんが魔法だろうよ。ドワーフには魔法適性がないから、魔法についてはよくわからん」

太すぎる両腕を組み、オニキスはフンと鼻息を荒くする。

魔法を使えないことに誇りすら持っているかのような顔だった。

ゴーレムの動きは遅かった。

だが、移動速度という点ではそれほど遅くもない。

一つ一つの挙動が緩慢《かんまん》ではあるが、単純に歩幅が人間の比ではなく、一度に三メートルほどまとめて進むのだ。

――なんか、イマイチ速度が摑《つか》みにくい魔物だ。

横幅十メートル相当の道の大半を占拠《せんきょ》して歩くゴーレムは、天井すら削《けず》るほど大きい。

姿形は四角形の巨岩を積み重ねたようなもので、関節《かんせつ》には丸い岩が使われていて太いシルエット。

色は黄土色《おうどいろ》、砂漠などの乾燥地帯の岩に近い。

子供が乱雑に積み重ねた積み木のような適当さのある、無機物と生物の中間的存在だった。

ゴーレムが洞窟を歩くたび、重すぎる自重のせいか足の形に地面が沈む。

「なぁ、オニキス。お前はどうやってあれを倒した？」

「そりゃあ、ところ構わず滅多打《めったう》ちよッ！　全部砕けば動かなくなるからなぁッ！」

「脳筋戦法か……もっとスマートなのを聞きたかったんだが。核があるって言ってたよな？」

「あー、そういえば腹の中に光る石みたいなのがあった気がするな。それを引っぺがすか壊すかすると動かなくなった。俺様は適当に全部砕いたがな」

「聞きたかったのはそれ！　よし、それなら！」

マルスは『身体強化』を二回発動させ、手持ちの中で魔法の付与《ふよ》はないが切れ味のいい剣を取り、飛び出した。

狙《ねら》うのは球体関節になっている箇所のみ。

自重で地面を沈み込ませるほどの重量なら、関節にダメージが入れば体重を支えられないはず。

倒してしまえばあとはただの岩砕きだ。

ゴーレムのパンチの当たり判定は非常に大きい。

しかしマルスからすると止まっているように見えるし、回避はたやすかった。

勢いはそのまま、剣を握る右腕に力を込め、足の関節に剣を滑らせた。

――関節部分は元から負荷《ふか》が蓄積《ちくせき》している場所だからか、脆《もろ》いな。

岩を斬《き》った経験はなかったが、思いのほかすんなりと刃が通る感触が剣先から伝わってくる。

半分ほど通ったあとは思い切り身体《からだ》をひねり、そのまま振り抜く。

「物理でなんとかなるって、最高に気持ちいいな！」

ズズン、と膝《ひざ》をついたゴーレムの背中に乗り、マルスは大声で叫ぶ。

ここ最近は剣など物理で解決できない問題が多すぎた。

リリアたちの喧嘩《けんか》も、国の陰謀《いんぼう》も、剣を振っても何も解決できない。

ノルン大墳墓《ふんぼ》でもアンデッド相手に決定打を自分で打てないというのはストレスだった。

剣を見ても刃こぼれ一つない。

──意外と剣も上手《うま》いのか？　自分では力任せなつもりだったが。ちゃんとした教えを受けたわけじゃないし比較するものがなかっただけで、思ったより使えてるのかも。

ぐらりと足場が揺らぎゴーレムに意識を戻す。まだ終わっていない。

背中の岩を何度か斬りつけ、思い切り踏みつける。

蓋《ふた》をめくるように岩をはがすと内部に拳大《こぶしだい》の黒光りする魔鉄鋼が見えた。

「これが核か！」

言いながら剣を突き刺す。

岩とはまた違う硬質な感触を覚えた後、ゴーレムは停止した。

倒すまでにかかった時間は十数秒。ダンジョンの魔物としては標準的なスペックだ。

久しぶりに爽快《そうかい》感を得たマルスは核になっている、砕けた魔鉄鋼を取り出してみる。

サイズこそ大きいがどこのダンジョンでも取れるような普通の魔鉄鋼だ。

──このレベルでこれなら、もっと良質な鉱石が核だと今の戦法は少し難しいかもな。

まず動きが違うだろう。

「つまりゴーレムも魔法機械みたいなもんなのか。──誰が作ってるんだ？」

「なるほど、なるほど。人間のガキ──マルスだったか？　俺様と勝負しろッ！」

「はぁ？　なんでそうなる？　頭の中ゴーレムかよ。昨日の酒がまだ残ってるんじゃないか？」

「そんなもん、小便と一緒に出ていっちまったわッ！　──俺様には難しいことはわからん。

一緒に来たドワーフの連中が何をコソコソ考えているのかもわからん」

——こいつ、マジでドワーフの計画を何も知らないのか？

巨大な斧《おの》をマルスに向け、オニキスは真剣な瞳《ひとみ》でゴーレムの上のマルスを見据《みす》えていた。

「だが俺様にもわかることはある。——強さとは原初の法よ。誰が何と言おうと、いくら金があろうと権力があろうと、肝心《かんじん》な時に物を言うのはいつでも腕力だ。ましてダンジョンならばいの一番に適用される法だろうッ！　俺様は俺様自身がここの法だと思い今までやってきた。しかしだな……お前は強いッ！　今の動きでわかったわッ！　このまま進めば必ず俺様とかち合うだろうよッ！」

「えーと……つまりどっちがリーダーになるかって話がしたいのか？」

「その通りッ！　俺様とお前、どちらがこの集団を率《ひき》いるか決しようではないかッ！」

「う、うーん……」

——何だこの状況。

やり合いたい気持ちは全くないが、リーダーとして、主導権は握り続けたい。

この集団で一番ダンジョンを知っているのは自分たちであるし、オニキスが強かろうと強いだけの無知な奴《やつ》に任せたら全滅は目に見えている。

休憩《きゅうけい》などもオニキスのペースでは全員が消耗してしまう。

慣れと理屈のあるマルスがやらないと大変だ。

「……いいよ。ただ俺はお前を殺しはしないからな。戦闘不能にはさせてもらうけど」

「俺様はお前を殺すぞ?」

「できるならやってみるといい。――俺がお前の武器を破壊したら負けでいいな?」

「おうともよッ!」

はぁ、と大きなため息をついて見せ、マルスは再び剣を構える。

人間相手――ドワーフだが――に本気で戦うのは初めてだ。

いくら武器破壊を勝利条件にしていても、相手が相手だから傷つけないようにというのは無理だと感じた。

「リリア、ハズキちゃん。どっちが勝っても治癒《ちゆ》をお願いできるか?」

「え、ええ……本気なのですか?」

「俺はともかく、こいつは本気だ。後ろの連中にも少しの間停止するよう伝えてくれ」

「は、はいっ!」

リリアとハズキが反応すると、そのどちらでもなくルチルが後ろの冒険者に声をかける。

すぐ後ろにいるのはドワーフの親衛隊で、その連中が後ろの冒険者たちを止めていた。

リリアたちが止めようともしないのはマルスの力を一番知るのも彼女たちだからだ。

こんな状況で信頼も信用もあると感じ嬉《うれ》しく思った。

「気乗りしない……」

「俺様はいつだって乗り気よッ!」

マルスよりも大きな戦斧《せんぷ》を持つオニキスの体格は両手足を広げると想像以上に大きい。

雰囲気《ふんいき》のせいか体格差は二倍ほどもあるように思えた。

今現在マルスは『身体強化』を二回使っている。これだけでもオニキスを倒すことはできそうだが、念には念を入れ、もう二回追加で発動させた。

合わせて四回も使えば動きは音速の域《いき》に到達し、生き物の範囲にいる者全《すべ》てを圧倒できる自信がある。

──オニキスはスピードタイプでも魔法を使うタイプでもない。

だったらこれで十分なはずだ。

「俺は魔法の武器を使わない。あくまでこの普通の剣のみだ。それと、周りには十分気をつけて戦うように」

「おうともよ。しかし、別に魔法の剣を使っても構わないぞ？　俺様は全力のお前を打ちのめし勝利を刻《きざ》みたいのだッ！」

「あえて言わせてもらう。──俺は本気を出さない。そのうえでお前を叩《たた》き潰《つぶ》す。そのほうが勝敗は明らかだからな」

「死んでから後悔するなよ？　人間のガキ」

「死なないさ。失礼だけど、俺は手加減してお前と戦う。じゃないと勝負にすらならないからな」

「──ガキ。俺様は寛大《かんだい》な心の持ち主だが、今の発言には少々イラついたぞッ？　覚悟しろッ！」

——やすやすと挑発《ちょうはつ》に乗るから、勝負にならないんだよ。

両手で斧を持ちマルスに突進してくるオニキスにマルスは冷ややかな視線を向けた。

身体能力だけで見ればオニキスはマルスに圧倒的に勝る。

しかしマルスは自分の身体能力を冷静に客観視しているし、そのうえで適切であろう回数の『身体強化』を使用している。

しかも相手が怒りにまみれた状態なら、その攻撃はどうしても直情的だ。

案の定、オニキスは上段から斧を振り下ろす最も破壊力の高い攻撃を選んだ。

空気が割れるような轟音《ごうおん》とともに振り下ろされる斧をマルスはしっかりと両目でとらえ、全身を最適化する。

頭から受ければ全身を軽々と両断したうえ完全に粉砕《ふんさい》するような勢いだ。

——受けるのは不可能。だが……。

見たところオニキスの斧は単なる金属製。岩を簡単に切り裂くことのできるマルスにとって、綿同然の代物《しろもの》である。

オニキスが感知できない速度でスライドするように横に移動し、片手で剣を振り上げる。

ほんの一瞬だけキンと小さく金属音が響いた後、アルミホイルを割くようなバリバリという金切り音が響く。

マルスはオニキスとすれ違う。その時にはもう、剣は鞘《さや》の中にあった。

「なッ……!?」

「――これで俺の勝ち、でいいんだよな？」

ドスン、とオニキスの斧の刃が地面に突き刺さる。

オニキスが持つのは斧の柄《え》の部分だけで、一番重い先端部を失ったことによる急な重さの変化で尻《しり》もちをつく。

――これ、明日は筋肉痛だな。もう筋肉が切れまくってるし。力強すぎだろ。

右腕の感覚が薄れ、だるさと痛みが走り出す。

だがそんな様子はおくびにも出さない。

ハンデをつけて完勝した、という事実が必要だからだ。

「ア、アニキッ……！」

「――え、今なんて言った？」

尻もちをついたオニキスは、これまでとは打って変わって小さな声で不穏《ふおん》な発言をした。

そして立ち上がりズシンズシンと距離を詰めてくる。

「アニキと呼ばせてくれッ！」

「断る！　なんで急に⁉　距離感！」

ガシ、と両肩を摑まれ、鼻息を荒くしたオニキスがマルスに抱きつくように詰め寄る。

マルスは顔を回避し、オニキスのヒゲ面《づら》を遠ざけた。

何が起きているかはわかるがあまりに唐突《とうとつ》すぎる。

「俺様は俺様がゆえに無敵だったッ！　しかしそれも所詮《しょせん》は胃の中のオカズだったということ

ッ！　強い者こそ我が法ッ！　ゆえに従うッ！」

「いや、井の中の蛙《かわず》だから……消化できそうじゃん、それじゃ。めっちゃ勝ちそう」

「ん……？　まぁどちらでもよいッ！　このダンジョンではお前が我が王ッ！」

「暑苦しさしかない。女の子に好かれるのはいいけど、こんなデカイ筋肉男に好かれても嬉しさのかけらもないぞ……」

男臭すぎる。

ぶんぶんと肩を前後され、揺れる頭の中では面倒《めんどう》なことになったという思いが巡《めぐ》る。

——なんだアニキって。お前は極道《ごくどう》か何かか。

頭の中でそんなツッコミが飛ぶ。

「と、とにかく放せ！」

マルスは望まない体温の膜《まく》から逃れようとオニキスを壁のほうへ押す。

予想外の状況だったことと、『身体強化』の影響が残っていること、オニキス自身が離れまいと抵抗したせいで、オニキスはマルスの想像とは違う方向——リリアたちのほうへ勢いよく飛んだ。

「ぐおッ⁉」

「こっち来るんじゃないわよ！」

リリアとハズキの上に倒れこみそうになったオニキスの背中を、ルチルが戦鎚《せんつい》で打ち返す。

かなり痛そうな鈍《にぶ》い音がしたあと、オニキスは反対側の壁に頭をめり込ませていた。

「いやいや、やりすぎでしょ……生きてるのこれ」

「むおッ、何が起きたッ⁉」

「あ、生きてる。壁に頭めり込んでも平気って、どんな身体してんだ……ルチルちゃんの攻撃も殺意あったのに」

頭だけめり込んだオニキスはジタバタと動き、両手で首を引き抜こうと壁を殴り始める。

すると――ガチャ、と機械音がした。

「えっ」

「あっ⁉」

「えええっ⁉　わ、わたしじゃないですからねっ！　ああーっ！」

バタン、と地面が開き、滑り台のようになってリリア、ハズキ、ルチルが滑ってどこかへ消える。そしてすぐ閉まって元の地面に戻る。

あっという間にあっけなく、最悪の出来事が起きた。

「……みんな。みんなは⁉」

――死んだ。

最悪の想像が頭をよぎる。

十秒ほど完全に思考がショートしてしまった。

ネムはその間に地面に耳を当て始める。

「みんな生きてるにゃ！　下の階層に落とされただけ！　って叫んでるにゃ！」

――そうか、ネムちゃんになら聞こえるから、安全だとアピールしてるのか！

本人も動揺している状況だろうが、これはリリアのアイデアだろう。

「本当か⁉　急いで行くぞ！　みんな、悪いけど全員置いていく！　あとからゆっくりついてきてくれ！」

「ネムも行くにゃ！」

「アニキッ！　俺様も連れていけッ！」

岩に埋まったままのオニキスは無視し、マルスはネムとともに下層へと全力疾走《しっそう》する。

第12話

「滑り台のせいでお尻《しり》焼けちゃいそうですっ……しかもお尻から着地しちゃったので、めっちゃ痛いですっ……パンツのお尻のところも穴が開いちゃった……――ってこれ元から穴開いてるドスケベパンツでしたっ！」

おどけて見せるハズキをリリアとルチルは無視し、現状の把握《はあく》に努めた。

ハズキの相手をしている場合ではないからだ。

長い長い滑り台のような罠《わな》に落ちてしまった。

「あ、あれも罠なの？」

「ですね……」

リリア、ハズキ、ルチルの全員が地面にへたり込み、一応は無事であることに安堵《あんど》した。

とはいえ安全な環境などダンジョンには存在しない。

自分がしっかりしないと、とリリアはすぐに落ちてきた天井の滑り台の上のほうに向かって叫び、ネムを通じてマルスに無事を伝えた。

「私たちが取れる選択肢《し》は、ここに残ってマルスの救助を待つこと、あるいは自発的に合流すること、そのどちらかです」

「わたしとしてはここで救助を待つのがいいかなっ？　って思いますよっ。あれっ⁉　スカートのお尻部分が破れちゃってるっ⁉」

「体重に比例して摩擦《まさつ》も強まりますからね」

「太ってませんっ！」

　こんな危険な状況でもいつも通りのハズキに内心助けられつつ、リリアは自分の宝物庫から代わりの服を取り出す。

　サイズこそ違うが穿《は》けないことはないだろうゆったりしたものを手先の感覚で選び出した。イジりこそするが、ハズキは別に太っているわけではないとリリアは内心思っている。そもそも骨盤がリリアより大きいのだ。

「……この部屋、そう、部屋なのってダンジョンでは普通なの？」

「部屋……？」

　ルチルが周囲を見渡し不安げに聞いてくる。

　今現在は昨夜のことを謝れる状況ではないのでこの態度を咎《とが》めたりはしない。

　ネムほど夜目が利《き》くわけではないので、リリアにも全貌《ぜんぼう》は摑《つか》めなかったが、自分たちが落ちてきた穴の横、天井の隅《すみ》を見れば確かに、天井と壁が直角に交わっており、そこから推測《すいそく》するにこの空間は何かの部屋なのだとわかる。

「ちょ、ちょっと待ってくださいねっ。着替えたらすぐに明るくするので……キッツ、リリアさん、このスカートキツいですよっ⁉　わたし今後は夕飯少し控《ひか》えますっ！　決めましたっ！」

「は、早くしなさいっ！　ここは何かおかしいです！　──毎日食事を控えると言っているでしょう、貴方《あなた》は！」

これまでのダンジョンは洞窟《どうくつ》自体も内部も自然のままに構成されている場所が多かった。

例外であるのは、最終フロアだけだった。

最終フロアだけは不自然なほど人工的に整えられていたのだ。

そこまで踏まえると、自分たちはいきなり最終フロアに連れてこられた可能性があると推察《すいさつ》できる。

「覚悟……しなければなりませんね」

最奥部《さいおう》に陣取《じんど》る魔物はダンジョン内で最強だ。

ましてそれが七大ダンジョンの魔物なら、伝説級の魔物でも不思議ではない。

実際、ノルンが生態系を崩《くず》していたとはいえノルン大墳墓《ふんぼ》にはドラゴンがいたのだ。

──私が何とかしなければ。

ダンジョン素人《しろうと》のルチルと、スカートすら穿けていないハズキでは頼りなさ過ぎる。

「マルス……」

こんな状況で思い出すのはいつも自分たちを守護してくれるマルスの存在。

いつも朗《ほが》らかで性欲の強い優しい少年だが、ダンジョン内部では誰よりも頼りになる。

「穿けた！　明るくしますよっ！」

ハズキが天井に向けて魔法を放つ。

そうして部屋の全貌が明らかになった。

「何……あれ」

「ゴーレムさん……？　な、なんだかさっきのと違ってシュっとしてませんかっ？」

「いえ、間違いなくゴーレムです。しかもあれは……かなり上級のものだと思います」

正方形の部屋はバスケットコートほどの広さで、扉が一つだけあった。

青銅のような色合いの扉の前には金色のゴーレムが仁王立《におうだ》ちしていた。

マルスが相手にした大岩を積み重ねたような適当なものではなく、限りなく人型でロボットのようなフォルムをしたゴーレムだ。

関節《かんせつ》部はやはり球体関節のようだったが、しっかりと装甲《そうこう》に守られ破壊できる隙《すき》はない。

ゴーレムの胸には拳大《こぶしだい》の七色に光る鉱石。

ビスマス鉱石のように複雑な虹色《にじいろ》の輝きだ。

「う、動きませんね……す、すっごいキラキラしてるっ……！　宝石のゴーレムさんだっ」

「ゴーレムとは本来は命令を遵守《じゅんしゅ》する魔法人形だと聞いたことがあります……私たちが行動を起こすまで何もしないのでしょう」

「行動？」

「例《たと》えば扉を開けようとする、あのゴーレムを攻撃する……などが考えられますね」

シンとした室内でリリアたちの声はかなり大きく響く。

しかしゴーレムは動こうとしない。

会話くらいならば大丈夫ということなのだろうが……このままでは動けない。

「ここ、最後っぽくないですよねっ……？　部屋が小さすぎますっ」

「ハズキもそう思いますか。それにあの扉……宝物庫のものにしては簡素《かんそ》すぎるのですよね。小規模なダンジョンでも、もっときらびやかな装飾がなされていましたし」

「あとちっちゃいですよね、あのゴーレムさん。一番強いって言われてもそんな風に見えないっていうか……」

「ええ。せいぜい私たちの二倍ほどしか体長もありません」

魔物としては強大だが、七大ダンジョンの一つの頂点にしては少々力不足に思えてならない。

ゴーレムはせいぜい三メートルほどの全長だった。

「ここ、もしかして隠し部屋的な場所で、わたしたちが出ていかないとマルスさんにも見つけてもらえなかったりしてっ……」

「あり得ますね。出口側も同じように罠でふさがっているかもしれません。私たちが倒して出ていかないと永遠に合流できないかも」

はっとした顔でハズキはしばし口をつぐむ。

そしてニヤリと悪い顔をした。

「──だったら、動かない今のうちにボッコボコにしちゃえばよかったりしませんっ？」

「卑怯《ひきょう》……とは言いません。それが一番よさそうですね」

七色の鉱石が核かもしれない。

だとしたら露出《ろしゅつ》しているのだし、リリアが一本の矢に全力を注げばそれだけで破壊できる可能性は高い。

距離にすれば数メートルしかないためリリアなら余裕で必中の距離だ。

リリアが弓を引き絞《しぼ》ろうとすると、ルチルがその手を強引に止める。

「待って！　サードニクス魔鉄鋼……あれがそうよ」

「えっ」

「胸に埋め込まれてるあの七色の鉱石。小さいけど……でもあれが私たちの目的物」

「ちょちょちょ、ちょっと待ってくださいっ！　えっ、あれって国全体を覆《おお》う結界《けっかい》作れちゃうくらい魔力がある石なんですよねっ？　――じゃああのゴーレムさん、ビックリするくらい強い……!?」

冷や汗《あせ》を流しながらルチルが喉《のど》を鳴らし頷《うなず》く。

この中の誰よりもサードニクス魔鉄鋼の力を知るルチルの態度はリリアたちにも不安を与えた。

「そーっと扉を開けて出ていけたりしないですかねっ……？」

「それではあのゴーレムの存在価値がないでしょう。この罠の目的は、あのゴーレムが侵入者を排除《はいじょ》するところにあるのでしょうから」

「う、うーん……戦うしかないですねっ」

「そうなりますね……私たちだけで。はぁ……あの大きなドワーフのせいです……」

戦闘モードに思考を切り替えたリリアとハズキは少し笑う。

緊張感が一瞬途切れ、直後に顔つきが変わる。

「貴方はどうしますか？　──望んでいた冒険が待っていますが？」

「あ、あたしも戦うわ！　戦鎚《せんつい》のほうがゴーレムには効果的だし……」

「わたしはサポートしますっ！」

マルスの戦い方を思い起こせ。

マルスならどう指示をするか考えろ。

リリアはそんな思考で二人への指示を考えた。

どうしたってリリアはサポート寄りだ。この場合、物理攻撃のできるルチルを主軸に戦う必要がある。

マルスを活《い》かすようにルチルを活かせ。

そう考えた時、結論は出た。

「ルチル。貴方が先頭での戦闘になります。開幕と同時に私が核を射抜《いぬ》きますので、それを合図にハズキも攻撃を。面ではなく点での攻撃を意識してください。ただ……あのゴーレムには魔法が効《き》かない可能性もありますから、動揺しないように。効かなかった場合は魔力を温存し、戦闘後の治癒《ちゆ》に備えてください」

「あたしはどうすればいいの？」

「好きにしてよろしい。私たちは貴方の動きを見て行動します。正直、何ができるのかも知りませんから。――後ろから撃ったりはしませんよ。貴方は周りのことなど考えず敵だけ見て攻撃を続けてください」

「……わかった」

ルチルが後ろのリリアたちを怖がっているのはわかる。

なにせ昨夜喧嘩《けんか》したばかりだ。

しかもリリアとハズキのどちらもルチルを殴っているのだから。

「それでは行きますよ」

「はいっ！」

通常のものより矢尻《やじり》を含めて一回り大きな特製の矢を構え、リリアはありったけの魔力を込める。

魔物との通常戦闘では隙ができすぎて、あまり実用的ではない技《わざ》だが、こういったじっくり構える時間があるならば有効だ。

そこにハズキが【禁忌《きんき》の魔本】の魔法でリリアの魔力にバフをかける。

「付与弓術奥義《ふよきゆうじゆつおうぎ》『彗星《すいせい》』！」

ビシュ、と音を置き去りにし矢は飛んでいく。

そしてゴーレムの露出した核に突き刺さり、辺《あた》りにサードニクス魔鉄鋼の破片が飛び散り七色の閃光《せんこう》が散乱する。

続いてハズキが直線状の炎の槍《やり》を放つ。

しかしその魔法はゴーレムに当たった直後四散《しさん》した。

「やっぱり魔法効かないんですけどっ⁉　わたし役立たずなやつじゃないですかっ！　――スカートも破れましたしっ！」

ハズキが半身《はんみ》で魔法を撃つとブチブチと音を立て、ハズキのスカートの腰回りが破れ、すとんと落ちてパンツ一丁になってしまう。

極限戦闘の始まりだというのに夜の戦闘用のセクシーな下着だった。

ハズキは色々ともうダメだなとリリアは緊張を崩し笑いそうになってしまう。

それというのも、思ったより矢の威力《いりょく》が強く、核を粉砕《ふんさい》できた確信があったからだ。

ハズキにしてもそうなのだろうと思われた。でなければさすがのハズキも戦闘には集中する。

だが、しかし――。

「まだやってないわ！」

空気が丸ごと動いたような違和感。

水中に沈めた風船を割った時のように、突如《とつじょ》できた空間に水が引きずりこまれるような引力。

ふらりとリリアの足元が揺れる。

ハズキを見ていたリリアの前に金色の閃光が走った。

閃光が束ねられようやく全体像を摑んだとたん、絶望が全身を覆う。

「な、速――」

目の前にいたのは核に矢を突き刺したゴーレム。

無機物なので呼吸などはしていないが、怒りが見えた気がした。

――ゴーレムは動きが遅い。

その先入観が間違いだったと気づく。

出力の高い魔鉱石を核にしていれば相応の能力を手に入れるのがゴーレム。

目の前にいた金色のゴーレムの速度は、『身体強化』を複数回使っているマルスに近い領域にあった。

侵入者を排除するため存在する、迷宮の罠の主にふさわしいスペックだ。

――死ぬ。

岩の集合体とは思えない速度で右腕を振りかぶられ、リリアは死を覚悟し全身を硬直させた。

マルスならまだしも、リリア相手ならば一撃必殺の攻撃だとわかる勢いだった。

「――あたしが謝る前に！　死んでんじゃないわよ！」

ドガンと巨大な音がし、金色のゴーレムが横倒しになる。

リリアが看取《かんしゅ》できたのはルチルが後ろから戦鎚でゴーレムの足を薙《な》いだ瞬間だった。

急いでリリアは後ろに跳《と》び、ゴーレムと距離を取る。

ゴーレムの右足は砕《くだ》かれていた。

「はぁっ、はぁっ……！　あ、あたしも意外とできるじゃない！」

「た、助かりました」

「礼は後！　みんなで叩《たた》き壊すわよ！」

起き上がろうとしているゴーレムの頭を、ルチルは思い切り振り上げた戦鎚でぶっ叩く。

リリアとハズキは拾ったゴーレムの破片で思い切り殴る。

核の完全破壊こそできていなかったが、その大半は砕かれ機能が停止しかけていた。

三十分ほど叩き続けているとゴーレムは元の動かない石に戻っていった。

「――本気で死ぬかと思いました」

「わたし、自分でドン引きしちゃうくらい役立たずだったんですけどっ……パンツ一枚ですし……」

「あたしは役に立てたかしら……」

三人は汗だくで寝そべり、ぜぇぜぇと息を荒らげていた。

強敵を倒し、一気に気が緩《ゆる》む。

やがて会話が途切れ、重々しい口調でルチルが話し始める。

「――ごめんなさい。昨日は、無神経で」

「もういいですよ。王族の考え方というものを私も知っていますから。こちらこそ、貴方の兄を討《う》ってしまったことを謝ります。申し訳ありません」

「そのことはもういいわ。だってあなたがしたことじゃないもの。今回の件について、生きて帰れれば国として謝罪させてもらいたいわ。本当にごめんなさい」

「そこまでしなくても……」

ぼんやりと二人は謝罪し合った。

荒れた息でもすんなりと言葉が出ていた。

「わたしもごめんなさい……」

「あなたって結構、力、強いのね……怒ってないわ」

「ちょっと本気で殴っちゃいました……」

「ううん、いいわ。だって当然だもの。――それに、羨《うらや》ましいと思った。だって他国の王女に殴りかかるくらい、仲間のために怒ったってことでしょう?」

「は、はい……」

いいなぁ、とルチルは小さく泣きそうな声でつぶやいた。

「あたしもそういう仲間が欲しかった。王女だとか関係なしで大事にしてくれるような……身分なんて関係ない本当の仲間。冒険者ってそういう仲間がつきものじゃない? だから……冒険者になりたかった。でも――一番身分にこだわっていたのはあたし。だから王族がどうこうと責めてしまった」

「今からでも遅くはありませんよ。なんでしたっけ、こういうの……雨降って地固まるとでも言えばいいのでしょうか。いえ、貴方の好きな冒険小説風に言うなら、喧嘩して仲直りすればもう仲間だとでも言いましょうか」

いつまでも怒りは続かない。

一緒に命がけで戦った今、もう怒りの感情はなかった。

それどころか胸の中はすっきりしている。

──あたしが謝る前に死んでんじゃないわよ、でしたっけ。ああいう状況で出てくる言葉は信頼できます。

助けられた時のことを思い出し、リリアは真顔《まがお》をルチルに向ける。

するとルチルも真顔をリリアに向けた。

「──罪滅ぼしをさせてほしい。じゃないと、あたしは正面からあなたたちの仲間を名乗れない」

「罪滅ぼし……ですか？」

「ええ。ネムって子から聞いたわ。王にはなりたくないけど、水中に入れる機械は欲しいって。あれは再現不可能な国宝。だからあたしだけの意思ではどうにもできない」

「それと罪滅ぼしに何の関係が……？」

ネムが話した内容は知らないが、どうやら国から寝取るなどとは言っていない様子だ。

聞いていればルチルはこんな態度ではいられないだろう。

「──あたしは女王になる。そしてあなたたちに機械をあげる。そして……エルフと仲直りしたい。元はと言えばドワーフの侵攻が不仲の原因。王女であるあなたに、女王になったあたしが正式に謝罪する。世界各地に奴隷《どれい》として売られたエルフたちも、あたしたちが全員買って国で保護するわ」

「そんなことをすればドワーフたちも黙ってはいないでしょう。国が非を認めるなんて……まして保護など……」

「だから女王にならなければならない。あのオニキスを王にすればそんなことできないから」

「やはり、ドワーフは異種族の王など選ぶ気はなかったのですね」

こくりとルチルは頷いた。

驚いたのはエルフを保護するなどと言い出したことだ。

特区のような形で自立することが可能なら望むエルフは多いだろう。

──そこで王に……いや、今さら王女の顔はできない。

もしかすると人間よりもずっと、リリアはエルフに憎《にく》まれている。

「だから……あたしを一番最初に踏破《とうは》させてほしいの。もちろん宝は全《すべ》てあなたたちにあげるから。──ドワーフを救うのは、王女ルチル・サードニクスじゃないとダメなの」

「構いませんよ。私たちはもとより名誉を欲してはいませんから。欲しいのは【禁忌の魔本】だけ」

自分が種を救ったのであれば自分が王だ。

ルチルが言いたいことはよくわかる。

王女であるルチルが名誉を手にすればこれまで以上の権威《けんい》が手に入るだろう。

いずれ後継者問題に悩まされる日が来るだろうが、ルチルも千年生きる長命種。ひとまず当面の統治は可能だ。

女王として選出され、自分自身で婿《むこ》を選ぶこともできるかもしれない。

ルチルも得をするし、リリアたちも得をする。

乗らない理由はなかった。

「あなたと一緒に生きるために寿命《じゅみょう》が欲しい……で合ってるのかしら？」

「ええ。マルスはそう言ってくれます」

「わたしもリリアさんと一緒に長生きしたいですよっ！」

ルチルが再び悲しそうな顔をする。

長命種は個体によってはとても不幸だ。

長い長い寿命をずっと一人で過ごす者もいる。

物理的には一人ではなくても、精神的に孤独に生きる者も少なくない。

そういった意味でリリアは幸せである。ルチルが羨むのも納得だった。

「私の一存《いちぞん》では決めかねますが、先ほどの話をマルスにすれば協力してくれると思いますよ」

「よかった……これで罪滅ぼしできるかしら」

「十分すぎますね。私はもう怒っておりませんし」

「ありがとう。改めてごめんなさい」

何度も謝られると逆に悪い気がしてくる。

ふうと息を吐き、リリアは話題を変えることにした。

「あくまで私たちが一番最初に攻略できた場合の話です。忘れてはいませんか？　先行者がいるのですよ」

「あー、あの黒い人ですねっ！　《漆黒《しっこく》》ってみんなに言われてる人っ。なぁんとなく、わたしあんまり好きじゃないですっ！　理由はわからないけどっ！」

「《漆黒》が自分でそう名乗ったわけではありませんけれどね。でもまぁ、只者《ただもの》ではない空気はありました」

「七大ダンジョンの一つである『レガリア大火山』を一人で攻略した男……よね？　《漆黒》についてはあたしも趣味で色々調べたけど、その人物に関する情報は手に入らなかったわ」

　ホコリや土を払い、リリアが起き上がる。

　甘えるようにハズキが手を伸ばしたので、その手を摑みリリアが持ち上げる。

　ルチルがその様子を羨ましそうに見ていたので、今度はリリアとハズキとで手を差し伸べる。

　二人に引っ張られ起き上がったルチルは満足そうな顔をした。

「さ、ここからが本番ですよ。マルスたちに合流しなければ」

「ですねぇ……ここ、どこなんでしょうかっ？」

「マルスに近ければいいのですが……きっと捜しに出ていると思いますから。もしかすると叫べばネムには届くかもしれません。たぶん一緒に動いていると思うのですよね」

「確かにネムちゃんならっ！」

　ゴーレムの奥にあった扉をリリアは恐る恐る開ける。

　そっと覗《のぞ》き込んだ先は真っ暗闇《くらやみ》の洞窟《は》だった。

　扉の外装を見ると、石がびっしり貼りつけられていた。

外から見れば洞窟の内壁と同じだ。

「やはりこの扉は岩に偽装《ぎそう》されていますね。普通に探索していれば見つからないでしょう。ゴーレムを倒したのは正解だったようです」

「あたしは今回が初めてだけど……さっきのゴーレム、あれってどれくらい強いの？　ダンジョンならその辺に歩いてるくらい？」

「いいえ。小規模なダンジョンならあれが頂点であってもおかしくないかと。私たちは私が弓を使えたから楽だっただけで、近接武器や魔法に頼った戦法では厳しいでしょう。ただ……ゴーレムは食事しないので、どこにどんな強さのものが配置されているかは読めませんね。普通のダンジョンなら、魔物は強い順に深層から並ぶものですが。食物連鎖《れんさ》の順番ですね」

「ここも七大ダンジョンですねぇっ……やっぱり仕様《しよう》がほかと違いますもんっ。普通のダンジョンしか行ってない人は油断してすぐやられちゃうように作られてるんですかねっ？」

このダンジョンの他と異なる点は罠の多さ、凶悪さだけでなく、脈絡《みゃくりゃく》なく強いゴーレムが出てくるところだ。

もしリリアたちが戦ったゴーレムがその辺をうろついている魔物の標準スペックだとすると、小型ながらもヒュドラが歩いているより脅威《きょうい》だ。

同じような能力傾向でさらに思考しているマルスのほうが有利だとリリアは思うが、何かあれば命を落としかねない強さをゴーレムは持っている。

「そうだっ！　サードニクス魔鉄鋼を持って帰りましょうっ！　ボロボロになっちゃってます

けど……！」

「あなたたちに謝らないとって気持ちが先行しすぎて、すっかり忘れていたわ！　これを取りに来たのに！」

「これ、どうやれば綺麗《きれい》に取り出せるのでしょうね……核になっていたら砕くしかないと思うのですが……」

「多少砕いても問題ない程度に大きいものを砕く……とかかしら。あたしの頭くらいの大きさがあれば結界は作動できるわ」

「――ざっくり十倍くらい大きいゴーレムさんじゃないとそんな核は持ってないんじゃっ……」

先ほど倒した金色のゴーレムは拳大の核を持ち、体長は三メートルほど。

基準を金色のゴーレムにするなら、十倍相当のサイズのゴーレムが持っているかもしれない。

「気を取り直して進みましょう。先頭は私とルチル、後衛にハズキで行きます。ネムの罠感知がないため、十分に気をつけ、ゆっくり進むように。極力戦闘は避けていきますよ」

「はいっ」

「了解したわ。最優先事項はマルスとの合流よね」

「ええ」

扉を開き、リリアたちはダンジョンの闇《やみ》に溶けていく。

第13話

「何か聞こえたらすぐ教えてくれ！」

「わかってるにゃ！」

マルスはネムとともにダンジョンを駆ける。

平均速度は『身体強化』を使っているため時速五十キロほど。

短距離走世界一位選手のトップスピードすら大きく上回る。

獣人《じゅうじん》の血を引くネムの速度はマルスについていけるものだった。

罠《わな》の気配があれば壁を走って回避し、道中で遭遇《そうぐう》したゴーレムも飛び越えて進む。相手をしている時間はない。

リリアたちを見くびっているわけではないが、ダンジョン内ではぐれることは死を意味する。

最悪、宝物庫に逃げていればまだ安全だが、それだとマルスが外から見つけるのは不可能だ。

だからきっと、リリアたちは自分たちだけで行動することを選んでいるはずだとマルスは考えた。

「リリア、リリア、リリア！」

失うかもしれないという焦燥感《しょうそうかん》で全身が汗《あせ》だくになる。

人間を超える速度で走っているのに悪寒《おかん》が全身を包む。

大声で叫んでリリアからの応答を求め、反応がなければ探索はせずそのまま進む。

罠や魔物などありとあらゆる障害を無視し、階層を下り下り下る。

気づけば十階層ほどを下っていた。

「マ、マルスにゃん、疲れたにゃっ……」

「で、でもリリアがっ！」

「――落ち着くにゃ！　気持ちだけ焦《あせ》っても意味ないにゃ⁉」

マルスは止まったネムの腕を引き走らせようとする。

ネムはその手を振り払い、パシンとマルスの両頬《ほほ》を挟《はさ》み、息切れしながらマルスを諭《さと》す。

「ネムちゃん……」

「大丈夫にゃ。マルスにゃんはみんなのこと見てないにゃ？　いっつも守らないといけないほどみんなは弱くないにゃ。それより、ここでマルスにゃんが焦って変なことするほうがよっぽど危険じゃないかにゃ？」

口先を尖《とが》らせ、子供に説教する母親のような口調でネムはマルスに言った。

その後背伸びしておでこをコツンとぶつけてくる。

女の子の甘い匂《にお》いと子供のようなミルクっぽい匂い、そこにうっすら汗の匂いが混じっていた。

——この子に教えてもらうとは。

痛くない痛みを額《ひたい》に感じ、マルスは少し安心する。

「——うん。ありがとう。ちょっと冷静じゃなかった」

マルスは魔法をほとんど使えないに等しいため、明かりは小さな電球のような頼りないもの。

他の明かりが一切ない暗闇《くらやみ》の空間では目視で捜すことは不可能だ。

つまり探索のほとんど全《すべ》てをネムの聴覚に頼っている。

よって負担はネムのほうが圧倒的に大きい。疲れ方も当然ネムのほうが上だ。

普段の冷静な自分ならそんな采配《さいはい》はしない。

「わかればいいにゃ。ちょっと休んでまた捜すにゃ。ネムはへとへとなんだにゃ……」

地面にごろんと転がり、ネムは大きく胸を膨《ふく》らませて呼吸する。

気づけばマルスも息が上がっていた。

時速五十キロで何十キロ走ったかもわからない。

疲れは当然であり、この状況で逃れられない敵に遭遇すれば一大事だっただろう。

冷静さを欠けば死ぬ。

そんな基本すら忘れてしまうほどマルスは動転していた。

「少し休もう」

「にゃ」

マルスは右腕を宝物庫に入れ、中から水の入ったビンを二本取り出して片方を寝そべるネムに渡す。

ばねのように起き上がったネムは両手でビンを摑《つか》み、んくんくと喉《のど》を鳴らし一気に飲み干した。

「最高においしい水にゃ……」

「わかる……リリアたちから何かコンタクトあるかもしれないから宝物庫には入れないけど、ここで何か軽く食べよう。――それにしても、リリアたちはどこまで落とされたんだろう」

「声はすっごい遠かったにゃ。下に落ちて遠いってことは、もっともっと下かもしれないにゃ」

音から距離を測《はか》れないマルスには推測《すいそく》すらできない。

十階層下りてきても見つからないのだから相当深くまで運ばれたことだけはわかる。

「ネムちゃんの言うように、リリアたちは強い。無茶なこともしないだろう。きっと最下層に向けて進みもしてないと思う。こっちに戻ってきてるはずだ」

「リリアにゃんはそう言うと思うし、そしたらハズキにゃんが賛成してそうなると思うにゃ。だからネムたちが下りていけばまた会えるにゃ！」

「喧嘩《けんか》……してないといいな」

「そんな場合と違うにゃ。――次に会った時はみんな仲良しかもしれないにゃ！」

再び寝そべったネムはガッツポーズをした。

ダンジョン内で気を抜きすぎだと思わなくもなかったが、マルスは毛布を取り出して床に敷き、ネムをそちらに誘導する。

出力こそ強いがネムは体力の総量が低い。少し眠るくらいしたほうがいいだろうと判断した。

そして栄養価が高く消化のいいものを取り出し、二人で食べる。

他の冒険者たちが追いつくのはかなり先の話だ。

道中、遭遇したゴーレムも罠も全て放置してきているから、簡単な道のりではないはず。

――まぁ、オニキスがいれば何とかなるだろう。

無力化できたのはマルスが武器破壊したからであって、ゴーレムがそんなまどろっこしいことをしてくるわけがない。

ならば単純な力任せで倒せるはずだ。

「アニキっていきなり言われてもな……――やべ、俺、あいつの武器壊してるじゃん」

――代わりの武器くらいあるよな?

悪いことをしてしまったと顔を指で掻《か》く。

◇

「ネムちゃんと二人きりって珍《めずら》しいよな」

「ネムはいっつもリリアにゃんかハズキにゃんに張り付いてるからにゃあ……」

背中にネムをおんぶしマルスはダンジョンを進む。

今度もそれなりの速度は出すが、焦ったようには動かない。

ネムを背負うことにしたのはネムの疲労軽減と音に集中してもらうため。

さすがに十階層下りていれば距離は縮《ちぢ》まっているはずだ。

だとしたらより集中して捜さねばすれ違うかもしれない。

「──！」

「んにゃ……声が聞こえた気がするにゃ！」

耳をぴくりと動かし、ネムがマルスの肩に手をついて身を乗り出す。

「リリアたちか!?」

「そこまではわからないにゃ……」

「どうあれ何か音を出すものが近いってことだ！　少し急ぐぞ！　音の方向を指示してくれ！」

ネムの曖昧《あいまい》な指示に従いながらマルスは走る。

再び『身体強化』を発動させ、荒れた地面を跳《は》ねるように動く。

「ゆ、ゆ、ゆ、揺れるにゃ！　し、舌噛《したか》んだにゃ！」

「我慢《がまん》してくれ！」

にゃううと悲鳴じみた声を上げ、ネムはなんとか指をさす。

やがて──。

「今度は聞こえたにゃ！　リリアにゃんの声にゃ！　──何かと戦ってるにゃ！」

「本当か!?　どっち!?」

ネムがマルスの上から飛び降り、全速力で走り始める。

その方向に進むと、マルスの耳にも聞き覚えのある声が届いた。

「くっ……！　このゴーレム、先ほどのものよりも大きくて強い！　倍はありますよ⁉　どうしてこの質量でこんなに速度が⁉」

「そしてやっぱり魔法効《き》かないんですけどっ⁉　これまでのダンジョンと比べて、わたしの無能感すごすぎますよっ⁉」

「全身が銀……いや、白金！　核はやっぱりサードニクス魔鉄鋼！　しかもあのサイズなら全部取れれば欲しい分には足りるわ！　あたしがガンガン攻めるから、リリア、あなたが核を！」

――なんかロボみたいなのがいる⁉

銀色に輝く細身のゴーレム。マルスの感想はロボットだ。

胸の真ん中には子供の頭くらいの虹色《にじいろ》の鉱石があった。

リリアたちはまとまらないように散らばり、ゴーレムを囲んでいた。

ルチルが戦鎚《せんつい》で殴りかかり、リリアが核を弓で狙《ねら》っているがどれも決定打にはなっていない。

――あれが核かはわからないが、リリアたちが狙い続けているということは何か確信があるはずだ。

「危ない！」

リリアが叫んだタイミングでルチルが攻撃をかわされ、カウンターでゴーレムが振りかぶる。

戦場で時々発生する、無限にも思えるほど引き延《の》ばされる嫌な刹那《せつな》。

死が迫った時に起こる怪現象だ。

――まだ間に合う。

すう、と大きく酸素を吸い込み、マルスは『身体強化』を複数発動させる。

「伏せて！」

空気抵抗が減るよう前傾をさらに強め、マルスは全力で踏み込む。

空気を震わせながら剣を取り出し、飛び跳ね、ゴーレムの核に向け突き刺す。

マルス自身が一本の槍《やり》のようだった。

刀身《とうしん》全てがゴーレムにめり込んだ感覚を手に感じ、刺さったまま思い切り横に振り抜く。

その後へたり込んだルチルを抱え、ゴーレムの間合いから離脱した。

一秒にも満たない時間で全ては終わり、ゴーレムは誰もいない地面に拳《こぶし》を叩《たた》きこんで停止した。

「あ、ありがとう……」

「仲間だからね。当然だよ」

「仲間……」

ルチルを地面に下ろし、リリアとハズキを視界に入れる。

マルスはようやく見つけたリリアを折れそうなほど強く抱きしめた。

「よかった……！　全員無事だな!?」

「はい……！　必ず来てくれると信じていました！」

薄《う》っすら涙を浮かべて強く抱き返してくるリリアの頭を撫《な》でつつ、ハズキやルチルのほうも見る。

全員無事で、せいぜいが擦《かす》り傷程度のケガしか負っていない。

「とりあえず全員俺の宝物庫に入ろう。今日はもう終わり。色々聞きたいしね」

「ヘッポコハズキちゃんの冒険譚《たん》もありますよっ……びっくりするくらい何もできませんでしたっ」

ぐす、とハズキは軽く泣きながら言う。

緊張が緩《ゆる》んで一気に感情が噴出してしまったのだとわかる。

迷子になってしまった子供が親に会った時のようだった。

「いやいや、この明かりもそうだし、役立ってないことはないよ。——それより、なんでスカート穿《は》いてないの？」

「私のものを貸したのですが、腰回りが合わず……動くたびに破けました。三枚やられました」

「わたしは……スカートすら穿けなかったんですっ！　ゴーレムさんには魔法効かなかったしっ……！」

下半身がパンツむき出しの状態でハズキは自《みずか》らの非力を嘆《なげ》く。

緊張感が緩んだのはマルスも同じで、思わず笑ってしまった。

第14話

「今日は本気でやばかった。リリアたちが落ちていったときの絶望感」

「ですね……落ちた先にいたゴーレムと、ご主人様が倒したもの以外にこれといって強敵はいなかったのですが、いつもの仲間がいないというだけでものすごく不安でした」

「陣形も全然違いますしねっ……マルスさんやネムちゃんが前にいてくれるのって心強いんだなぁって思いましたっ」

　マルスの宝物庫のリビングで全員がへたり込み、今日一日の感想を述べていく。

　今まで一度も離れることなく、みんな一緒に過ごしてきたため衝撃は大きかった。

「とりあえず、女の子たちは先にお風呂に入ってくるといいよ。ゆっくり長くさ。その間に俺はご飯を用意するから」

「手伝いはいりませんか？」

「大丈夫。リリアが一番疲れてそうだし。気疲れもしただろ？」

「ええ……私は集団の長にはあまり向いていませんね」

　額《ひたい》に手を当てうなだれるリリアには肉体疲労だけでなく心労があるように見えた。

集団をまとめ上げる能力を持っている者は稀《まれ》だ。

命の危険があるような状況であれば難易度はより高くなる。

ルチルも同じように疲れ切って床に寝そべっていた。

昨夜とは違う心情での行動だろう。単純な疲労だ。

「仲直りできた？」

「ええ……多分。許してもらえたよう……あなたにも謝らないといけないわ。命がけで助けに来るような大事な人を傷つけた」

「リリアが許したのなら俺も怒らないよ。──さぁ、お風呂入ってゆっくり休んで。みんなで入るのはちょっと抵抗ある？」

「いいえ、大丈夫よ。今さら隠すところなんてないもの」

──心の内まで晒《さら》したから……ってことかな。

身体《からだ》を晒すのはまた別問題だと思うけど、同性だし気にしないのか。

「そして……ありがとう」

「ん？　さっきのか。気にしなくていいよ」

「うん……かっこよかった。今もまだドキドキして……──ほ、ほんとに強いのね？」

マルスにとって仲間を助けることはわざわざアピールするほど特別な行為ではない。

だからルチルが顔を赤くしている原因は戦闘の高揚の名残《なごり》だと思ったし、別の意味合いを持っているとは気づかなかった。

「今日はたくさん頑張ったからごちそうがいいにゃあ？」

「もちろん。山ほどみんなの好物を作るよ。ルチルちゃんはどんなのが好み？」

耳を左右にぴこぴこ動かし、ネムが上目遣《うわめづか》いですり寄ってきた。

ネムの頑張りはマルスも認めるところなので御馳走《ちそう》づくめでいくつもりだ。

「あたしは……」

ルチルが何を好物としているのかマルスたちは知らない。

昨夜もリリアがエルフだとわかってからほとんど話すことがなかったし、食事もほとんどしていなかったからだ。

「――リリアの作ったあのパイ、本当は食べてみたかったわ。サクサクしてて美味《おい》しそうだった……」

褐色《かっしょく》の肌《はだ》をまた赤らめ、口を手の甲《こう》で隠しルチルは照《て》れる。

ハズキをはじめ一同はニヤニヤするが、リリアはルチルと同じように照れを隠していた。

「ルチルちゃんも一度デレるとデレッデレですねぇっ！　王族はツンデレさんばっかりかなっ!?」

「ちゃ、茶化さないでよ……」

「し、仕方《きじ》ありませんね！　少々手間《てま》がかかりますが作って差し上げます！」

「パイ生地の用意は俺がしておくよ」

語気を荒らげ腕を組み、視線を合わせないようにしてあからさまな照れ隠しをするリリアが可愛《かわい》いとマルスは思う。

――本当に全員生きててよかった。

そして改めて気を引き締めなければと思う。

◇

食事の仕上げをリリアたちに任せ、マルスも風呂に入る。

一通り身体を洗い終えてさっと湯船に浸《つ》かる。

筋肉の疲労がピークに来ていて全身が熱く、長く入っていられなかった。

「みんな待ってるし、さっさと上がろう……両手足が重い！」

ざばっと水に引っ張られる感覚がいつもよりも強い。

過剰《かじょう》な運動量と『身体強化』によるダメージがやってきていた。

折れたりはしていないものの筋肉の断裂がわかる。

髪を濡《ぬ》らしたままリビングに戻ると、四人が悪戦苦闘しつつも料理の続きをしていた。

指揮を執《と》るのはリリアで、好き放題に動くハズキたちをまとめ上げていた。

女性陣はエプロン装備で髪をまとめて三角巾《さんかくきん》をつけている。

「ハズキ！　焼きすぎです！　消し炭《ずみ》になりますよ⁉　そしてつまみ食いはしない！」

「ルチル！　もしかして料理はしたことがありませんか⁉　岩塩は削《けず》って使うものです！　丸

ごと入れない！」

「ネム！　――えっ、どうしてケーキにそんなに上手《うま》くクリームを塗れるのですか⁉」

リリアはお手製のパイを作りつつ料理のできないハズキやルチルに指示を出していたが、食後のデザートであるネムが作るホールケーキにだけは驚愕《きょうがく》していた。

スポンジ部分はマルスが用意したもので、最後の飾りつけだけ任せていた。

大きなケーキには一切のムラなく芸術品の如《ごと》くクリームが塗られている。

前世の既製品を凌駕《りょうが》するレベルだ。

「やってみたらできたにゃ」

「天才ですか⁉　え、やってみてで簡単にできるものなのですにゃ⁉　――また語尾が釣られてしまったではないですか！」

そこでリリアが戻ってきたマルスに気づく。

さっきまでの強気な指示は鳴りを潜《ひそ》める。

「みっともないところをお見せして……」

「いやいや、いいじゃないか。面白《おもしろ》くて。ちょっとまた『にゃ』って言ってみてほしいな。というかマジですごいな、ネムちゃん……色々なところに意外な才能が。みんな才能の塊《かたまり》だ」

「すごいのかにゃ？」

「これからはお菓子の仕上げはネムちゃんに任せようかな。俺より全然上手いよ。本気で。美術系に才能があるんだな……」

「なら頭撫《な》でてにゃ！　耳のついてるとこにゃ！」

頭を突き上げてくるネムの頭を撫でながら、みんなが料理しているのを眺《なが》めた。

ゴロゴロと喉《のど》を鳴らし、ネムはとても気持ちよさそうに顔を緩《ゆる》ませる。

「表面は黒いのになんで中が焼けてないんでしょうっ……！　血まみれ殺人事件ですよっ⁉」

「火力が高すぎなのですよ……もったいない」

肉の塊を切り、ハズキは真っ赤な断面にショックを受ける。

リリアは頭を抱えるしかない。ローストビーフではない。ただの生焼《なま》けだ。

「スープがボコボコしてきたわ！　このままだと爆発するわよ⁉　ほら、こぼれてきた！」

「ただ沸騰《ふっとう》してきただけでしょう！　火を弱めてしばらく放置です！」

ルチルはルチルでポンコツ極《きわ》まる。

沸騰という現象さえイマイチ理解できていない。

はぁ……と巨大なため息をつき、両手で顔を隠しリリアはしゃがみ込む。

やはり統率者《とうそつしゃ》は向いていないらしい。

「大変そうだな……やっぱり俺が手伝った方がよさそう」

「だにゃあ……魚がそろそろ焼けそうにゃ！　いい匂《にお》いになってるにゃあ！」

「ネムちゃん実は料理上手……？」

焼いている魚は大きなものを丸焼きにしたものだが、見た目はちょうど火が通ったあたり。

嗅覚《きゅうかく》と聴覚だけで一番いい時を選んでいるらしかった。

一番美味《うま》いときを見極《みきわ》めるスキルは料理に一番大事だ。

「わたしはやっぱり食べるの専門がいいですねぇ……マルスさんの料理が一番おいしいっ！」

「昨日も思ったけど、料理上手よね。ドワーフの料理は塩辛《しおから》いか脂《あぶら》っこいかのどちらかしかないから、こういう人間の食事はとても新鮮で美味しいわ」

「当たり前です。ご主人様はなんでもできますから」

「それは言い過ぎだな？　普通にできないことの方が多いぞ」

もぐもぐと頬《ほお》を膨《ふく》らませ、皆が食事に舌鼓《したつづみ》を打つ。

全力全開の一日だったから、隠そうにも全員空腹でガツガツ食べてしまう。

「ハズキにゃんの黒こげ生肉も、疲れてるとおいしいにゃ。だけど今度はネムが焼くからにゃ？」

「せっかくの高級品が……ごめんなさい」

「焦《こ》げてるところを剥《は》いで作り直したから食べられると思うよ」

「料理って難しいのね……初めてしたわ。そして自分が細かい作業が苦手なのだと思い知らされた。知ってる味を作るのがあんなに難しいだなんて」

しゅんとした顔でルチルはリリアの作ったパイを食べる。

瞬間、目を丸くする。

「美味しい……！　こんなの王宮でも食べたことない！」

「それはエルフの家庭料理なのですよ？」

「エルフの……――うん、関係ないわ。美味しいものは美味しい。種族が違ってもいい人はいい人。あたしはもう、種族で判断したりしない」

決意したように笑顔を見せ、ルチルは黙々と料理を口に運んだ。

◇

ビキビキと嫌な音を鳴らす身体をベッドに預け、マルスは全身を脱力させていた。

手足の筋肉が限界だ。肉離れ寸前か、部位によっては肉離れしている。骨もヒビが入る一歩手前だろう。

常人《じょうじん》より回復は早いが、それでも痛みの程度はかなり強い。

治癒《ちゆ》はかけてもらったが、自分のエネルギーの前借なのでできる限りは自然治癒に任せたかった。

どうしてもダメな時にだけ治癒は使いたい。

「ごめん、みんな、おやすみ。勝手だけど、俺は今日はおとなしくしてるよ。手足動かすのも痛くてね。起き上がるのもちょっとキツイんだ」

着ているときのほうが珍《めずら》しい寝間着《ねまき》をリリアとハズキは脱ぎ始めていた。

嬉《うれ》しいには嬉しいものの疲労回復に努めろとマルスの理性は言う。

「大丈夫ですよ。ご主人様は安静にして寝そべっていてください」

「？」

真横に寝そべるリリアはマルスの前髪を上げ、おでこにキスをして怪《あや》しい笑みを浮かべた。

さらに隣のハズキもニヤニヤしている。

ネムだけは疲れに疲れたのかベッドの足元で丸く小さくなって眠っていた。

今日一日だけならばマルスよりもずっと疲れているだろう。

頻度《ひんど》高く眠っているが眠りの浅いネムにしては珍しく、本気の熟睡《じゅくすい》をしていた。

「今日はわたしたちがご奉仕《ほうし》しようって決めてたんですよっ」

「ええ。ご主人様は寝ながらただ気持ちよくなってくれれば……本日は助けに来てくださってありがとうございます」

「そうそう、助けに来てくれるから、お礼しなきゃってみんなで話してたんですよねっ！」

「──みんな？　二人じゃなく？」

にぃ、とリリアとハズキが笑う。

すると、寝室のドアが開く。

ゆっくり入ってきたのはルチルだった。

戦闘用の装束《しょうぞく》ではなく、白い短めの丈《たけ》のベビードール姿で薄化粧《うすげしょう》をしていた。

ほんの少し動くだけで下着が見えそうなほど短い。

どちらかと言えばギャル寄りの容姿をしているルチルだが、その格好《かっこう》は少女趣味の可愛らしいものでもあった。

おそらくはハズキの所持品の一つだとマルスは考える。数が多すぎて本人ですら把握《はあく》していない

ないにも拘《かか》わらずハズキのものだと思ったのは、胸のあたりが明らかに苦しそうな膨らみ方をしているからだ。

おどおどと照れた顔と恐る恐る近づくような慎重な足取りでルチルはベッドに近づいてくる。褐色の肌が赤らんでいるのがわかるほど赤くなっていた。

「え」

「ルチルちゃんもお礼したいってっ！　戻る道を歩きながら色々話してたら、ルチルちゃんもマルスさんとセックスしてみたいって言ってたから誘ったんですよっ！」

「そ、そんなお茶に誘うようなノリで……⁉」

一体全体どういう話の流れでそうなったのかマルスにはわからないが、ルチルが自発的にこの状況を選んだことだけは確かなようだった。

リリアたち三人だけで行動していた時にそのような流れになったのだろうことだけしかわからない。

――これがガールズトーク！　赤裸々《せきらら》に話しすぎだろう！

「あたしがしたいのよ……思い出が欲しいの！」

「お、思い出って言ってもこれ⁉　なんかもっとほかに……」

「あなたは憧《あこが》れの冒険者で！　今日もあたしを助けてくれた！　しかも大事な人を傷つけたあたしを！　――す、好きになるのにはこれで十分でしょ！　あなたの子供を孕《はら》みたいのよ！」

照れすぎて何故《なぜ》か半ギレでルチルは騒ぎ出す。

「帰ってくるときも、かっこいいかっこいいってずっと言ってましたもんねっ！」

「ええ……あたしはマルスみたいにシュッとした人が好き。ドワーフは……みんな短足だもの。冒険譚《たん》に出てくる英雄はみんなマルスみたいにスラっとしてるし」

「確かに……だいたいみんなかっこいいですもんねっ。強いからかっこいいのかなぁ……？」

「それはありますよね。やはり強いというだけで魅力的に見えます。本能的なものなのかもしれませんね。この人の子供なら強くなると確信できるのでしょう。――ご主人様は性格もいいですが！　顔も身体も！」

マルスは蚊帳《かや》の外で、女性陣はお互いに納得しつつ話す。

好きと言われて嬉しいには嬉しい状況でも、マルスは覚悟していたわけではないので少々困っていた。

「だけど、王女が会ったばかりの男とってのは問題になるんじゃ……？」

――国から寝取る、とは言ったものの、現実的には面倒《めんどう》なことばかりだ。

王になるつもりもないし、王女の貞操《ていそう》を無理やり奪うほど性欲に支配されているわけでもない。

まして今現在はまともに手足すら動かしにくい状況だ。全身運動であるセックスなどできる気がしない。

「あたしが女王になる。だからあたしが自分で婿《むこ》を選ぶわ。――あたしはマルス、あなたを指名したい」

「もちろん、あたしもあなたたちの目的は聞いた。それが終わったら……いつか帰ってきてほしいの」

リリアは頷《うなず》くだけで言葉は発しない。

ちらりとリリアに視線を動かす。

「と言っても……」


「私はご主人様の統治するこの国ならば住むのもいいかなと思います。それに」

「世界樹の森、取り戻したいなら、この国を拠点《きょてん》にしてもいいわ。あたしの国の権威《けんい》、あなたの持つ力と実績、今後買い上げていくエルフたちの力があれば、交渉《こうしょう》はできると思う。亡命政権……というところかしら。あとは世界樹の森のダンジョンを攻略すれば、価値が目減《めべ》りしてなおいいかもしれない」

知らないところでそんな話をしていたのか、とマルスは驚きつつも、そんな深いところまで話すほどに仲が良くなっていることに安堵《あんど》する。

ルチルの言っていることはあまり現実的ではないとも感じた。

まず、ドワーフの女王になったとしてそこまで好き放題はできないだろうからだ。

リリアもわかっているだろう。ルチルと仲良くなれたからといって、ドワーフ全《すべ》てに好かれるわけではないのだ。

「その条件、ってほどじゃないけれど……あなたと結婚したいの。一番じゃなくてもいいから」

「結婚自体は……構わない。もう三人も嫁がいるくらいだから、その辺は今更《いまさら》だ。だけど、俺は君に何もしてやれない。それでもいいの？　この国だってダンジョンを攻略し終えたらすぐ出て行ってしまう」

「ええ。だから思い出が欲しいの。――初めてくらい、好きな相手がいいじゃない？」

これ以上ないほど顔を真っ赤にし、ルチルは俯《うつむ》いてしまった。

その表情まではうかがえず、マルスにはそれが照れ隠しのものであるのか、それとも何かしらの決意めいたものなのか、どちらなのかはわからないままだった。

「王女じゃない顔を見てくれるのはあなたたちだけ」

「………………」

自分で選べなかった人生への些細《ささい》な抵抗。

ルチルがマルスに迫るのは、そんな反抗期じみた感情も混じっているように思えた。

純潔の散らし時すら父の思うがままの身分から、マルスと交わることで抜け出せると思っているのかもと感じた。

「こ、こんなときに……」

「ルチルちゃんがしたいって言ってるんだから、してあげないとっ！　準備はわたしたちがっ！」

すりすりと横のハズキが服の上からマルスの股間《こかん》に触れ始める。

細い指が位置を確認するようにし、見つけると少々力を入れてしごき始めた。

疲れ切った身体は自由が利《き》かないが、触られていると反応し始めてしまう。

「な、なんか、お、大きくなってきてない……⁉」

「そうですよっ！　ガッチガチになったらマルスさんも準備ばっちりっ！」

疲れていても、いや、むしろ疲れているからこそ、マルスの股間はハズキの愛撫《あいぶ》にしっかり反応し、むくむくと膨らみ始める。

途中からはリリアも混じり、二人でズボンの隆起したところを触る。

形に沿ってゆっくり撫でるようにしごくハズキと、亀頭《きとう》の周辺を軽く握りこんで上下にさするリリアの絶妙な力加減で勃起《ぼっき》はさらに高まり、パンツを突き破ってしまいそうなほど上向きになっていく。

「お、大きすぎる……⁉　き、聞いてないわ、こんなの！　入るわけないじゃない⁉」

「私も最初は同じように驚きました……！　私たちが教育を受け、学んだものとあまりに違いますから」

リリアは喋《しゃべ》りながらも手は止めず、驚愕し手で口元を隠すルチルに同調する。

──ああ、王族の性教育があって、だからリリアも最初から色々知っていたのか。

処女だったのに色々詳《くわ》しかったもんな。俺のが規格外だとは俺自身は思わなかったが。

「さぁ、脱ぎ脱ぎしましょうねっ！」

「俺は子供か⁉」

起き上がったハズキがマルスのズボンをパンツごと下ろしていく。

覚悟できていなかったマルスは、尻に体重を乗せ抵抗する。

物理的に勃起しているとはいえ、まだ性欲が全身には浸透《しんとう》していないから抵抗する気にはなる。

もはや半《なか》ば諦《あきら》めてしまっているが独占欲の強いリリアならばと思い横を見ると、リリアは無言のままハズキに手を貸してマルスのパンツを下ろさせる。

仲間にしたら得をするという打算とは違う感情がリリアにあるように見えた。

かつては王族であったがゆえに、ルチルの気持ちの一端《いったん》を理解しているのかもしれない。

「今晩だけは、ルチルも妻に迎えてはいただけませんか？」

「リ、リリアまで……」

「ここを出てしまえば、ご主人様が思うよりもずっと重いものです」

言う思い出とは、今後自分で何かを選ぶ機会はルチルにはないかもしれません。彼女の
耳元で囁《ささや》く濡れた声には、いつもの色っぽさではない懇願《こんがん》の色が乗る。

女王になるというのもルチルが言っていることを実行するのも、何もかもがまだ絵空《えそら》
事《ごと》の世界にある。ルチル自身、夢物語で終わることもあり得るとわかっているのだろう。

ダンジョンを攻略し戻ったところで、何一つ変わらない未来が待っている可能性も十分あるのだ。

王女として国の望む伴侶《はんりょ》を与えられ、ただ子孫をつなぐためだけに存在する人形としての未来が。

マルスに迫るのも破れかぶれな気持ちが前提になっているのかと思うと、拒《こば》むのは悪い気も

した。残酷な気がした。

腰に込めていた力を抜き、ハズキがするままにパンツが下りていくのを受け入れる。

「む、無理……！　こんなの入るわけないでしょ……！　練習用の模型はなんだったのよ！」

「大きくても親指サイズですものね……ですが無機物ではありませんので意外と大丈夫ですよ。最初こそ痛みますが、何度かしているうちに私たちの身体がマルスを覚えます」

うっとりした声のリリアがマルスに頬ずりする。

さらさらとした感触がくすぐったい。

長いまつげの下の瞳《ひとみ》が話を合わせろと、空気を壊すなと言いたげだった。

「わたしは最初からすっごい気持ちよかったですよっ！　日頃の特訓の成果ですねっ……！」

「特訓⁉　特訓すれば平気なのね⁉　あたしも今からするわ！」

「ハズキの言う特訓とはただの自慰《じい》ですよ。隙《すき》あらば指を入れてくちょくちょと……そのせいで多少楽に受け入れられたというだけの話です」

「じ、自慰くらいあたしもよくするけど……こんな大きいの入れたことないわ」

ぼそっと言って、ルチルははっとした顔をし、口元を片手で隠す。

言うつもりはなかったのだろうが、マルスの男根《だんこん》に驚いた余波《よは》で口走ってしまった。

考えてみれば、リリアへの発言も含め、ルチルもハズキと同様、思いついたことを口に出してしまう癖《くせ》がある。よく言えば素直、悪く言えば無鉄砲だ。

——王女っていっても、むしろ王女だからか？　普通に性的な興味はあるのか。

血を残す役割を背負っている分、先天的に性欲が強いのかも……と考え、結局は個人差かとマルスは自分を納得させる。

——もしかして道具派なんだろうか。こんな大きいの入れたことない、ってことは、これ以下ならあるってことだもんな。みんな実はスケベだ。

隣のリリアは露出《ろしゅつ》した陰茎《いんけい》を勃起が収まってしまわないようスリスリと刺激する。

視線は完全に亀頭に向いていた。

「やっぱりっ！　リリアさんとかネムちゃんが変なだけなんじゃないですかっ⁉　普通一日中オナニーしますよねっ⁉」

「い、いえ、それはないわ。寝る前とかにたまにするくらいで……」

「私もしませんよ……」

「わたしまた墓穴《ぼけつ》掘っちゃったっ⁉　罠《わな》といいオナニーといい会話の墓穴といい……わたしは穴に縁《えん》がありすぎますっ！」

「たぶん、自業自得《じごうじとく》だと思うわ！　ハズキは思ったことをすぐ口にしすぎよ！　今も！」

恥《は》ずかしさをごまかすようにルチルはハズキの話に食いつく。

しかし視線だけはマルスの勃起した一物《いちもつ》からそらさない。

すっかり全開状態になってしまった陰茎は玉を持ち上げていて、射精するまで収まりそうにない。

身体の回復機能を高めるため活性化した影響が、下半身にも例外なくいきわたる。

「まずは触ってみましょうっ！　習うより慣れろ、触るより舐《な》めろ、ですよっ！」

「さ、触る……触るの……──う、動いたわ!?」

触ると聞いて、マルスの身体は勝手に反応して、リリアの手の中で陰茎をびくつかせる。

上下に大きく動いたのを見て、ルチルはたじろいで後ろに逃げた。

「そりゃマルスさんの身体ですもん、動きますよっ。中でも動きますしねっ」

「──素直に怖いわ」

後退したルチルは赤い顔を少し青ざめさせる。

浮かぶ表情は恐怖めいたもの。

とてもこれから初めてするテンションではない。

「その動くのが道具と違っていいところじゃないですかっ。あったかいですしっ！」

「で、でも逆に言えばあたしの意思で動かせないってことだし……」

「セックスっていうのはお互いに気持ちいいところを探しあったり、話しながらするからいいんじゃないですかっ！　わたしの気持ちいいとこを攻めてくれたり、気遣《きづか》ってくれてるのがわかると『しゅき……』ってなりますよっ！」

「そ、そうなの……」

「なんでちょっと引いてるんですっ!?」

「熱意がすごい。温度差よ」

──なんか俺、蚊帳の外じゃない？

勃起した恥部《ちぶ》を晒し、それでも会話に入れないマルスはいたたまれない気分だ。

さっさと元の状態に戻したいと思っても刺激されていればいつまでも戻ってくれない。

そっと手に取ったリリアはしゅこしゅことわざと音が出るような動きで上下にしごいていた。

「も、もどかしいよ」

「射精はまだ先ですよ？　今晩の主役は私たちではありませんから。——ご主人様がそうであるように、実は私たちもかなり疲労していますしね」

「わたしは平気ですよっ？　——だって役立たずでしたし……役立たず……なのでオチンポだけは頑張って立たせますっ！」

「ハズキ……あなたってバカなの？」

下ネタを絡《から》めた自虐《じぎゃく》にルチルは率直《そっちょく》に感想を述べてしまう。

誰も何も反応できなかった。

「い、いいからもっとこっちにっ！　ほらほら、オチンポさん待ってますよっ!?」

「痛い！　ちょっと握る力、強い！」

ハズキが握りこんだ力が強まり、少し痛む。

女二人にいじくりまわされているのは嬉しい限りだが、痛いものは痛かった。

「これが……話の流れでは、これがオチンポというやつよね？　あたしが教育で見たのとは違うけど……すごい形してる。なんで返しみたいなのがついてるの……？　ひっかかって痛そうじゃない？」

「それがすっごい気持ちいいんじゃないですかっ！　気持ちいいとこ全部ガリガリされて、頭の中真っ白になって……ルチルちゃんだって何回かすればヨダレ垂《た》らして夢中になっちゃいますよっ⁉」

ぷに、と危険なものでも触るかの如くビビりながら亀頭に指をつけ、ルチルは指についた我《が》慢汁《まんじる》を伸ばし驚いた顔をして、その後ゆっくり握りこむ。

「か、硬《かた》いけど少し柔らかい……？」

「一応お肉ですからっ！」

ぎゅうっと握りこんだルチルの握力も強い。

初めて触るのだから力加減がわからないのは仕方ないとマルスは我慢した。

「次は舐めてみましょうっ！　これは大事なテクニックですよぉっ？」

「な、舐める⁉　食べるの⁉」

「食べちゃダメですよ⁉　歯はダメですっ！　ぺろぺろーってして、マルスさんにも気持ちよくなってもらうんですよっ。そうしたらマルスさんは『交尾《こうび》してぇ……！　種付《たねつ》けさせろよ！』ってなるので、そのためにするんですっ」

――俺、そんな風に見えてるんだろうか？

確かに本質的にはその通りではあるが、そこまで強気ではないと思いたい。

「そ、そうなの……男の人って不思議ね……え、マルスがそんな野蛮《やばん》な感じになるの⁉」

「なりますよぉっ！　お尻叩《しりたた》いて無理矢理何度も何度もビュービューって……！　イってるか

らダメ！　って言っても止《や》めてくれませんよっ⁉」

「何度も？　一回じゃないの……⁉　男は入れたら一瞬で終わるって聞いたわ！　一滴だけぴゅって出て終わるって！」

「他の男の人はそうかもですけど、マルスさんはそんなに弱くないですよっ！　すぐには出ないし、わたしたちは一晩中してますしっ」

深夜まで続け、昼頃に起きて……という自堕落《じだらく》なサイクルで、ダンジョンの外のマルスたちは生きている。

元は太陽信仰の種族ゆえ早起きだったリリアもすっかり昼起きが染《し》みついていた。

したいというわりに行動しないルチルにしびれを切らしたのか、リリアは再び、マルスの下半身を前に膝《ひざ》をつく。

「見ていてください。――こうするのですよ」

横からリリアが陰茎に舌を伸ばし始める。

根元から期待させるように舌先が裏筋に沿って、すーっと上りカリ首へと進む。

チロチロとカリを弾《はじ》くように舌を動かし、マルスはその少し強い刺激に顔をしかめてしまう。

「お、美味しいの？　そして汚くはないの？」

「美味しいというか……塩味？　ご主人様のものですし、お風呂にも入っていますから衛生はあまり気になりませんね」

リリアはルチルに説明しながら、ふう、と息を吹きかけてくる。

ひんやりと陰茎を撫でる息だけで腰が浮きそうになった。

「わたしもしますっ！　わたしは匂いも好きなんですよねぇ……！♡　めっちゃくちゃ興奮《こうふん》しますっ！」

そう言ってハズキも参戦し、リリアとともに左右から舐め始める。

ハズキはリリアほど上手ではないものの、興味があるだけあって熱意にはすごいものがある。

とてつもなく贅沢《ぜいたく》な光景だといつも思う。

絶世の美女・美少女といえる女が二人も目の前にいて、あろうことか男の性欲を高めるためだけに男性器に舌を這《は》わせているのだ。

彼女たちの顔は艶《つや》っぽく赤らみ、吐く息はどんどん熱くなっていく。

ピンク色の柔らかすぎる唇《くちびる》が竿《さお》の部分についばむように吸いつき、リリアもハズキもマルスの内ももの付け根、玉のある付近を触れるか触れないかの微妙なタッチで撫でまわす。

時々リリアとハズキの二人が舌を絡めるキスをしてみせるなどマルスの目を大いに楽しませた。

「マルスはその、き、気持ちいいの……？」

ルチルがごくりとマルスたちに聞こえるほど大きく喉を鳴らす。

男女が生々《なまなま》しく性交の準備をしているのを、ルチルはこれまで見たことがなかったのだろう。

「もちろん、最高の気分だよ」

「そ、そう……」

じっとダブルフェラの様子をルチルは眺めていた。

仲良くなった友達が、本来なら男にしか見せない淫靡《いんび》な顔を晒して男性器をしゃぶっている光景は、衝撃的かつ興味をそそるもののようだった。

ルチルに見られているからと張り切ったのか、リリアはついに亀頭のほうまで舌を伸ばし、ぱっくりくわえ込む。

さっきまでのフェラはマルスを興奮させ、頭のスイッチをエロに切り替えるためのもの。対して今始まったフェラは明確にマルスを射精に導くためのものだ。

玉の中がぎゅるぎゅると不思議な感覚を持ち始め、だんだんと思考が霞《かす》んでいく。

「ん……」

「やっぱりおっきいっ……♡」

やがて、じゅぼじゅぼとわざとらしく音を出して、リリアは一人で陰茎の全てを咥《くわ》えこんでいた。

リリアの小さな顔には見合わないサイズの陰茎はその美貌《びぼう》をみっともなく歪《ゆが》めさせる。

生殖《せいしょく》には関係ない、ただ男を気持ちよくさせるためだけの行為をさせていると思うとそれだけで射精してしまいそうなほどの興奮だ。

所有欲や独占欲、征服欲といった感情がマルスの中で複雑に湧《わ》き上がっていた。

ぴちゃぴちゃと水音がする。

二人の顔ばかり見ていたマルスは最初、その出所が複数あるとは気づかなかった。

「！　ルチルちゃん、オナニーしてるっ！」

手持ち無沙汰《ぶさた》になったハズキはマルスの玉をマッサージしていたが、ふと横を見ると思いがけないものが目に入る。

褐色の肌が映《は》えるようにと選んだ白いベビードール姿のルチルが、まっすぐ目の前の光景を眺め自分を慰《なぐさ》めていた。

ベビードールの上から乳首をカリカリとひっかき、下半身は短い丈《たけ》の裾《すそ》をめくり上げている。

白い下着の上から、女性器の筋《すじ》を指でなぞり、クリトリスの付近をぐりぐりと回し撫でるのを繰り返していた。

表情は今にも泣き出してしまいそうで、だが心中に負の感情はないとわかる浅い吐息《といき》を漏《も》らしている。

「へ、変なの、こんな風になったことないのに、い、今すごく変なの！」

マルスたちに見られているというのに、ルチルは手を止めることなく股間をまさぐっていた。

膝はがくがくと震え、立っているのもやっとのようだった。

よく見れば太ももには透明な水の筋が数本あり、それらはパンツの吸水力を超えて溢《あふ》れてしまったものだった。

くちょくちょと弄《いじ》るたびにますます愛液は流れ、吐息は荒く表情は険しくなっていった。

そのうち下着の中に手を入れ、直接触り始める。

手の動き方で指を入れて掻《か》きまわしているのがわかった。

ルチルはルチルでマルスや他の面々に自分の自慰が見られていることに興奮しているようで、マルスが凝視《ぎょうし》すると指の速度はどんどん上がっていく。

「んっ、ふっ……！♡」

一際《ひときわ》高い声をあげたルチルはびくんと両足を閉じ地面に落ちる。

そしてそのままぶるぶると小刻《こきざ》みに震えていた。

「うっ！」

「ルチルの準備は十分すぎるほどできているようですね？　ご主人様もこのままだと出してしまいそうでしょう？　今日一番はルチルに差し上げてくださいませ」

突然すぼめるように口の締め付けを強め、リリアはちゅぽんと口から陰茎を引っ張り出す。

自慰姿に興奮していたマルスはリリアの言うように射精が近い状態だった。

何百回とフェラでマルスを射精に導いてきたリリアなら見抜くのは容易《たやす》いことだ。

くたっと床に座り込んだルチルの脇《わき》を抱え、ハズキが半ば強制的にベッドに上げる。

近くで見ると褐色の肌には珠《たま》のような汗《あせ》が浮かび、肌の色をより一層煽情《せんじょう》的に見せていた。

「でも俺動けないぞ？　我慢してるだけで、実は全身本当に痛いんだ」

「初めてですし、自分で調整できる騎乗位でいいのでは？」

「ルチルちゃん次第《しだい》だけど。されたい派かもしれない」

マルスは少し頭を持ち上げてルチルを観察する。

ベッドにこそいるが、腰が抜けたように脱力していた。

取り急ぎ、リリアとハズキがルチルのベビードールを脱がしていく。

「あ、あたしは両方してみたい、かも……今日はあたしからしてみたい。リリアの言うように、最初は少し怖いから……」

「ルチルちゃんがいいならそれでしょう。──正直、俺も限界。入れたくてたまらない。ギリギリのところで寸止めしてくるな、リリアは」

あと十秒しゃぶられていれば間違いなく射精していた。

絶妙なタイミングで止められてしまい、先端からは我慢汁に混じり薄《う》っすら精子が漏れている。

「ど、どうすればいいの？　あたし、本番に弱いって今気づいたわ！」

「おいで。すぐに挿入《そうにゅう》ってルールがあるわけじゃないから、少しくっついて落ち着こう」

寝そべったまま、マルスはルチルを自分の上に来るように促《うなが》す。

何をどうすれば満足してくれるのかは人によって違うが、リリアの時と同じように、しばらくは警戒心《けいかいしん》を解くために時間を割《さ》くべきだと考えた。

リリアとの初体験まではそれなりの時間を要した。

人間相手に警戒していたリリアが心を許してくれるまで、マルスはひたすら待ったのだ。

同じ部屋で一緒に眠るようになり、手をつなぐようになり、キスをするようになり、そのうちにお互いがお互いを欲しくなるまで、長い時間を要したのだ。

ルチルは積極的とはいえ、境遇そのものはリリアに似ている。

彼女たちが欲するものは安心感や無二《むに》の愛情だ。王女としてではなく個人の評価だ。

だから、マルスはそれを与えたく思う。

マルスの胸の上に倒れこんだルチルは多少落ち着きを取り戻す。

「マルス、あなたの心臓、すごく高鳴ってる」

「そりゃね。可愛い子が上に乗ってれば、当然そうなるさ。しかも裸《はだか》だ」

痛む右腕を上げてルチルの頭に手に乗せ、少し癖のある金髪を整えてやる。

リリアたち三人の細い毛とは違い、多少固い感触の髪だった。

「あたしは逆に少し落ち着く。男とくっついてるのに、どうしてだろう」

「リリアも似たようなこと言ってた。男女で違うのかも。俺は興奮しちゃうし」

油の切れた機械のように両腕をぎこちなく動かし、マルスはまたがるルチルの腰に触れる。

「ひっ……！　きゅ、急に触るんじゃ……！」

「嫌だった？」

「い、嫌ではないけど……」

顔を見合わせて言うと、ルチルは照れて目をそらす。

きしむ上体を起こし、マルスは対面座位でルチルを抱きかかえたままキスをする。

不意打ちめいたキスに身体を強張《こわば》らせ逃げようとしたルチルだが、一秒後には受け入れた。

最初は舌を入れない。

唇の感触や温度、自分たちがしていることをわからせ、この後に続くことを意識させるためのキスだ。

何度か繰り返し、そのたびに視線を合わせ、ルチルの身体が弛緩《しかん》するのを待つ。

汗ばんだ身体同士でくっついていると、ルチルの体型がよくわかった。

丸く大きな胸は重力に負けじと上向いていて、マルスの身体に張り付いていながらも形を変えない弾力を持っていた。

やがてすっかりルチルは力を抜き、興奮を隠さないようになってくる。

荒い息に高い体温、汗ばんでぬるぬるした身体。

身長はせいぜい百五十センチほどしかないのに、ルチルの身体はしっかりと筋肉がつき重い。

ラテン系というのか、骨格の段階でマルスたちとは異なるものを持っていた。

だが無駄な肉はなく、胸や尻、腹などはたるむことなく張りつめていた。

支えるために持ち上げた尻は表面こそ指を呑《の》み込むほど柔らかいが、その奥にはかなり分厚い筋肉の層がある。

手が勝手に揉《も》みしだいていると、ルチルがむずむずした態度を見せ始める。

「し、下着が汚れて気持ち悪い……」

「脱いじゃえばいいじゃないか？　——どうせこの後脱ぐんだよ？」

「うっ……！　は、恥ずかしすぎる」

「俺も見せちゃってるよ」

言いながらルチルの腰と尻の間のくぼみを触る。

感度がよく、ルチルは軽く喘《あえ》ぐ。

迷いに迷った顔をしたルチルだが、立ち上がってパンツを下ろし始める。

寝そべりながら眺める光景はまた絶景だ。

女が自分を受け入れるため、本来なら誰にも見せることのない場所を晒していく。

おそらくリリアかハズキに穿《は》かされたのであろう紐《ひも》のパンツの腰紐を解き、ルチルの股間は露《あらわ》になった。

びくん、と陰茎が期待に跳《は》ねる。

「あ、あんまり見ないでよ！」

「無理な相談だな……綺麗《きれい》だよ」

毛の生《は》えていない恥部は分厚い大陰唇《だいいんしん》が深い縦筋《たてすじ》を作っていた。

全体がふっくらと膨らみ、愛液が輝きその形をはっきりさせている。

——モリマンってやつなんだろうか？

どこもかしこもムチムチしてる。

自分の中に性衝動が満ちていくのをマルスは強く感じていた。

「ぬ、脱ぐと変な気分。お腹《なか》が熱い……——だ、だから！　あんまり見ないでよ！」

ルチルは赤い顔で、片手で恥部を隠し、もう片手でマルスを糾弾《きゆうだん》するように指さす。

怒りではなく恥辱《ちじよく》による糾弾だとわかっているマルスは落ち着いた声でルチルの覚悟を問う。

「ルチルちゃん。──そろそろする？」

「え、あの、その……──うん」

ドキっとした顔で目を丸くしたルチルは、色々と表情を変えながら最後にこくりと頷いた。

リリアとハズキの補助を受けつつ、ルチルはマルスの腰の上にゆっくり下りていく。

「位置は私が合わせますから、ルチルは腰を下ろすだけで構いませんよ」

「ルチルちゃん、びっしょびしょですねぇっ……！　濡れやすい体質なのかなっ？　わたしと同じですねっ！」

マルスの陰茎を上向きになるようリリアが支える。

そしてマルスの腹に手を乗せ、ルチルが腰を下ろしていく。

にゅるん、と亀頭の先に分厚い大陰唇が触れ、咥えるように挟《はさ》まれる。

膣口《ちつこう》までは他の面々よりも遠い。

「あっ、え、お、大きすぎ！」

亀頭の先端が膣口に当たり、にゅるりと呑み込まれる。

だがそれは先端までの話で、亀頭の半分まで入ったところでルチルは止まって抜こうとする。

体内に異物を招く恐怖心が芽生《めば》えたのだ。

「一気に行っちゃいましょうっ！」

ふうっ、とルチルの耳にハズキが息を吹きかける。

ぞくぞくぞくと震えたルチルは、力が抜けて落ちた。

「──あっ⁉」

「うぐっ……！」

ずどんと根元まで挿入され、マルスもルチルもうめき声を出した。

処女膜《しょじょまく》らしきものは感じられず、流血もない。

自慰の際に自《みずか》ら破ってしまっていたのかもしれない。

「はっ、うっ、ううっ……！」

だが初めての巨大な異物の侵入にルチルは呼吸すらままならず、茫然《ぼうぜん》としつつ腰をかくかくさせていた。

「だ、大丈夫……？」

「あっ、はっ、あっ……！」

目を見開き怖いものでも見たような顔で、ルチルは今の今まで溺《おぼ》れていたかのように呼吸を荒くする。

しかし膣内はマルスの形を確かめるようにウネウネと蠢《うごめ》いていた。

ルチルの膣内はこなれた柔らかさと処女らしい硬さが両立する不思議な感触だ。

たまに、と言っていたが、ルチルはきっと膣内を自分で弄りまわすことには慣れているのだろうとマルスは察した。

膣内の構造はボコボコしたコブが膣奥に密集するもので、筋肉質な尻と足が生む締め付けの強さが印象的だった。

どちらかと言えば入り口よりも奥の方がきつく、初めての快感にマルスの肛門《こうもん》がヒクつく。

普通にセックスしていれば、男は奥の締め付けとコブに夢中になり、抜くこともできずそのまま射精してしまうだろう。

中で射精させるという女性器の存在意義を十分以上に満たしている名器だとマルスは思った。

何よりいいと思ったのは腰と腰の密着部分だ。

分厚い大陰唇とその周辺が密着地点にフィットし、反発して痛みが生じないようカバーしてくれる。

それそのものが柔らかく気持ちのいい肉であるから、見た目の淫靡《いんび》さだけでない興奮をくれた。

動く様子を見せないルチルにしびれを切らし、マルスは下からぐりぐりと腰を動かしてみる。

先ほど射精寸前まで追い込まれ、今現在は膣肉に締めつけられてじんわりと刺激され続けているのだ。これを我慢できる男はまずいない。

「んっ⁉　う、動いてる⁉」

「もどかしくて……！」

「だ、ダメだって……あっ⁉♡　な、なに今の⁉　――そこっ！♡」

「お、ルチルちゃんは奥が好きなんだ。――初めてなのにやらしいな？」

ぐりぐりと奥を突いてやると腰を左右に逃がそうとする。

漏れ出た嬌声《きようせい》が痛みや恐怖とは縁遠《えんどお》いものだとわかる。

「痛くはない？」

「い、痛くはないけどっ……んっ、やばい……！♡　き、気持ちいい、かもっ！」

倒れこんだルチルの尻を摑《つか》み、なるべく身体を動かさないようにして腰を上下する。

いくら痛みがないとはいえ、相手は今さっきまで処女だった娘だ。乱暴はできない。

マルスはぴたりと腰の動きを止め、ルチルにゆだねる。

ルチルは戸惑《とまど》った顔を見せたが、すぐに起き上がり、自ら腰を上下した。

慣れていない者に特有なクリトリスをこすりつける動きではなく、男も気持ちよくさせる上下運動。

足に力が入っているから、締まりはなおのこと強かった。

「あっ、あっ、きもち、いいっ……！♡　マルスのオチンポすごいっ……！♡」

ぶるんぶるんと形のいい胸を揺らし、マルスの腹に爪《つめ》を立てながら無我夢中でルチルは腰を振る。

その様相はマルスを利用した自慰のようであったが、マルスは咎《とが》めなかった。

何よりマルスも快感を得ていた。

射精寸前の痺《しび》れた陰茎が初めて男を受け入れた膣肉に愛玩《あいがん》され、精子を求めるメスのためにグツグツと玉の中を煮えたぎらせる。

複雑に動く膣内は入るたびに感触が変わり、与えられる刺激もその都度《つど》違う。

硬く勃起していても強い締まりで形を歪められそうだ。

「きもちいい、きもちいいっ……！♡　やばい、こんなのっ……！♡」

羞恥《しゅうち》そのものはあるようでも腰を止められないのか、ルチルは複雑な表情で快楽に溺れ切っていた。

感覚的にわかるのは、ルチルの膣は深く長い。

もしマルスを知らないまま生きていれば、ルチルの性欲が満たされることは一生なかっただろう。

「イ、イキそうっ！♡　は、初めてなのになんでこんな、こんなにきもちいいのっ！♡」

「俺もそろそろ……！」

ぎゅうぎゅうと入り口付近が締め付けを強め、代わって奥の締まりが少し緩くなる。

ルチルの絶頂が近いのだと感じたマルスは、自分からも腰を突き上げる。

我慢していただけでマルスもとっくに限界だ。

本日最初のもっとも濃い精液を吐き出したくてたまらない。

身体の痛みを忘れ、激しく腰を突き上げる。

射精直前で陰茎が痺れる最も気持ちいいピストンで、今にも精液がこぼれそうになりながら。

「きもちいいっ、きもちいいのっ！♡　イ、イく！♡　マルスもっ、マルスもあたしの中でっ、子種《こだね》をちょうだいっ！♡」

「だ、出すぞ！」

ぐいっとルチルの尻を自分に押しつけ、ピンと足を伸ばしてマルスは射精した。

びゅる……びゅ、びゅるるる！

溜《た》まりに溜まった精液はゼリーのように固まり、最初の出始めだけは勢いが弱かった。しかし栓《せん》になっていた精液が飛び出てしまえば、残りは紐を引っ張るように連続して勢いよく飛び出ていった。

「あっ、あっ……！♡　な、なんか中で動いてるっ！♡　あったかい……♡」

びゅるびゅると出続ける精液の感触をルチルは感じているようだった。

頭の中を真っ白にしながら、マルスは薄い思考で射精の快楽に浸《ひた》る。

ぺたんとマルスの上に落ちてきたルチルは全身から汗を噴《ふ》きだし、口元からは軽くヨダレを垂らしていた。

「これがセックスなのねっ……ハズキがあんなに熱っぽく言う理由がわかったわ……」

「満足した？」

「ううん、まだまだ全然。——こんなの、一度覚えたら毎日しないと我慢できなくなるわ。あたし、改めてあなたたちと一緒にいたいって思っちゃった」

うっとりした声でルチルはマルスに甘えてくる。

自分の種を植えつけた女がなおも縋《すが》りついてくることに気を良くしたマルスは、羨《うらや》ましそうに指をくわえていたハズキに声をかける。

「ハズキちゃん。悪いけど、なるべく全力で治癒をお願いできないかな？　——やっぱり全員寝かせない」

「はいっ！」

満面の笑みのハズキを見つつ、いまだ勃起の収まらない陰茎をルチルの膣内にこすりつける。

明日の出発は遅れてしまいそうだとリリアは笑う。

再びルチルが喘ぎ始めるまで数分とかからなかった。

第15話

「そういえば、リリアたちは《漆黒《しっこく》》に会った？」

「いえ……相当先まで進んでいるのでしょうか」

「──それかもう死んだか。痕跡《こんせき》はなかったけど。なんにせよ単独でここまで来てるってことは、もしかすると先に踏破《とうは》されちゃうかもな。あいつまともに会話できないから困る。交換できそうにない」

いつものメンバーにルチルを加え、一同はダンジョン最深部へ向かう。

確証はないが、終わりが近い感覚があった。

他の冒険者たちとは完全にはぐれてしまっているが、この際そちらは気にしない。

どの道、まだ入り口まで引き返せる場所にいるだろう。

恨《うら》みがあるわけではなく、自分の意志と責任で入ってきたのだから、引き返してまで彼らを守ろうとは思わない。

「ここからは多少ゆっくり行こう。罠《わな》にはしっかり気をつけてね」

「はいっ！　ここでは魔法も使えないし、役立たずなりに頑張っていきますっ！」

「ひ、卑屈《ひくつ》！」

「いやぁ……ホントに役立たずなんですよぉ……魔法は弾《はじ》かれるし、お肉の一つすら満足に焼けないし……お尻《しり》もおっきいし……罠に呼ばれてるんじゃってくらいかかるし……」

へへへ、と頭を卑屈そうに小刻《こきざ》みに下げ、ハズキはいつもより身を小さくして後ろを歩く。

前のノルン大墳墓《ふんぼ》では誰よりも活躍したというのに、《災禍《さいか》の魔女》などという二《ふた》つ名《な》までつけられているのに、その姿はイジメられっ子のようだった。

「気にしなくてもいいではありませんか。いるだけで役立っていますよ」

「リリアさん……！」

何を言っているのだか、とリリアは平時と変わらない声を出す。

「ハズキにゃんは面白《おもしろ》いからにゃー。ニヤニヤしちゃうにゃ」

「なんというか……個性があらぬ方向に飛び出ているのですよね。見た目と中身が一致していないです」

「これまでは見た目通りの儚《はかな》い美少女って感じだったんですけどねっ？」

「穿《は》かない痴女《ちじょ》でしょう」

「辛辣《しんらつ》うっ！」

いつも通りのハズキへのいじりをルチルは物珍《ものめずら》しそうな顔で見ていた。

どちらかと言えば憧《あこが》れじみた顔だった。

「――あたしもああいう会話をしてみたいわ」

「あれはそれぞれの距離感ありきだね。いきなりやると嫌われちゃうやつ」

「そう……恥《は》ずかしいことを言って、ああやってイジってもらえばいいのかしら？」

「憧れてるのハズキちゃんのほう!?」

「だって楽しそうじゃない、ハズキ」

ルチルは憑《つ》き物が落ちたようにスッキリした顔をしていた。

初めて性交をし物理的に少し変わったからなのか、それとも王女以外の顔で作った初めての人間関係のせいなのか、それとも全く別の要因なのか、マルスには測《はか》りかねる。

——喧嘩《けんか》が必要な時もあるんだろうな。

「リリアとあなたみたいな会話もしてみたい。声に出してないのにわかりあってるような」

「俺たちは付き合いも長いからね。それにまぁ……そういう関係なので」

「ネムとあなたの関係性も羨《うらや》ましいわ。子供と親って感じだけど……べったりしてて」

「気を許すとべったりなタイプっぽいよ。ルチルちゃんもそろそろべったりされると思う。最初はハズキちゃんと軽く戦ってたけど、今じゃあれだしね」

卑屈にふるまうハズキの首に後ろからしがみつき、ネムは強制的におんぶさせていた。

「こんなに軽いのに、背中にくっついてる膨《ふく》らみがおっきい……！　——卑屈になるっ！」

「邪魔臭いだけにゃ！　走ってると勝手に暴れるにゃ!?」

べったりとくっついたネムの胸はハズキの背中でつぶれても存在感がある。

邪魔臭いと言い張るネムに、ハズキは恨みすらあるようなジト目をした。

「くうっ……一度は言ってみたいセリフ上位のやつ！　『おっきくても邪魔なだけだよー？　可愛《かわい》い服もあんまりないしー！　それくらいの胸のほうが色々選べるしいいじゃん！』ってっ！」

「痴――ハズキ。貴方はそんなことを言われたことがあるのですか？」

ハズキの物真似《ものまね》はとてつもなく具体的で、しかもとてつもなく苛立《いらだ》った口調だった。

確実にモデルがいる。皆がそう思った。

「めちゃくちゃありますよぉっ⁉　ただでさえあんまり仲良くない子が、聞いてもないのに言ってくるんですっ！」

「それは少し可哀想《かわいそう》に思いますね……」

「リリアさんに言われるとそれはそれで嫌味っぽいですよっ⁉　その腰！　出てほしいところはしっかり出てるのに、そんな露出《ろしゅつ》多い格好《かっこう》しても決まる体型……！」

「生まれつきですし……エルフなんてだいたいこんなものですよ。狩猟《しゅりょう》民族ですから」

「エルフさんに生まれたかったですっ……！」

悔《くや》しそうな顔をしているハズキを見て、マルスはそれはそれでいいのにと感じる。

別に太っているわけではないし、腰つきや足回りは男から見れば相当魅力的だ。

女子的な悩みなのだろう……と考えつつ、もっと日常で褒《ほ》めてやろうと思った。

自己肯定感を強めてやるのはマルスの役目だ。

「手に入れたサードニクス魔鉄鋼だけど、あれくらいじゃ足りないよね？」

「そうね……結界《けっかい》の維持《いじ》は少なくとも無理だと思う。核だけ綺麗《きれい》に取り出せていれば、あれで十分だったのだけれど。細かいのがたくさんあっても、今度はそれぞれの寿命《じゅみょう》が短いという問題が起きてしまうわ。つまり問題は解決しないのよ。一時的にはなんとかできるかもだけど……」

結界装置の概要についてはルチルだけが把握《はあく》している。そのルチルがダメだというのなら事実として受け取るべきだ。

ダンジョンの攻略以上に不確かで少々困る。

「砕《くだ》いちゃったからな……昨日みたいなレベルのゴーレムをたくさん倒せばいいなら割と簡単かなって思ったんだが、そう簡単にはいかないか」

「簡単……あたしたちが落ちたところにいたゴーレム、全員でなんとか倒したのよ？　昨日のゴーレムはそれより強かった。それが簡単だなんて……凹《へこ》む！」

「逆に俺は魔物を倒すくらいしかできない。隙《すき》をついて核を壊しただけだしね。みんなみたいに癒《いや》し成分出せるわけではないからな……俺としてはそっちのほうが羨ましい」

「癒し……あると思うわよ？　――初めてだったけどすごかったわ。身体《からだ》の中に他人を受け入れるって不思議な気分。頭がふんわりするから、みんなが変になるのもわかるわ。またしたい……ちょっと恥ずかしいわね！」

昨夜を思い出し、ルチルは両手で口元を隠し赤面する。

釣られてマルスも照《て》れて顔が紅潮《こうちょう》してしまう。

今まで複数人の処女を奪ってきたマルスでもその都度《つど》緊張するし責任感も覚える。しかも今回は王女――リリアもだったが――なので余計にだ。

後々大きな問題になるのではと早くも不安である。

「ここを攻略しても、また一緒に冒険したいわ。海、あたしも行ったことない」

「多分全員ないよ。雪景色も初めて見たからね。見たことあるのは森と砂漠くらいじゃないか。――海水浴もしてみたい」

一緒に冒険という話には触れない。

ルチルは女王になる。

彼女自身が決めたことであるし、マルスたちにとってもそれが一番得をすることだから、口は挟《はさ》まない。

覚悟に水を差すのは簡単でいつでもできる。

マルスが「一緒に来るか？」と誘えば、ルチルの心象風景はあっさり変わるだろう。

「海水浴？　海は魔物でいっぱいじゃないの？」

「俺も詳《くわ》しくないけど、俺たちが普段食べてる魚を獲《と》ってる漁師もいるし平気だと思うよ。魔物関係なく危ない場所だから、浅瀬で遊ぶくらいにはなるけど。俺は釣りしたいな」

――この世界に海水浴の文化はないのだろうか？

魔物の存在は気がかりではあるが現代の海にもサメやらいるし、本質的な危険度は変わらない気がする。

水着も楽しみだ。下着は見慣れているけど、感覚として少し違う。

——リリアはきっとセクシーさで来るだろうし、ハズキちゃんとネムちゃんはきっと可愛さ重視。

意表をついてリリアが可愛さ重視でもいい。この際全員分それぞれ買うのもいい。そうしよう。

「そろそろ冒険も終わり……名残惜《なごりお》しいって思っちゃうわね」

寂《さび》しげな顔のルチルはまっすぐ前を見据《みす》え歩幅を狭くする。

意識しているのか無意識なのか、一行の速度は遅くなっていった。

冒険者でいられる時間は短く、終わった後の人生のほうが長いのだと、皆が考え始めていた。

しばらくの間そのゆっくりした速度で進んでいると、ネムが耳をピンと立てて叫びだす。

「後ろからなんか来るにゃ！」

「ゴーレムか？」

極々《ごくごく》たまに後ろから魔物の襲撃《しゅうげき》がある。

マルスたちが前に進むから遭遇《そうぐう》する魔物は仕方なく攻めてくる消極的なものが多いのだが、後ろから、つまり自《みずか》ら攻めてくる魔物は好戦的で強力な場合であることがほとんどだ。

後衛《こうえい》のリリアとハズキを後ろに下げ、マルスは剣を抜く。

ドスンドスンと鳴る足音が音の主の巨大さを伝えた。

「——アニキッ！」

「お前かよ！　おどかすな！」

迫ってきたのは筋肉で固めた巨軀《きよく》の男。オニキス・ロードライトだ。

赤銅色《しやくどういろ》の肌《はだ》にはべったりと汗《あせ》がへばりついており、ヒゲなどの体毛もしっとり濡《ぬ》れている。

マルスがへし折ったはずの斧《おの》は新しいものになっていた。予備を持ってきていたらしい。

「他の連中は？」

「大半は帰っちまったッ！　俺様はアニキの子分だからなッ！　帰るわけにはいかんッ！」

バタンと大の字に倒れこんだオニキスは、巨大な音を立て喘《あえ》ぐように息を整える。

――こいつ、一人でよくこんなところまで来れたな。『身体強化』もなしにずっと走ってきたなら、やっぱり素《す》の状態だと俺より強い。

しかも斧以外は手ぶらだし……水とか食料も持ってないじゃん。

仕方ない、とマルスは宝物庫から自分たちの水と食料を取り出して渡す。

あっという間にそれらはオニキスの腹に収まっていった。

「――オニキス・ロードライト。あなた、お父様に何か指令を受けているの？　だから単独でもわざわざここに来た。違う？」

オニキスに対し、ルチルはマルスに出会った時のように毅然《きぜん》とした態度をとった。

言われたオニキスはピンと来ていない間抜《まぬ》けな顔だ。

「……どういうことだ？　王にはお前が攻略してこい、王女を守れとしか言われておらんぞ」

「最後に他の冒険者を殺せとでも言われているのではないの？　単刀直入《たんとうちよくにゆう》に言えば、あたしたちはあなたを暗殺者だと思ってる」

「いいや？　だがまぁ……俺様なら何も言われずとも残った強者とは戦うだろうな。だから結果として殺す場合はまぁあるだろうよ」

「そんなずさんな計画をお父様が……？」

マルスはオニキスにあまり嫌な印象がなかった理由がようやくわかった。

——こいつ、本気で悪意がないんだ。

というか何も考えていない。

「ある意味ではずさんな計画ほど正しいのでは？　ダンジョン内で遊びのない計画はたいていうまくいきません。計画を綿密《めんみつ》に立てれば立てるほど、融通《ゆうずう》が利《き》かず、望んだ結果には至《いた》れないでしょう」

人差し指を立て、リリアが話に入ってくる。

マルスも同意見だ。

細かな計画を積み重ねて大きな目標を決めると、少しの食い違いで全《すべ》てが崩壊《ほうかい》するような脆《もろ》いものができあがる。

「ダンジョン攻略は戦争でも政治でもありません。踏破するという大きな戦略目標を達成できればいい。あとのことは考える必要がない。だから結局は、魔物の排除《はいじょ》、罠の看破《かんぱ》など、その場その場の戦術的勝利だけ考えるのが効率的です。——行き当たりばったりが最善の戦法なのですよ、根本的に」

「その通り。まず目論見《もくろみ》通りに攻略できるとも限らない。だからある程度適当なのが一番いいのさ。最終的にはね」

「でもそれだと計画として成立していなくないかしら」

「オニキスに任せる、ってのが計画なんだと思うよ。単に攻略せよって指示があれば、オニキスはオニキスなりに考えて行動する。単独では無理そうだとオニキスが判断すれば、きっと他の連中とともに何とかしようと思うだろ？」

うーんとルチルは納得できない表情だ。

成り行きに任せて、というプランがよく理解できないらしい。

強い奴《やつ》らを確定的な計画に入れて弱くすることは愚《おろ》かしい行いであると、ドワーフもまたマルスと同じように考えたというだけである。

強者は強者のままで使い切るべき。規格外の者に妙な役割を与えて幅を狭くするべきではないのだ。

「実力のある奴《やつ》はこんな環境だと計画なんてなくても場を掌握《しょうあく》するしね。自分で言うのも恥ずかしいけど、実際今このダンジョンで存在感があるのは俺たちとオニキス、そして《漆黒》だけだ。——ただ強い連中さ。オニキスは今ここにいる。だから現状、王の計画は上手《うま》くいってるんだよね」

先にいるかもしれない《漆黒》とマルスたちを除けば、オニキスは王の望むように一番攻略に近い場所にいる。

アバウトであっても上手くいっているのだ。

「綿密な計画があってダンジョンに入ってる人たち、あんまりうまくいきませんもんねっ……仲間が死んじゃったり、食料がなくなったり、一つがダメになってそのまま全部……ってのをわたしも見てきましたっ」

「ああ。ノルン大墳墓のクルーゼたちもそうだったんだろう。仲間が死んで敵になって、それから全てが崩《くず》れた。単純な力押しが一番シンプルで有効な方法なんだ」

「アニキの言は正しいなッ！　ごちゃごちゃ考えるより腕っぷしッ！　相手に口で敵《かな》わないならアゴを砕けッ！」

胡坐《あぐら》をかいたオニキスは丸太のような腕を組み深く頷《うなず》く。

――オニキスと同じ結論なのが少し恥ずかしい。

考えた結果と実地経験からその結論に至ったマルスと違い、オニキスのは思考放棄《ほうき》から得た結論だ。なのでニュアンスが違う。一緒にされるのは少々不愉快《ふゆかい》だった。

「オニキス。あたしはここを攻略して女王になる。――あんたを王にはさせない」

ルチルは戦鎚《せんつい》をオニキスの顔に向けて睨《にら》みつけた。

王の候補がいなくなればルチルが王になる可能性は高まる。

直属の部下にするなどして、オニキスからルチルを推《お》してもらうのも手だ。

だからルチルは本気でオニキスに力を見せつけようと考えたのだろう。

打ち合わせはしなかったがそれくらいの意図は理解できた。

「王女だからって俺様を止められると思うなよッ⁉　俺様は名実ともに英雄として王になるッ！」

オニキスから出た爆音が音の弾になってダンジョンを駆け抜けた。

立ち上がったオニキスはやはり巨軀で、暴力で全てを解決できると思っている野蛮《やばん》な雰囲気《ふんいき》が溢《あふ》れ出る。

しかしマルスに視線を移した途端《とたん》、急激に暴力的な態度は萎《しな》びて巨軀に見合わない態度を見せた。

「——と言いたいところだったんだがなぁ……アニキと戦ってみて、俺様がいかに小物だったか思い知らされたわッ！　世界は広いッ！　まだ見ぬ強者がいくらでもいるのであろうッ！　だから俺様はここを出たら旅に出ることにした。王になろうなどとはもう思っておらん」

ボリボリと頭を搔《か》きまわし、口先を拗《す》ねたように尖《とが》らせる。

ゴツ過ぎる顔にはちっとも似合わない可愛らしい表情だ。

「だからアニキ、俺様を旅の一行に——」

「いや、無理。俺は男はパーティに入れない主義だ」

「そんな殺生《せっしょう》なことを言いなさんなッ！　俺様はあれだぞ、荷物運びは大の得意だぞッ⁉　そこの猫娘の子分になってもいいッ！」

ネムはほんの少し興味ありげな顔をするが、漂ってきた汗の匂《にお》いに鼻をふさいでオニキスから距離を取る。

リリアは言わずもがな、ハズキは声が大きくて攻撃的な人物は全て苦手だ。

誰一人としてオニキスのパーティ入りを認める人物はいなかった。

「荷物は宝物庫あるし……一言で言うと暑苦しい。もっと言えばいちいちうるさい。もうちょっと声のトーンを下げて」

ぐいぐい寄ってくるオニキスの汗臭さにマルスは辟易《へきえき》した。

何が悲しくて男、それも自分の倍以上は厚みのありそうな男に迫られなければならないのか。

ネムの感覚でスキンシップされると考えると絶対に仲間にしたくない。

マルスはオニキスにおんぶしろと頼まれる想像をし、背筋《せすじ》を凍《こお》らせた。

「俺をアニキと慕《した》ってるなら、ルチルちゃんが女王になる手伝いをしてあげてくれないか。報《ほう》酬《しゅう》はそうだな……【禁忌《きんき》の魔本】でどうだ？　今以上に強くなれるのは確実だ」

「魔法か……魔法なぁ……どうにも外法《げほう》な気がしてならんのだ。そもそも俺様は魔法など使えん」

「俺のも魔法ありきの技《わざ》だぞ？　素の状態じゃお前に勝てないよ。ちなみに【禁忌の魔本】の魔法は魔法を使えなくても使える」

「ならもらおうッ！」

「即断！　ならここを出たらルチルちゃんへの協力を頼むよ。報酬は前渡しするからさ」

宝物庫の中から一冊取り出してオニキスに渡す。

マルスの使うつもりのなかった本だ。

「その魔本に込められてる魔法は、物質の引き寄せ魔法」

「──地味だなッ？」

「まぁまぁ。お前の戦い方だと斧を自分の手元に引き寄せたりできる。それにあくまで肉体能力の延長って感じで性《しょう》にも合うだろ？　あとは……遠くの調味料とかも取ってこれるぞ」

「パッとせんなぁッ!?　いや、しかしそこそこ使えるか……？」

「工夫次第《しだい》だよ、なんでも」

──めっちゃ微妙だと思って使わなかったんだよな。

リリアの矢を操作することも考えたけど、「私の弓は必中です。戻って来ません」と言われたから使い道がない。

「ね、ねぇ、あたしも何かもらえたり……しない？」

ルチルが目を輝かせてやってくる。

──交渉《こうしょう》事に使えるからできるだけ残しておきたいが……一冊くらいいいか。

「じゃあこれはどうだろう？　炎の魔法なんだけど」

「そんなのもらってもいいの!?」

「うん。何しろハズキちゃんが仲間内で使うのを許さないんだ」

「わたしの特徴がさらに薄れちゃうでしょぉっ!?」

「こんな感じでさ」

最初は物理以外の攻撃方法を持たないマルスが読もうと思ったのだが、ハズキの強い反対にあった。

リリアやネムもさすがにハズキの得意分野を奪うのはと渋ったので、このままいくと一生余る。

だったらあげてしまって構わない。

多くの有力な冒険者は何かしらの必殺技を持っているし、この手の攻撃魔法に関しては需要《じゅよう》も薄そうだ。

それすら持たない冒険者には交渉のカードとして使うには高すぎる。現金や宝で十分だ。

「あなたたちはまだ【禁忌の魔本】を持ってるの？」

「うん。一応全員何冊かは読んだけど、それでもまだあるよ。攻撃魔法は読んでしまってもいいかなって思ってる。【夢幻《むげん》の宝物庫】みたいな珍しい固有魔法は残しておいて」

「じゃ、じゃあリリアたちも実はまだまだ実力を隠してるの⁉」

「ええ。弓だけではありませんよ、私も」

ふふん、と鼻高々にリリアは答える。

ハズキもネムも実力は隠している。底を見せないようにとマルスに言いつけられているし、彼女たち自身が望んでいることでもある。

――なぜなら、実力を隠しているほうがかっこいいから。

マルスは目立ちたくなかっただけで格好つけるために隠していたわけではないが、リリアやハズキはマルスのそれがえらくかっこよく見えたらしく、同じように隠すことに決めていた。

「実はネムも色々できるのにゃあ～？　三つも本の魔法を持ってるにゃ！」

三つなのに四本指を開きネムも誇らしげだ。勢いだけで手を開いたのだろう。

「わたしも三つ使えますっ！　一個は罠のゴーレムさんの時に使った魔力増強ですっ！」

「す、すごい……あなたたち本当に英雄なのね！」

きゃっきゃとルチルたちははしゃいでいた。

平時は浮かれた少年少女でもその実力だけは確かなもの。

英雄と言われれば気恥ずかしく思っても、築き上げた功績は彼らに英雄の看板《かんばん》を背負わせる。

「ダンジョン最下層の魔物次第では、全員に貴重そうなものも配るよ。死んだら元も子もないからね」

「ですね。ですが優先順位はご主人様からお願いしますよ？」

「状況によるよ。今回はハズキちゃんかなって思ってる。戦力分散もできるから」

「魔法効《き》かなくて役立たずですもんねっ……」

はしゃいでいたのにハズキは急にしゅんとした顔になってしまう。

非常に情緒不安定だ。元より感情の起伏は激しいほうではあるが、魔法が通用しないことで相当プライドが傷ついているようだった。

無理もない。親から受け継いだ遺産のようなものなのだから。

――物理攻撃ができるような魔本はないし……ここまでは仕方ない。

「だから、役立たずとは誰も思っていませんよ。マルスだって言っていないでしょう」

「そうそう。いるだけでみんな明るくなれる。暗くなりがちなダンジョンではハズキちゃんは超重要なんだ」

リリアが慰《なぐさ》めマルスが同意する。

ムードメーカーはいるだけで十分活躍するものだ。

「じゃあ先に進もうか。根拠はないけど、終わりが近い気がする」

「前々から思っていましたが、ダンジョンの深層は妙に空気が澄《す》んでいますよね。風のよどみが消えていく気がします」

「独特の空気になるよね。ここの一番強い奴はどんなかな」

「――いつもながら緊張します」

最深部に何が待つのか。

終盤まで順調に進んでいようと最後の最後で躓《つまず》けば全てが水泡《すいほう》に帰《き》す。

つまるところ、ダンジョン攻略に求められるのは最深部に陣取《じんど》る頂点捕食者を倒せる力だ。

第16話

三日後、一同はようやく最深部にたどり着いた。

「いやいや、デカすぎだろ……こんなのもう巨大ロボットじゃん」

「ろぼっと……？」

ガキンガキンと反響音が遠くから聞こえてきて、近づくと急に天井という概念《がいねん》が消えた真っ白な空間に出た。

いや、正確には天井はある。しかしあまりに高すぎて認識の外だ。

これはゴーレムなんだろうか？　そう思ってしまうほど巨大な建造物が立って歩き回っていた。

高さは二十階建てのビル相当。肉眼ではあまり正確に大きさをとらえられない領域だ。

ざっくり六十メートルほどはあるように見える。

当然、そんな巨大なものが動き回れるのだから、この空間はマルスでさえ例《たと》えようのないほどの広さを持つ。

「百手巨人《ヘカトンケイル》……！」

「伝説の魔物……とか？」

驚愕《きょうがく》したリリアが小声でマルスに言った。

聴覚があるにしろないにしろ、頭ははるか上空にあるのだから小声で話す必要を感じない。

知識があってのことだから、リリアは恐怖から本人でさえ無意識につぶやいたのであろう。

「百本も腕はないと思うにゃ！」

「そ、そういうことではなくて……比喩《ひゆ》です！　それくらいたくさんありますよ、という……実数は気にしないで構いません！」

ゴーレム——百手巨人のフォルムは異様だ。

下半身には六本の脚《あし》、それが全身を支え、上半身には無数の巨大な腕。

人の上半身に蜘蛛《くも》の下半身をつけたようなフォルムだ。

ネムの言うように百本はなさそうだが、数がわからない程度にはたくさんある。

「これは神話の魔物よ⁉」

「弱点は知ってる？」

神話の魔物だろうが目の前に存在するのであればやることは変わらない。

深く考えるのは終わった後でいい。

「ゴーレムなら弱点は同じだと思うけど……」

ちらっと頭上を見るが、これまでと同じように胸付近に核があるのならあまりに遠すぎる。

雲を殴れるか？　そんなバカげた問いを自分自身に投げかけていた。

「――これを使おう」

マルスは【禁忌《きんき》の魔本】の一冊を取り出し読む。

魔本の魔法習得の感覚は薄い。

歩く、自転車に乗る、など意識しなくてもできることのような当たり前のものごとの中に組み込まれる感覚だ。

得た魔法は『弱点がわかる魔法』。

どうやら魔物に対してだけでなく、無機物の弱い場所などもわかるようだった。

「弱点は頭と……頭だけだな。だが届かないだろ、あの高さはさ……」

絶望感が全員にあった。

強い弱いの前に攻撃が通じる気がしない大きさの違いがそのまま絶望感になってしまう。

そして何より――。

「このゴーレムさん、全部サードニクス魔鉄鋼じゃないですっ……!?」

「言っちゃったにゃあ? それ言うともっと怖くなるから言わなかったのににゃ！」

六十メートルのゴーレム、百手巨人の全身は眩《まばゆ》い七色に輝いている。

人の頭一個分のサードニクス魔鉄鋼でも、『身体強化』を二、三回使ったマルスくらいの速度でゴーレムは動く。

全身がそんな鉱石でできているのならそのスペックは計《はか》り知れない。

――不安にさせる理由はない。俺は明るくいこう。

「ま、これだけあれば、結界《けっかい》に足りないことは絶対ないさ。それに……ここにいるのは俺たちだけじゃないみたいだしな」

キュイィンと金属の擦《こす》れる音が部屋に入った瞬間から聞こえていた。

音の出所は一人の男だ。

「《漆黒《しっこく》》！」

黒い煙を陽炎《かげろう》の如《ごと》く全身から吹き出し、スケートでも滑るように《漆黒》は高速で百手巨人の周りを移動していた。

どうやら認識阻害《そがい》の煙のようで、百手巨人は《漆黒》に攻撃を当てられずにいる。

「一人でここまで来てたんだな。だけど……あいつも決定打を放てていない」

どれだけの時間戦っているのかは知らないが、百手巨人だけでなく《漆黒》も攻撃を決めることができないようだった。

赤く輝く螺旋《らせん》を纏《まと》った黒い巨大な槍《やり》を百手巨人の六本足に向け、三メートルほどの幅のビームのような攻撃を繰り返し続けていた。

「やっぱりこのゴーレムさんにも魔法効《き》かないんですねっ……」

ハズキが他の面々より一際《ひときわ》絶望の色を見せる。

《漆黒》の攻撃が当たっても当たっても百手巨人は何も起きていないかのように振る舞い、たくさんある腕を《漆黒》のいる地面に叩《たた》きつける。

「いえ……みんなに見えるかわかりませんが、足の一部には魔法が効いているような……？」

リリアが自信なさげな声色《こわいろ》で言いながら指をさす。

足のスネにあたる部分、そこが少し削《けず》れ、《漆黒》のビーム――魔法攻撃が通用しているように見えた。

「本当だ！　あそこは弱点だってわかるぞ！」

新しく得た『弱点がわかる魔法』で、表面の削れた部位は弱点だとわかる。

「魔法が効かないのは表面だけとかっ⁉　だったらわたしも活躍できちゃったりっ⁉」

「とはいえ表面を壊さなきゃならないわけよね？　――そんなのできる⁉　無理じゃない⁉」

「ネムの爪《つめ》は魔法だから、なぁんにもできないにゃ！」

「弓も範囲が多すぎて効果的ではないかと……」

少し考えた後、マルスは宝物庫からじゃらじゃらと大量の武器を取り出して地面に置く。

武器種は様々あったが、マルスが使うことのない打撃武器が中心だ。

魔法の武器というわけではなくただ質の良いものである。

「オニキス。斧《おの》が壊れたらここの武器を引き寄せの魔法で持っていっていい。――だるま落としだ。ルチルちゃん、オニキス。俺たち三人であいつの足を全部ぶっ壊そう。どっちにしても足を壊さないと核まで届かない」

「ようやくわかりやすくなってきたなッ！」

「リリアは俺たちを攻撃してくるだろう邪魔臭い腕を傷つけていってほしい。そしてハズキちゃんが粉砕《ふんさい》。ネムちゃんはルチルちゃんの補助を」

百手巨人の攻略法はだるま落とし。フルサイズの状態では戦いにすらならないからだ。弱点の頭に届かないままでは、いずれ虫でも潰《つぶ》すように殺されてしまうだろう。

「あの《漆黒》はどうするの？」

「あいつはあいつでなんとかするだろ。俺たちの狙《ねら》いに気づいて同調してくるかもしれない。不確定要素が多いから、あまり当てにはしないように」

百手巨人に気づかれないうちに、各自準備を整える。

この準備の間も戦闘を続け一身に百手巨人を引き受けている《漆黒》に対して、マルスはちょっと申し訳ない気分になった。

「それと、ここまできたら全力全開でいい。余力を残して死んだりしないようにね」

「もちろんです。これまでも力を出し惜《お》しみしていたわけではないので」

「――さぁ、行くぞ！」

使い慣れない武器を使う方が不安なため、マルスは剣を持ち突進する。

狙うのはすでに《漆黒》が攻撃していた一本の足。

六本で分散しているとはいえ、全長が六十メートルのビルが動いているようなもの。

当然足は自重に見合うだけ太い。

「柱みたいだ……！」

一本が十メートルを超える太さの足を一瞬の間に十回斬《き》りつける。

金属の抵抗があってもマルスの剣技《けんぎ》はものともしなかった。

マルスの剣技は実戦で鍛《きた》え続けてきたもの。

今や剣聖と呼ばれても違和感のないほどに上達していると、マルス本人だけが知らない。

ルチルやオニキスのいない足にマルスが移ろうとすると、今傷をつけた足にすかさず魔法を帯びた矢が飛んでくる。

本数は十二本。

ハズキの炎の魔法ではない。

蒼《あお》い光を帯びた電撃だった。

矢が当たった場所にはヒビが入り、自重で崩《くず》れ始める。

「──雷弓《らいきゅう》！　付与《ふよ》弓術『流星』改メ、『流星雨』！」

リリアの正面には複雑な計算式の書きこまれた魔法陣が展開されていて、そこを通る矢はその魔法を帯びてさらに加速し飛んでいく。

それはさながらレールガン。魔法が支配し科学の発展していない世界で両者が合わさった奇跡の技《わざ》だ。

もはやマルスの動体視力をもってしても捉《とら》えきれない速度である。

バチバチと電光がリリアの周りを囲い、金色の髪がフワフワと広がっていた。

雷の攻撃魔法が込められていた【禁忌の魔本】から得たリリアの新しい力だ。

電気の魔法は絶対に自分が使うのだとリリアが激しく主張したため、満場一致──殴り合いも辞さないくらい無理矢理──でリリアのものになった魔法である。

マルスが『雷鳴《らいめい》』と呼ばれているから、お揃《そろ》いで欲しかったらしい。

真剣な顔で矢を射《い》ったリリアだが、マルスと目が合うと破顔《はがん》して微笑《ほほえ》んだ。

「ガンガン行くぞ！」

檄《げき》を飛ばすと《漆黒》にも同調する様子が見られた。

プライドはどうあれ自分一人では対処できないと思ったのだろう。

オニキスは巨大な斧を力の限り放り投げ、一撃で足の一本にヒビを入れる。

そしてすぐに引き寄せの魔法で回収する。

単純な破壊力ならばやはりオニキスの力は相当なものがあり、獅子奮迅《ししふんじん》の活躍を見せていた。

マルスたち以外は即興《そっきょう》のフォーメーションであったが、全員が自分のできることを全力でやることでそれなりの戦果は上がっていった。

「ルチルにゃん、もうちょっと頑張るにゃ！」

「やってるわよ！　とにかく硬《かた》いの、こいつ！」

苦戦していたのはルチルとネムの二人組。

そして足に魔法を当て決定打を与えるために来ていたハズキだ。リリアがマルスの補助、ハズキがルチルたちの補助に回っていた。

肉体拡張の魔法攻撃しかできないネムは、ルチルに外皮を破壊してもらう以外に攻撃方法がない。

なのでルチルが上手《うま》く破壊できないと何もできないのだ。ハズキにしても同様である。

常人《じょうじん》よりも強い筋肉を先天的に持つルチルでも、やろうとしていることは十メートルの岩柱をハンマーで破壊するという常識外のこと。

そう簡単なことではなかった。

「危ないにゃ！」

百手巨人が攻撃に気づき、足払いするようにルチル、ネム、ハズキたちを蹴《け》り飛ばそうと動く。

その風圧が三人の体勢を崩した。

直後キィィンという音がする。《漆黒》が槍を持って地面を滑りながら、ルチルたちの前にいる百手巨人の足を突き刺していた。

バキバキと刺突《しとつ》地点にヒビが入り、《漆黒》はそのままビームを放つ。

「ま、守ってくれたんですかっ……!?」

「わ、わからないけど助かったわ！　ありがとう！」

「…………」

無言のままに《漆黒》はルチルたちのそばを離れ、また同じように百手巨人への攻撃を始めた。

全《すべ》ての足に亀裂《きれつ》が入り始めた頃、戦況は変わる。

自重に耐えられなくなった百手巨人の足がへし折れ、前のめりに地面に伏した。

頭が地面に激突し、巨大な音と土煙《つちけむり》を上げて停止する。

頭頂部の前に立ったマルスは、すっかり動かなくなった百手巨人の頭を剣で何度かカンカン叩いてみる。

反応はなかった。

「やった……のか？」

ふと、マルスは死亡フラグのような発言をしてしまったと気づく。

――いや、まだ核を壊してないんだから動くはずだ！

頭が弱点とはいえ、ぶつけたくらいで停止するはずがない！

マルスが自分の油断を自戒《じかい》する間もなく、百手巨人が再び動き出す。

唐突《とうとつ》に頭を持ち上げた百手巨人と正面にいたマルスの目が合う。

七色の鉱石の頭にあったのは、縦《たて》に三つずつ並んだ巨大な目が一対《つい》。

六個の生物じみた血走った目がマルスを見つめていた。

目の一つ一つがマルスよりもずっと大きい。

無機物の中に生物じみたものがあると、不気味さは一段と強まるようで、全身に一瞬で鳥肌《とりはだ》が立った。

――核は頭にある。

理屈ではない直感。何かの魔物が百手巨人を動かしている。

ギュルギュルと六つの目がそれぞれ独立して周囲を見回し、ほんの少しの間を置いて百手巨人は再起動した。

「――――！」

ドドドン！　と全ての腕が地面につく。

そして今度はムカデのように這《は》いずり始めた。

質量が減ったからなのか、それとも接地しているのが六本の足だけでなくなったからか、先ほどまでよりもずっと動きは速い。

ビルから手が生《は》え、それが横倒しになって動き回っているような格好《かっこう》で、その威圧《いあつ》感と意味のわからなさは凄《すさ》まじい。

「き、気持ち悪いですっ！」

「岩の下にいる虫にゃ⁉」

「こんな巨大で機敏《きびん》なもの……どうやって倒せば⁉」

気持ち悪い不気味な動きで、百手巨人は指を壁に突き刺してムカデのように天井へ向かっていく。

真上に到着した途端《とたん》、急にその動きは停止する。

上からはパラパラと瓦礫《がれき》が落ちてきて、マルスたちはそれらを払いながら上を見続ける。

室内は明るいが、どうして明るいのかわからない。だが、百手巨人が天井に居座ってからというもの、部屋全体が暗くなった。

薄闇《うすやみ》の中、七色に輝く身体《からだ》はこんな状況でも綺麗《きれい》に見える。

例《たと》えるなら天の川のように見えた。

「のう……あれ、俺様たちの上に落ちてくるのではないか？」

「そんなの……即死じゃない」

躱《かわ》す躱さないのレベルの話ではない。

落ちて砕《くだ》け散った百手巨人の破片は多少離れていようと車サイズの弾丸《だんがん》となってマルスたちを襲《おそ》うだろう。

足場だって無事かどうかわからない。

数百トンの岩の塊《かたまり》が高さも想像できない頭上から落ちれば、限定空間では隕石《いんせき》と変わらない衝撃を生むはずだ。

「なぁ、オニキス。死ぬ覚悟はできてるか？」

「いや、まったく。俺様は死ぬまで死なんからなッ！」

「そこは嘘《うそ》でもあるって言っとけ。──お前の引き寄せの魔法、その辺の破片に通用するか？」

「むん？　試してみるか。……できそうだな。ほれ」

オニキスの手のひらサイズ──マルスの両手サイズの破片をポンと投げてくる。

体積の割にずっと重く感じる破片だ。

「ハズキちゃん、俺とオニキスに魔力増強の魔法をお願いできるか？」

「は、はいっ……どうするんですかっ？」

「あいつが落ちてくるとき、あいつの頭を地面にぶつけさせる。もし飛び降りてくるなら、あいつだって無事ではいられない高度のはずだ。それに……頭だけは何かの生物だと思うんだよな。目が合ってさ、それが生き物のものだったんだ。それに変だと思わないか？　ゴーレムなのに、あいつはさっき頭をぶつけて気絶したみたいに動かなくなった」

「言われてみれば……私たちの倒したゴーレムは、致命傷になり得る核への攻撃を受けた直後も動いていました。それなのにあの百手巨人は違う。何かの魔物が支配しているのだとしたら……」

　百手巨人というゴーレムに寄生《きせい》した何か。

　マルスはそんな印象をあの目に覚えていた。

「つまり……俺様に何とかしろってことだなッ？　アニキも人が悪いなッ！　子分に簡単に死ねと言うッ！」

「無機物部分は少なくとも引き寄せができる。さっきやって思ったけど、あれは俺たちの力だけじゃ物理的に壊しきれそうにない。まぁ宝物庫にこもって何日もかけて壊すってのも手なんだけどね。出入りのたびに危険だから不採用」

　オニキスにこくりと頷《うなず》いてマルスは【夢幻《むげん》の宝物庫】を開いた。

「リリアたちは俺の宝物庫の中へ。ルチルちゃんも。ここに残るのは俺とオニキス……そして《漆黒》だけだ」

「そ、そんな！　私たちも戦いますよ⁉」

「いや、危険だ。それに的《まと》になる人物は少ない方がいい。動きの予想もできるからね。人選は身体能力順さ」

「ならネムも残ってもいいんじゃにゃいかにゃ？」

今度は何も言わずに首を振って、マルスはネムを含む女性陣を宝物庫に押し込む。

「大丈夫だって。俺たちならなんとかできる。リリアたちはそうだな……風呂に入ってご飯でも用意しておいて」

「で、ですが……ご主人様も一緒に！」

「俺まで入ったら、今度は出てくるのが大変だろ？　外の様子がわからない」

「リリア。信じましょう。あたしたちがいるのは足手まといなのよ。それに……あなたの男はできもしないことを言う男なの？」

ルチルが抵抗するリリアの肩を摑《つか》み宝物庫の中に引っ張っていく。

視線を左右に動かし、リリアは散々《さんざん》悩んだ後に一言。

「──ご武運を」

とだけ言って宝物庫に消える。

今にも大声で泣き出しそうな顔だった。

──リリアたちを残して死んだりしないよ。

思っても声には出せなかった。自信がない。

後に残ったのはマルス、オニキス、そして《漆黒》だけになった。

「さて、改めて俺の計画を。あいつが落ちてくるのを待つ気はない。あいつは体力の回復だとかを図《はか》っているかもしれないしな。——だから落とす。望む場所へ」

「俺様はあんな高い場所に攻撃する手段を持っておらぬぞ?」

「それは俺と《漆黒》の仕事だ。オニキスには部屋の中央にあいつの頭をぶつけるようにしてほしい。垂直にね」
ザ、ザ、と《漆黒》が槍を持って近づいてくる。
よく見れば黒甲冑《かっちゅう》はところどころへしゃげていて、マルスたちが来る前に相当ダメージを受けていた痕跡《こんせき》がある。

「その黒い槍、あの光線で俺と一緒に攻撃してくれ」

「——指図するな」

「おお、最後まで無言を貫《つらぬ》くと思いきや、しっかり喋《しゃべ》れるではないかッ!」

くぐもった声で返し、《漆黒》はマルスに敵意を向けた。

赤い螺旋《らせん》の入った黒い槍は百手巨人ではなくマルスに矛先《ほこさき》を変える。

「なぁ、今はケンカしている場合ではないと思わんかッ⁉」

ガシとオニキスがマルスと《漆黒》の頭を掴み、ゆさゆさと揺する。

体格のデカい男はこういうときに場を支配できるのだとマルスは感心した。

「——作戦には乗ってやる。だが指図はするな」

「ああ。頼む。おそらくだけど、あいつには知性があると思うんだ。今は観察されているのかもしれない。だから、落とそうとしても簡単には落ちてこないと思う。壁に摑まったりして抵抗するんじゃないかな」

「どこも摑めないよう完全に空中に浮かせ、そのドワーフの魔法で地面に叩きつける。ということか」

「その通り。お前にはあいつが壁に摑まったりしたとき、その槍で攻撃してほしいんだ」

「それで、あいつをどうやって落とす？　この槍はあそこまでは届かない」

再び宝物庫から剣だけをジャラジャラと地面に出し、マルスはストレッチを始める。

「俺がやる。まずは腕、最後に頭。様子見つつにはなるが、頭に攻撃するまでは落ちてこないんじゃないかな」

「どうやってだ？　剣が届くわけないだろう？　この槍でさえ届かないというのに」

「投げるんだよ。その槍も投げようか？」

マルスは『身体強化』を自分に適応できる最大まで発動させる。

さらに『痛覚鈍化《どんか》』なども併用する。

リリアたちならば当たり前に受け入れる戦法だが、剣士が剣を放り投げるなど発想からしてないのだろう。《漆黒》もオニキスもあまりピンと来ていない様子だった。

「じゃあ行くぞ。オニキスは全力でコントロールして中央に落としてくれ。ハズキちゃんの魔力増強があるから、何とかなると思う。引き寄せて軌道が完全に定まったら、俺がオニキスを回収……自分で走れるか？　お前を持てる自信がない」

「俺様は足も速いから大丈夫だと思うぞッ！」

全身の筋肉を剣を投げることに集中させ、一投目を頭上の百手巨人の手を目がけて投げる。

空気の割れるバリバリという音を聞きながら着弾地点を注視した。

狙い通りに剣が突き刺さり、腕の一本が天井に固定される。

「こんな感じさ。これを繰り返していく」

「さすがはアニキッ！　今のはなんだッ⁉」

「初歩魔法の強化版。俺くらいしかここまでは極《きわ》めてないと思う。『身体強化』は誰でも使ってるような魔法だけど、俺はこの魔法が最強だと知っている。だから小さな頃からずっと鍛えたんだ。十年以上鍛えた」

「――お前の強さの秘密はそれか」

《漆黒》は何かに納得するように言い、天井の百手巨人を見つめ直す。

様子を見つつ、マルスは剣を放り投げていく。

当たるたびに頭上から落石のように砕けたサードニクス魔鉄鋼が落ちてくる。

効いているのは明白だった。

少しずつ手を破壊されていく百手巨人は、やがて自重を支えきれなくなったのかふらふらし始めた。

「そろそろかな……頭に投げるぞ。オニキスが地面に叩きつける前に壁際に全力離脱」

「おうともよッ！　失敗すると死ぬかもしれんと思うと武者震《むしゃぶる》いするなッ！」

「無理そうなら宝物庫に逃げるけどね。――ちゃんとお前も連れていくから安心して」

落とした直後に宝物庫に入るという手もあるが、それだと百手巨人が壁に張り付いて回避した場合や、仕留《しと》めきれなかった時に宝物庫から出てくるのがかなり危険ということもあり、選択肢としてはあまりいい方法とは思えない。

望む形で落下させ、着弾観測し、生きていれば停止している間にトドメを刺すのがベターだ。

頭に潜んでいる謎の魔物の正体は不明だが、少なくとも衝撃で気絶したりはする。ならば気絶している間に倒してしまいたい。

「連続で行くぞ。準備はいいか？」

全員が頷いたのを確認し、マルスは両手に剣を持ち、百手巨人の頭目がけて投げつける。

連続で頭部に剣が突き刺さり、ボロボロと外装の鉱石が剝《は》がれ落ちてくる。

手を破壊していた時と異なり、頭を攻撃された百手巨人は生物的な動きでジタバタし始めた。

そして背中から落ちてくる。

案の定、抵抗し、百手巨人は壁に腕を伸ばす。全身の反動を使えば壁に到達しそうだ。

落下までの時間は数秒あるかないか。

一瞬の判断ミスが全員の生死を分ける。

「ぬんッ！」

ぐぐぐ、とオニキスが腕を向け、自分のほうに引き寄せてくる。

大質量の百手巨人がゆっくりオニキスのほうへ軌道《きどう》を変え始め、垂直になっていく。

ちょうど中央部まで移動させたとき、オニキスが大声で叫ぶ。

「なんだあの顔はッ⁉　薄気味悪いぞッ！」

宙にありながら、百手巨人はそれぞれの目をギョロギョロ動かして周囲の様子をうかがっていた。

声を出さないから余計に不気味だ。

百手巨人はスカイダイビングのように全《すべ》ての腕を広げ空気抵抗を発生させて減速を図っていた。

「させるかよ！」

マルスは剣を顔に投げる。

だが、百手巨人は複数の手で網《あみ》のように顔を隠す。

手にヒビは入れられても、顔までは届かない。

「おとなしく堕《お》ちて砕けろ」

いつの間にか近くにやってきていた《漆黒》が、槍からこれまでにない威力《いりょく》の特大ビームを放つ。

槍の赤い螺旋は薄れ、まもなく消える。内蔵されていた魔力が尽きたのだろうと思われた。

ビームの範囲と威力は凄まじく、マルスの放った剣によるヒビから複数の腕が破砕《はさい》される。

しかし落下の勢いは収まらないながら、頭部まではダメージが及んでいないようだった。

怒りの感情が存在するのかギョロついた目は真っ赤に充血していた。

突如《とつじょ》、百手巨人は自身の身体の一部をもぎ取り、《漆黒》へ投げつける。

破損《はそん》した腕などお構いなしだ。

残る無事な腕は一本しかなく、芋虫《いもむし》同然になってからはなりふり構っていない。

マルスの『身体強化』を凌駕《りょうが》する速度で大質量の鉱石群が降り注ぐ。

チカチカと視界を遮《さえぎ》る七色の雨は幻想的だったが、簡単に人を殺す力を持っていた。

「そうか、落ちるしかないこの状況だと、軽くなれば落下の衝撃も減るし、俺たちもまとめて攻撃できる……！　やっぱりあいつ考えてる！」

スケートの如く地面を滑るように動き、《漆黒》は落下する鉱石を避《よ》ける。

オニキスは力任せに粉砕し、マルスは走り回って避けた。

「オニキス！　ちゃんと誘導できてるか⁉」

「おうッ！　ど真ん中だッ！」

「だったら全員離脱！　端に寄れ！」

降り注ぐ鉱石のせいで進路が狭い。

かろうじて躲しながら、マルスは上を見続ける。

そして、轟音《ごうおん》を鳴らして百手巨人は地に落ちた。

第17話

「げほっ、ごほっ……！　生きてるか⁉」

瓦礫《がれき》の山からマルスは這《は》い出て叫ぶ。

最大限、端の方に寄ったはずだったが、砕《くだ》けた百手巨人《ヘカトンケイル》が岩雪崩《なだれ》になってマルスを壁に叩《たた》きつけていた。

ぱらぱらと粉塵《ふんじん》が飛び散る音のほかは何も音がしない。

「オニキス、《漆黒《しっこく》》……どっちも死んだのか？」

中央には百手巨人の元の体躯《たいく》からすれば矮小《わいしょう》すぎる岩の塊《かたまり》があった。

大きさにしてせいぜい十メートルあるかないか。

宝物庫を開き、リリアたちを呼び出す。マルス一人では捜索もできない。

「ご主人様！　ご無事ですか⁉」

「大丈夫。疲れてるだけ。それより、あの二人を捜したいんだ。多分この瓦礫の下で生きてるとは思うんだけど……」

抱きついてくるリリアの重さを支えることさえ難しいほど全身の疲労は蓄積《ちくせき》していた。

無理をして『身体強化』を使えば動けないこともないが、筋肉の断裂のあとは骨折が起きる。

「何をどうしたらあんな大きなゴーレムがこんな粉々《こなごな》に……!?」

「落として砕いたんだよ。自滅ってことだね」

ルチルが破片を戦鎚《せんつい》でカンカン叩き、感心と驚愕《きょうがく》の入り混じった声を出す。

「パラパラうるさくて何も聞こえないにゃ……」

「全然先が見えないですしねっ……」

「この惨状《さんじょう》で生きているのでしょうか……？」

――《漆黒》はともかく、オニキスはこれくらいじゃ死にそうにない身体《からだ》をしてる。

気絶してるだけじゃないか。

その時、ゴゴゴと中央の巨岩が動く音がする。

オニキスあたりが自力で這い出てきたのかと思い、マルスはそちらの方向を見た。

「おいおい、マジかよ……」

瓦礫の山から出てきたのは、三メートルほどのサイズの紫色のぬめりがある球体。

うねうねと動く触手《しょくしゅ》が六本出ていた。

「寄生《きせい》種の魔物に見えますが……いえ、違いますね。それらの魔物はせいぜい指先ほどしか大きさはありませんから。ですが、それならあれは一体……？」

「あれがゴーレムの本体じゃないかな。核なのかどうかはわからんが……ま、あれが本番ってことだな……休めない！」

球体が目を開く。

六つあったはずの目は半数が潰《つぶ》れ残るは三つのみ。

向こうは向こうで瀕死《ひんし》の様相だ。

「——相手してやる。だけど、この後にもう一段階、とかはやめてくれよ？」

剣を目玉に向け、マルスは疲れ切った笑顔を見せた。

◇

「やっぱり剣で斬《き》れる魔物がいいな。安心感がある」

「最後はあっけなかったですねっ……」

触手含め、全《すべ》てを細切れにし、戦闘は終わった。

目玉の魔物はそれそのものの戦闘力は皆無《かいむ》であり、マルスからすれば雑魚《ざこ》と言って差し支えないものだった。

「その魔物、正体はよくわからないんだけど、中に何かあると思う。固い感触があってさ、それは俺でも斬れなかったんだよ」

「焼いて中身を出してみてもいいですかっ⁉」

「いいよ。骨にしては固かったから燃え尽きないと思う」

「やったーっ！　『白炎浄葬《はくえんじようそう》』！　——やっと魔法効《き》いたっ……！」

感無量、といった様子でハズキは涙していた。

ドロドロと焼けて消えていった魔物の跡には、人の頭サイズの自発的にほんのりと輝く青い真球。

「ボウリング球？」

「何これ……こんな鉱石見たことないわ」

「百手巨人の核……だったものでしょうか」

「キレイな真ん丸だにゃあ……——痛ぃにゃっ⁉」

ネムが触れるとバチンと音がし弾《はじ》き飛ばされた。

「手がジンジンするにゃあ～！　痛いにゃ！」

半べそをかき、ネムがマルスに手を見せにやってくる。

見た目は特に異常はなかった。

「今のは魔力じゃないですかっ⁉　その丸いの、ものすっごい魔力がありますよ……⁉　わたし換算だと一億人以上いても及ばないくらいっ！」

「——ハズキ、魔力が見えるのですか？」

リリアがハズキを化け物でも見るような目で射抜《いぬ》く。

「？　はいっ。えっ、みんな見えてるんじゃないですか、これっ⁉」

「俺はいまだかつて見たことないな」

「普通見えませんよ。というかですね、そういうことは最初に言っておいてくださいよ……なら貴方《あなた》には魔物や人間の強さがわかっているということではありませんか。それを知っていれば、これまでの冒険も多少楽だっただろうに」

「だ、だってみんな見えてると思ってましたしっ！」

コツン、とリリアに軽いゲンコツを食らい、ハズキは申し訳なさげにしていた。

常識は個人によって違う。

ハズキは天才すぎた。

――もしかすると、リリアの言う寄生種の魔物がこの核の魔力に触れて強くなったのかもしれない。

今ではもう、真相はわからないけど。

「サードニクス魔鉄鋼よりもずっとずっと強大な魔鉱石……何に使えばいいのか、見当もつかないわ」

「欲しい？」

「え、くれるの？」

「俺たちは使う予定ないから」

何か使う予定があるのなら取っておきたいが、現状その予定はないし触れればケガをしかねない物を部屋に置いておきたくない。

どうやら規格外の代物《しろもの》であるようだし、これだと逆に値段がつかないだろう。

適当なところに売るわけにもいかないし、それならば将来友好国になり得るドワーフの国にあったほうがいい。

　──スチームパンクに発展してほしいしな！

「ここまでの代物になると、あたしも困るわね。くれるとしても、あなたに預かっててほしい」

「そっか。なら棚に置いておこう」

　直接触れると痛いようなので、服に包んで宝物庫に突っ込んだ。

「──オニキスたちを忘れてた！　みんな、急いで救助！」

「無用ッ！　──とは言わん、助けてくれッ！」

　どこからかオニキスの大声が響く。

　よく見れば、白い壁に褐色《かっしょく》が混じっていた。

「お前、また頭埋まってんのか……趣味なの？」

「吹き飛ばされて突き刺さったのだ！　俺様は石頭だからなッ！」

　尻《しり》を振り回し、必死に抜け出そうとしているオニキスを救助する。

「えらい目にあったわい……」

「《漆黒》がどうなったのか見てないか？」

「自分のことで精いっぱいだったからなぁッ……」

「俺もだ。視界がキラッキラだったし」

　疲れ切ったマルスは座り込み、リリアとハズキによる治癒《ちゆ》を受ける。

　さっさとこのダンジョンの宝物庫に行きたかったが、サードニクス魔鉄鋼の回収のため止《とど》まる必要があった。

オニキスは壁に埋まっていた直後でありながら元気にサードニクス魔鉄鋼を運ぶ。

重い石運びには最適な人物だ。

「あんなに貴重だったのに、笑ってしまうくらいその辺に落ちてるわね」

汗《あせ》をかきながらルチルが呆《あき》れ笑いをしつつサードニクス魔鉄鋼を集めていた。

全てを持って帰るのは不可能だと思える量だ。

「俺とリリアの宝物庫に入れても、ある程度大きいものだけしか持って帰れないね。それでも結界《けっかい》一万年分以上は余裕でありそう」

「これを持って帰れば、国の発展も著《いちじる》しいものになるわ。女王になるのが急に現実的になった。あたしがサードニクス魔鉄鋼を持って他の国に行くとか言い出せば認めざるを得ないもの」

――強引だがいい手だ。利得が圧倒的に上回る。

隣で治癒をかけてくれているリリアを見ると、表情がコロコロと変わっていた。

嬉《うれ》しそうな顔、悲しそうな顔、不安そうな顔。

その感情はこのダンジョンに寿命《じゆみよう》を操作する【禁忌《きんき》の魔本】があるかどうかに起因する。

「あるといいな。でも、なかったらなかったで、またこういう冒険が続くだけさ。最後の最後まで希望は捨てない。どこかにはきっとあるから」

「はい。――ですが、ここにあるといいです」

また寂《さび》しげな顔をするのでマルスはリリアを抱き寄せる。

「大丈夫だよ。どこまででも付き合う」

「ですですっ！　ダンジョンの冒険も楽しいですしねっ！　ここまで来たらもう全部行っちゃいませんかっ⁉」

「それもいいね」

——全て、ってのはもう無理だけど。

《漆黒》には色々聞きたかった。だが……生きてはいないんだろう。

「このデカい岩は俺様だけでは無理だ。手伝ってくれ」

「了解。二人ともありがとう。だいぶ良くなったよ」

まだまだ全快には程遠いが、普通に動ける程度には回復した。

「できればこれはそのまま持って帰りたいよな」

残された巨岩は五メートル前後。元は倍くらいあったが、中にいた目玉の魔物に割られてしまったものである。

百手巨人の比較的無事だった部分だ。

「なんか動いとらんか？　この岩」

「気のせいだろ。もうゴーレムは動かないよ」

「いやいや、動いてるぞッ⁉」

「まさか……まだ死んでないのか⁉」

マルスたちが一歩引くと、ビキビキと中央部にヒビが入っていく。

バキン、と大きな音がして、巨岩は二分割された。

中から黒いモヤが漂い、ガチャガチャと金属音がする。

「《漆黒》……！　お前、落ちてくる岩の中に穴掘って生き延《の》びたのか⁉」

オニキスのように埋まっていたわけではなく、槍《やり》を突いてその空間に入り込んでいたのだ。

《漆黒》はキョロキョロと周囲を見回し、戦闘の空気がないことを悟る。

「──またか。またお前に先を越されたというわけか」

「？　〝また〟？」

「──戦え。お前が負けたら、ここの宝は全てもらう」

「一緒に踏破《とうは》したんだから、お前にも当然分け前はあるよ。ここにいる人数で割ろう。戦う必要なんてないよ」

ガタガタと《漆黒》は縦《たて》に震える。

それが怒りによるものだと、黒いモヤの増加がマルスたちに告げていた。

「──とっておきだ。お前にだけはとっておきを見せてやる」

《漆黒》は宝物庫に手を入れ、一本の剣を取り出した。

黒に金色の装飾のなされた長剣だ。

甲高《かんだか》い不快な金属音を鳴らしながら出てきた刀身《とうしん》は、甲冑《かっちゅう》と同じくモヤがかかり朧気《おぼろげ》だ。

「剣は、剣だけはお前との戦闘以外には使わないと決めていた。──たとえ死のうとも、お前を越えるまでは」

「──俺を知ってるのか？」

「当たり前だ。あの日受けた屈辱《くつじょく》、忘れはしない」

──前世の俺を知っている？

屈辱。心当たりは……ないわけではない。

「問答無用」

「ならルールは一騎打ち。負けを認めるか武器を失ったら負け。使っていいのはその剣だけだ。俺もこれ一本しか使わない。周りには配慮すること」

「いいだろう。だがお前を殺して勝つつもりだ。それと、お前が勝ったら宝は全てお前が手にしろ。間違っても分けようなどとは言うな」

「誇りを傷つけるから……か。わかった。その時には金貨一枚すらやらん」

──七大ダンジョンの一角『レガリア大火山』の単独踏破者、《漆黒》……俺に勝てるのか？

「おい、二人ともッ！　俺様たちが片付けた場所を使え。適当だが闘技場を用意した。そうさのぉ……ここから出ても負けにせんか？　アニキたちのような強者が減るのは退屈極《きわ》まりないからなぁッ！」

「俺は別にいいけど」

オニキスが用意したのは直径十メートルほどの円形のリング。

フチはサードニクス魔鉄鋼の欠片《かけら》でこしらえた。

《漆黒》も了解の旨《むね》を無言の頷《うなず》きで伝える。

「じゃあ始めようか。リリア、ハズキちゃん。さっき使ってもらったばっかりで悪いんだけど、治癒の用意をお願いする。どっちが勝っても頼む」

「ご主人様……」

「大丈夫だよ。――すぐ終わる。俺もあいつも疲労困憊《こんぱい》だからね」

「絶対に勝ってください！」

リリアの激励《げきれい》を受け、《漆黒》の姿を観察する。

朧気なので注視しないとわからなかったが、黒甲冑はボロボロで凹《へこ》みだらけ。

これまでの単独行動や戦闘を考えれば体力も限界だろう。

勝敗はあっという間につく予感があった。

「『身体強化』。さらに重ねて『身体強化』」

ぶつぶつとマルスは何度も何度も同じ魔法を重ねた。

いくら弱っていても、単独で七大ダンジョンを踏破できるような人物ならばダンジョンそのものを相手にしている気分でいた方がいい。

「行くぞ」

マルスは一直線に《漆黒》までの距離を詰め、半身《はんみ》で上段から振り下ろす。

ジェット機のエンジンの後ろにいるような強風が周囲を襲《おそ》う。

だがその速さと動きを看破《かんぱ》し、《漆黒》はマルスの剣を受け流しつつ、身体を横にスライドして躱《かわ》した。

リングアウトしてしまいそうになるのを防ぐため、マルスは思い切り足を踏み込んで耐え、横に走り出す。

しかしマルスが旋回するよりも早く《漆黒》はマルスの頭に剣を振り下ろしていた。

マルスは刀《かたな》の峰《みね》に手を添えて《漆黒》の剣を受け止め、全身の膂力《りょりょく》をフル活用して押し返す。

互いの剣の間合いの少し外で見合う形になった。

これまでの攻防は三秒に満たない。

「……強い！　こんなに強い奴《やつ》、初めて戦った」

「そうか、強いか。——お前に与えられた屈辱がここまで強くした」

顔はわからない。声も兜《かぶと》のせいでよくわからない。

ただ、《漆黒》は笑っているように思えた。

「……？　わたし、見たことある気がしますっ、あの人の剣。受け流して戦う……踊りみたいなっ」

「七大ダンジョンの踏破者と知り合いなのですか？」

「う、うーん……なんかもっとしょっぱいしょぼい感じだった気が……気のせいかなっ？」

——ハズキちゃんが見たことある？

左右に揺れつつ地面を滑るような《漆黒》の動きは摑《つか》みにくく、思考に割いている間《ま》が少しもない。

「──終わりだ。『氷獄』」

「なっ……！　魔法使えるのかよっ!?」

マルスの足元はいつの間にか地面から伸びてきた氷に覆われていて、一瞬に満たない程度の時間動きが止まる。

氷を破壊することは容易だ。だがそのラグが生んだ隙《すき》を《漆黒》が見逃すはずもない。

――剣で勝負するという暗黙の前提に呑《の》まれた！

足元から視線を上げると、目の前にはすでに横薙《よこな》ぎに剣を振り抜く《漆黒》の姿。

剣で受けようと思っても、下半身に力の入っていない状態で受ければ吹っ飛ばされリングアウトだ。

間合い、反応速度を考えると左右に避《よ》けても斬られる。

後ろに跳《と》べば自身でリングアウトを選択することになる。

頭をめぐらし得られた結論は上。そして前進。

剣で剣を受け、《漆黒》の兜を摑んで飛び越えた。

手には《漆黒》の兜が外れた感触。

「思い出しましたっ！」

ハズキが叫ぶのと同時に、甲冑の下の顔がマルスの方を向く。

銀色の髪に、他人を見下したような目つきの美青年。

マルスはその人物を知っていた。

「――ゼリウス！」

「わかっていなかったのか？」

「いや、顔わかんないし、声も聞き取りにくかったし……お前だって多分あんまり聞こえてなかったろ？　会話が一方通行なことが多かったぞ」

「この黒甲冑は全て装着して初めて効果を発揮《はっき》するものだ。多少音が聞き取りにくくても、利点のほうが圧倒的に大きい」

ゼリウス・ラクレール。

リリアを連れて初めて潜ったダンジョン『セクメト』で遭遇《そうぐう》したハズキの元恋人で、マルスの二《ふた》つ名《な》である『雷鳴《らいめい》』を騙《かた》っていた男だ。

以前はトレードマークとして真っ白な甲冑を着込んでいたのだが、イメチェンしていた。

「なんだよ、会った時に言ってくれればよかったのに。意味深なことばっかり言いやがってさ」

「――お前に味わわされた屈辱、僕は忘れていないぞ。馴《な》れ合うつもりなどない」

「屈辱……」

「――ハズキだッ！　僕から奪い、あろうことか僕の前で見せつけやがって……！　あげく、『お前には何もできない』などとのたまっただろうッ⁉」

ちらりとハズキを見ると、困った顔で首をかしげていた。

ゼリウスには執着があるようだが、ハズキの側にはこれっぽっちも執着がない。

——兜のおかげで聞こえてなくて良かったな。さっき「しょっぱいしょぼい感じ」って言われてたぞ。

「わたし、ダンジョンに入る前からゼリウスのこともう全然好きじゃなかったですよっ？　初対面だけって感じでっ……中身のカッコ悪さと、よわよわオチンポがダメですっ！」

ハズキは両腕でバツ印《じるし》を作る。

《漆黒》改めゼリウスは、全身を大きく震わせていた。

「これだ……お前がハズキに何かしたんだろうッ！　自分で【禁忌の魔本】を手にしてわかった……！　この本の魔法なら、人の一人や二人簡単に支配できるとなッ！」

「勘違《かんちが》いだぞ。ハズキちゃん、会った時からあんな感じだったし」

「そ、そんなはずはない……！」

「えーとっ……偶像化されちゃってる？　っぽいですけど、わたし別にマルスさんに何もされてないですよっ？　普通にゼリウスが嫌いで、普通にマルスさんを好きになっただけですっ！　逆に好かれる要素ありますか……？」

おどおどした態度で辛辣《しんらつ》な言葉を吐くハズキに、ゼリウスは胸のあたりを押さえてうずくまった。

「ぐっ……！」

「俺との闘いよりダメージ受けるんじゃない！」

「ご主人様、さっさと蹴散《けち》らしてしまいましょう。白アリが黒アリになっただけです」

「みんな辛辣！」

はぁ、と緊張感を失《な》くしたリリアも舌戦《ぜっせん》に参加し始めた。

「僕はお前を絶対に許さない……！」

「えぇ……あの日、お前に魔法の武器とかお金もあげたのに」

「お前にわかるか……？　あの日以来、僕は恋人が寝取られている光景を見る以外では興奮《こうふん》しなくなったんだぞッ⁉」

「寝取られに目覚めちゃったの……？」

――申し訳ない気持ちになるな、それは。

「そう、僕は闇《やみ》に落ちた。だから甲冑を黒く染め、孤独に生きることにしたんだ」

「お前……バカだろ」

「お前が僕の脳を壊したんだッ！　死ね！」

ゼリウスは剣を前に突き出し突進してくる。

激情に駆《か》られ直線的になった攻撃を躱すのは容易《たやす》く、また、隙が多く攻撃も容易だ。

腕を掴んで受け流し、勢いを利用してリングの外に蹴飛《けと》ばした。

リリアやハズキは飛んでくるゼリウスを露骨《ろこつ》に避けた。

「俺の勝ち。お前の怒ったら隙だらけになる癖《くせ》、直した方がいいぞ。最初は本気で最強だと思ってたのに」

「また負けた……ハ、ハズキ……！」

「触らないでくださいよっ！　わたしの中で嫌いな人の上位にいますからねっ⁉　色々よわよわすぎて好きになる要素が一個もないですしっ！」

縋《すが》りついてくるゼリウスをハズキはゴミでも見るような目で見た。

温厚な臆病者《おくびょうもの》であるハズキがここまで嫌悪を露《あらわ》にするのは珍《めずら》しい。

「ここの踏破者は俺たちってことでいいな？」

「──約束は約束だ。僕は認める」

「俺様も異論はないッ！　ところでアニキ、やはり俺様を連れていく気にはならんかッ？」

「ならんな」

寂しげなオニキスの暑苦しい顔から視線をそらし、マルスはダンジョンの宝物庫のほうを見る。

白い壁を飾る金色の扉。全てのダンジョン冒険者が憧《あこが》れる栄光の扉だ。

ごくりと全員が息を呑む。

「大丈夫です。なくても落胆は致しませんから」

「うん。期待せずに期待しよう。──さぁ、開けるぞ！」

一同は眩《まばゆ》い金色の光の中へ進む。

◇

「ふふ、ふふふふっ……わかっていましたよ、ないってことは！　あー、泣きそうです！　期待しないなんて無理に決まってます！」

リリアは大声で笑うが、表情は今にも泣きだしそうだった。

寿命を延ばす【禁忌の魔本】はなかった。

しかし――。

「これ、不老の魔法みたいですよっ……⁉　この姿のままいられるってことですよねっ⁉」

「ついにそれらしきものが……！　リリア！　やっぱり寿命を延ばす魔本はあると思う！」

不死、とまではいかないが、不老は肉体に多大な影響を及ぼす摂理《せつり》を超えた魔法だ。

「両方ではなく、片方ずつ手に入るもの……なのでしょうか。でしたら先に不死のほうが欲しかったですね……死ぬ方法は不死ならいくらでも探せますし」

「だな。だけど、かなり希望が出てきた気がしないか？」

「ええ！」

ハイタッチしてひとまず喜んでおく。

「あっ！　【夢幻《むげん》の宝物庫】の強い版ありますよっ！　リリアさん、どうぞっ！」

「……これはハズキが読むべきだと思います。私は自分のがありますし、ご主人様の例を踏まえると、重複すると消えてしまうようですから」

「俺もそう思う。今思えばもったいなかった」

「わたしの……！　すっごい嬉しいですっ！」

ぎゅ、と魔本を抱きしめて、ハズキは嬉しそうに笑う。

「ここは宝物しかないにゃあ？　前のとこみたいな地図とかないにゃ」

「次の手がかりはなし、か。まぁあれはノルンがいたからの例外だしね」

ジャラジャラと大量のネックレスをぶら下げて、頭に王冠をかぶったネムはつまらなそうにしていた。

今更《いまさら》宝物に興味のあるメンバーはいない。

金銀財宝が適当に山積みにされた箇所を見て、ルチルは呆然《ぼうぜん》と立ちすくんでいた。

「すごい……すごい……」

「初めて踏破した時のハズキちゃんと同じこと言ってる」

「だ、だってこんなの、すごいとしか言えないじゃない！　国の宝物庫でさえこんなにたくさんはないわよ⁉」

「ざっくり四百億くらいあるんじゃないかな。前のノルン大墳墓とあまり変わらない量だ。今回はサードニクス魔鉄鋼もあるから、こっちのほうが金銭的にはいいくらいだね」

目を丸くするルチルに笑い、今度はゼリウスのもとへ行く。

こちらも同じく立ちすくんでいた。

「なぁ。【禁忌の魔本】の交換をしないか？　俺たちは寿命を延ばす魔法が欲しいんだ。それさえくれれば、俺の持ってる全部の魔本……今回ので四十冊くらいかな、全部渡す」

「僕は全て自分で読んでしまったぞ。それにそんな強力なものはなかった。攻撃魔法ばかりだったからな」

疲れ切った顔のゼリウスはマルスの質問にウンザリした態度で答える。

「？　七大ダンジョンの『レガリア大火山』を踏破したんだろ？　ここと同格のダンジョンなら、何か超常の魔法の一つくらいあったはずだ」

「……何の話をしているんだ？　僕が攻略したのは普通のダンジョンを二つだけだ」

「は？　お前がその《漆黒》じゃないのか？」

「《漆黒》？　僕はそんなの、知らない」

――ゼリウスじゃない？

でも……――考えてみれば、ゼリウスは一度も名乗ってはいない。

みんなが見た目から勘違いして、その噂《うわさ》を鵜呑《うの》みにしてしまっただけ。

実際強かったから。何も答えなかったから。そしてゼリウスは聞こえていなかったから、否定も肯定もしなかった。

「なら、《漆黒》って誰なんだ……？」

「僕に聞くな。――僕は七大ダンジョンの攻略ができると思うか？　結局、今回も最後の最後でしくじった。少しは強くなったと思ったんだがな……」

「できるよ。カッとなる癖がなくなれば。だってここまで来てるし、お前は強かったよ」

「感情任せになるのは、僕の強みでもあるとは思うんだが？」

ふっ、とマルスは笑う。強い感情は確かに強みだ。

「一つお願いしてもいいか？」

「何？　やっぱり宝が欲しいか？」

「いや……また僕の前でハズキを犯してくれないか？　できればハズキには僕を罵倒《ばとう》してほしい。あの敗北感……すさまじく悔《くや》しく、舌《した》を嚙《か》みちぎりたくなるくらいだったんだが、一生忘れられないくらいの快感だった」

「変態か⁉　それに関しては本当にごめん！」

真顔《まがお》のまま明らかに常軌《じょうき》を逸《いっ》した発言をするゼリウスに、マルスは初めて本気で謝った。

「とりあえず宝を詰めてから帰ろうか。奥にある魔法陣で外に出られる。もちろん、ゼリウス以外の全員で等分するよ」

「俺様にもくれるのかッ⁉」

「当たり前だろ？　弟分に分け前を与えないアニキがどこにいる」

「アニキッ……！　一生ついていくぞッ！」

「それはいいや。好きに生きてくれ」

適当にオニキスをあしらい、リリアたちのほうへ戻る。

ハズキの宝物庫も使い、サードニクス魔鉄鋼と宝を詰める。

「じゃあ凱旋《がいせん》しよう。――外に出たら英雄の扱いに変わる。これまでの人生とは違うから、覚悟しておいて」

エピローグ

数日、ドワーフの国に滞在した後、マルスたちは次の目的地である世界樹の森に向かうことに決めた。

潜水艦の確認は済んだが、まずは世界樹の森の様子を見たい。

確認できた潜水艦はそれなりに大きく、座席の数は六名分あった。

船体にはフジツボなどの形跡がある。汚れきっていてすぐには使用はできそうになかったが、内装や外装についてはドワーフたちが修復してくれるらしい。

少しだけ滞在したのは、ルチルのその後を見届けたかったからだ。

ダンジョンから帰ってからというもの、ルチルは報告などで忙殺《ぼうさつ》されていて、挨拶《あいさつ》すらできなかったという事情もある。

「本当に行っちゃうの？　あなたたちならいつまでもいてくれていいのに」

「そういうわけにはいかないさ。旅の目的は最初から、長い寿命《じゅみょう》を手に入れることだから」

寂《さび》しそうな顔のルチルの頭を撫《な》でる。

ルチル・サードニクスは次期女王に決まった。

それに見合うだけの功績を持ち、見合うだけの血を引いている。

同じように踏破《とうは》したオニキスも自身は身を引き、ルチルを推薦《すいせん》した。

彼女の父である王が引退するまでにはしばらくあるが、その次はルチルが時代を築く番だ。

「ルチル、貴方《あなた》こそ本当についてこなくていいのですか？　次期王位が確定し、就任までにしばらくは猶予《ゆうよ》があるのでしょう？　その間くらい、一緒にいても」

「ありがとう、リリア。でもね、あたしは行けない。死ぬわけにはいかなくなったから。それに今回もらったあたしの取り分であなたの同族を買って保護したいし、国の勉強なんていくらしても足りないくらい。種族の違いなんて関係ない国を作りたいの。……今回は最高の冒険だったわ。欲しかった仲間も、充実感も、何もかも手に入れたもの。この思い出があれば、あたしはこれから女王として生きていける」

「ルチルちゃん……」

「あなたのビンタも忘れないわ。あたしの目を覚まさせてくれてありがとう」

うるうると泣きそうな顔のハズキは、ルチルの礼で泣き出してしまう。

「ルチルにゃんも勉強頑張るにゃ！　ネムも頑張るからにゃあ！」

「もちろん！　思えばネム、あなたには色々教えてもらったわ。ありがとう」

ネムを捕まえ、ルチルはぎゅっと抱きしめる。

別れの挨拶をしてこらえきれなくなったのか、ルチルは涙を流していた。

次にマルスのもとへやってきて、ネムと同じように抱きついてくる。

「頭、もう一回撫でて」

「うん」

胸に顔をうずめたルチルの声は震えていた。

「あなたの子供、できた気がするの。次に会う時は、その子にも会ってくれる?」

――きっと思い込みだろう。リリアがそうであるように、長命種は簡単には妊娠しない。

リリアもマルスと同じことを思ったのか、首を振っていた。

「もちろん」

「しゃがんでくれる?」

「?」

マルスがしゃがみ込むと、ルチルが耳元でマルスにだけ聞こえるように囁《ささや》く。

「ルチルフィーラ」

「今のは?」

「――夫にだけ伝える本当の名前よ。玉座《ぎょくざ》はいつでも開けておくから、疲れたら帰ってきて」

泣きながらルチルは満面の笑みを見せる。

今度はマルスから抱きしめて、同じように耳元で囁いた。

「いつかみんなとまた一緒に来るから。それまで待っててくれ」

ルチルがボロボロ泣いているのが服の濡《ぬ》れ方でわかる。

それでもマルスは歩みを止めない。

人生という旅の終わりはまだ先だ。
今度の人生こそ、望む終わり方を迎えたい。
大切な誰かとともに生きていきたい。
生まれ直した瞬間に抱いた祈りは、そんな理想の死に様《ざま》だったのだから。

旅は続く。いつまでも続く。
死がふたりを分かつまで。
望む死がふたりを、皆を分かつまで――。

あとがき

気づけばもう三巻になります。

ここまでお読みいただきありがとうございます。

作者の火野《ひの》あかりです。

多くの方がきっとこれまでの三巻を購入していただけているのだと思うと感無量です。

この作品を書き始めたのは２０１９年の11月頃のことでした。

ちょうどこの三巻で二年前後経過したことになりますね。

自分で生み出したキャラクターたちとはいえ、二年間も付き合いを続けていると友人のような気分になるものなのだなと実感しています。

子供のような、とほかの作家さんはよく言われますが、私に関してはやはり友人感覚が近いです。

ちなみに、私のお気に入りのキャラクターはハズキだったりします。

我ながらなかなかエキセントリックな造形のキャラだなと、続きを書くため見返すたびに思いますね。

今回の巻はページ数ギリギリまで詰め込ませていただきました。

初稿の段階ではこれよりも多かったのですが、これが限界のページ数となります。

内容もいろいろ詰め込みました。

一番入れたかったのは、一巻段階ですでに仲間であり恋人であるリリアについてです。

これまであえてバックグラウンドに触れないようにしていたリリアを紐解《ひもと》く巻でした。

エロのほうも許される範囲、ストーリーに差し支えない程度には入っていると思います。

個人的な所感《しょかん》としては一巻と二巻の中間のような感覚です。

三巻にしてまだ手探りなところがありました。

本当はもう二カ所ほどエロ部分を入れられればと思ったのですが、これ以上ストーリー部分を減らして入れるのは……と苦肉の判断でこの形になりました。

目隠しプレイなど入れたかったので、次の巻にてできればいいなと。

色々迷いつつ書いた三巻でした。お楽しみいただけていましたら幸いです。

今回も様々な方々に尽力していただきました。

制作のリスケジュールを何度もお願いした担当編集様。

いつも期待以上にクオリティの高いイラストをくださるイラストレーターのねいび様。

そしてもちろん、ここまでこの作品を応援していただいている読者様。

毎度のことながら大変感謝しております。

今後とも末永《すえなが》くお付き合いいただけますと幸いです。

火野　あかり

ダッシュエックス文庫

裏切られたSランク冒険者の俺は、愛する奴隷の彼女らと共に奴隷だけのハーレムギルドを作る
柊 咲
イラスト／ナイロン

裏切られたSランク冒険者の俺は、愛する奴隷の彼女らと共に奴隷だけのハーレムギルドを作る2
柊 咲
イラスト／ナイロン

裏切られたSランク冒険者の俺は、愛する奴隷の彼女らと共に奴隷だけのハーレムギルドを作る3
柊 咲
イラスト／ナイロン

裏切られたSランク冒険者の俺は、愛する奴隷の彼女らと共に奴隷だけのハーレムギルドを作る4
柊 咲
イラスト／ナイロン

奴隷嫌いの少年と裏切られて奴隷堕ちした美少女が復讐のために旅立つ！　背徳の主従関係で贈るエロティックハードファンタジー!!

エレノアの復讐相手が参加する合同クエストに参加した一行。仲間殺しが多発し、ギルドが疑心暗鬼になる中、ついに犯人が動く…！

『無明の王国』の主となり、死地であった領地を繁栄させようと新大陸へ向かったエギル。愛する者を救い国を守ることができるのか？

王国の地下にある神の湖の封印を解く鍵は、エギルが抱くエレノアたちへの愛!?　裏切られた因縁の地で初恋との決別を誓う第4巻。

◆アズールレーンスピンオフ
アズールレーン Episode of Belfast
助供《すけとも》珠樹《たまき》
制作協力／『アズールレーン』運営
イラスト／raiou

大人気ゲーム『アズールレーン』のスピンオフが登場。ロイヤルの華麗なるメイド長、ベルファストのドタバタな日常が開幕!!
◆アズールレーンスピンオフ
アズールレーン Episode of Belfast 2nd
助供《すけとも》珠樹《たまき》
制作協力／『アズールレーン』運営
イラスト／raiou
ベルちゃん登場でロイヤル陣営はさらに賑やかに! ベルファストたちの日常を描いた、大人気ゲームのスピンオフ小説、第2弾!
◆アズールレーンスピンオフ
アズールレーン Episode of Belfast 3rd
助供《すけとも》珠樹《たまき》
制作協力／『アズールレーン』運営
イラスト／raiou
ネプチューンとお茶会を懸けたパンケーキレースや、サフォークが記憶喪失!? そしてメイド隊がアイリス陣営の舞踏会に招待され!?
◆アズールレーンスピンオフ
アズールレーン Episode of Belfast 4th
助供《すけとも》珠樹《たまき》
制作協力／『アズールレーン』運営
イラスト／raiou
学園祭の季節。ミスコンが中止となり、ロイヤル陣営は「涙なしでは見れない大傑作のお芝居」を出し物として提案してしまい…?

ダッシュエックス文庫

草食系なサキュバスだけど、えっちなレッスンしてくれますか？
午後12時の男
イラスト／小林ちさと

遊び人は賢者に転職できるって知ってました？
～勇者パーティを追放されたLv99道化師、【大賢者】になる～
妹尾尻尾
イラスト／TRY

遊び人は賢者に転職できるって知ってました？2
～勇者パーティを追放されたLv99道化師、【大賢者】になる～
妹尾尻尾
イラスト／柚木ゆの

遊び人は賢者に転職できるって知ってました？3
～勇者パーティを追放されたLv99道化師、【大賢者】になる～
妹尾尻尾
イラスト／柚木ゆの

幼なじみの正体は、エッチなことが苦手な落ちこぼれサキュバスだった!! しかもハードなことをする「彼氏のフリ」を頼まれて…!?

様々なサポートに全く気付かれず、ついに勇者パーティから追放された道化師。道化をやめ、大賢者に転職して主役の人生を送る…!!

道化師から大賢者へ転職し、爆乳美少女2人と難攻不落のダンジョンへ！ だが彼らの前に、かつての勇者パーティーが現れて…？

『天衝塔バベル』を駆けあがり、ついに因縁のトールドラゴンと激突！ もちろん攻略の合間には〝遊び人〟全開の乱痴気騒ぎも…♥

ダッシュエックス文庫

異世界エルフの奴隷ちゃん
柑橘ゆすら
イラスト／夜ノみつき

異世界エルフの奴隷ちゃん2
柑橘ゆすら
イラスト／夜ノみつき

浮気は恥だが役に立つ
ハイエルフ嫁の嫉妬は100年単位
早矢塚かつや
イラスト／八坂ミナト

異世界でダークエルフ嫁とゆるく営む暗黒大陸開拓記
斧名田《おのなた》マニマニ
イラスト／藤ちょこ

チートなご主人さまと、エルフと犬耳なふたりのかわいい奴隷ちゃんによる、ちょっぴりエッチでときどき腹黒(？)な日常コメディ！

新しいダンジョンに行こうとしないご主人さまのチート能力を狙うアヤシイ奴らが登場!? どうなる、エルフちゃんの平穏ライフ――！

好意を向けられたら拒めない呪いのせいで、婚約者の姉や昔馴染み、助けた美女と不貞三昧!? 色を拒めない大英雄ファンタジー！

引退後のスローライフを希望する元勇者に与えられた領地は暗黒大陸。集まって来る魔物たちと一緒に未開の地を自分好みに大改造！

ダッシュエックス文庫

魔弾の王と聖泉の双紋剣《カルンウェナン》
瀬尾つかさ
原案／川口 士
イラスト／八坂ミナト

魔弾の王と聖泉の双紋剣《カルンウェナン》2
瀬尾つかさ
原案／川口 士
イラスト／八坂ミナト

魔弾の王と聖泉の双紋剣《カルンウェナン》3
瀬尾つかさ
原案／川口 士
イラスト／八坂ミナト

魔弾の王と聖泉の双紋剣《カルンウェナン》4
瀬尾つかさ
原案／川口 士
イラスト／八坂ミナト

弓使いのティグルとその副官リムが滞在する公国に、敵国の襲撃が。敵国の王女曰く、建国者が蘇り、国を掌握したというのだが…？

蘇りし初代国王の軍勢と激突するギネヴィア軍。双紋剣をもってしてもサーシャに圧倒されるティグルたちの前に現れた人物とは…？

偽アルトリウス派との睨みあいが続くなか、ティグルとリムは対抗策を求めて神殿を訪れた。そこで目にした驚愕の事実に二人は…。

新たな魔物ストリゴイの出現で、アスヴァールを取り巻く争乱の嵐は思わぬ方向へ!? 手強い脅威にティグルとリムの成すすべは…。

ダッシュエックス文庫

エルフ奴隷と築くダンジョンハーレム3
—異世界で寝取って仲間を増やします—

火野あかり

2021年10月30日　第1刷発行

★定価はカバーに表示してあります

発行者　瓶子吉久
発行所　株式会社　集英社
〒101-8050　東京都千代田区一ツ橋2-5-10
03(3230)6229(編集)
03(3230)6393(販売／書店専用)　03(3230)6080(読者係)
印刷所　株式会社美松堂／中央精版印刷株式会社
編集協力　後藤陶子

ISBN978-4-08-631440-4 C0193